后浪

罗·麦尔维尔 著

木桌子及其他简记

四川文艺出版社

目录

苹果木桌子及其他简记

苹果木桌子 [①]
——或一桩前所未见的灵异事件

　　我第一眼看见那张陈旧发暗、布满灰尘的桌子时，它摆放在一间漏斗状老阁楼最偏僻的角落里，表面搁着大大小小碎裂而结满污垢的紫色旧玻璃瓶，以及一部样子瘆人、脱胶落线的古老四开本图书。这张破烂的小桌子似乎萦绕着巫术，没准儿是培根修士 [②] 的私人器物。它有两个不乏魅力、魔力的明显特征——圆盘和三叉支架——桌板的弧度完美，由一根扭来扭去的柱子撑持，并在离底部大约一英尺的位置岔开，形成三条弯弯曲曲的桌脚，末端是三只马蹄足。确确实实，这张古旧的小桌子看起来相当

[①] 此篇原题"The Apple-Tree Table"，1856年5月首刊于《普特南氏月刊》（*Putnam's Monthly Magazine*）。——译者注（本书注释，均为译者所加，以下不再逐一标明）
[②] 培根修士（Friar Bacon），应指罗杰·培根（Roger Bacon，约1214—1293），英国修士，唯名论者，有唯物主义倾向的哲学家和自然科学家，知识广博，素有"奇异博士"之称。

邪恶。

为使读者更好地了解它，不妨也介绍一下它所处的环境。非常古老的阁楼，非常古老的房子，位于全美国最古老市镇的古老街区之中。该阁楼已闲置多年。大伙认为里面闹鬼——不得不承认，谣言虽很荒谬（依我之见），但本人购买宅子时不曾大加驳斥，因为颇有可能，是它帮助我在财力允许的范围内，更顺利地拿下了这份房产。

所以，定居此间的五年时光里，尽管并不害怕高处鼎鼎大名的妖魔鬼怪，我却从未走进过阁楼。没有特别的理由非上去不可。屋顶铺得严严实实，滴水不漏。为宅子承保的公司也从不探访这间阁楼，既然如此，房主本人又何必费心劳神？它根本派不上用场，下面的房子完全够住。再说楼梯门的钥匙也已经丢失。锁头粗大且老旧。想撬开它，必须请来一名铁匠，我觉得这是自找麻烦。另外，我虽小心翼翼不让两个女儿接触以上谣言，可她们道听途说，屡有耳闻，因此挺高兴见到闹鬼场所大门紧锁。如果不是一次偶然的发现，它或许还要封闭更长时间。在我家古老、幽深、依斜坡而建的花园某处，本人找到一枚奇特的大钥匙，样式古旧，铁锈斑驳，我立即推断它应该能打开阁楼的门锁——经过试验，猜想获得证实。眼下，拥有一枚蕴含着许多未知的钥匙，我很快产生了开锁并好好探索一番的渴望。当然啰，这只是为了满足好奇的天性，而不是为了去搜求任何具体的好处。

瞧啊，我转动生锈的旧钥匙，然后独自往上走，步入闹鬼的阁楼。

它的面积跟宅子地基的面积相同。阁楼的天花板即屋顶，可以看见铺着页岩瓦的房椽与梁架。屋顶中央隆起，让雨水从四个方向下泄，阁楼因此很像一位将军的帐篷——不过当中摆了一座木头柱子的迷宫，起支撑作用，无数蜘蛛网悬垂此间，在夏天的正午旳旳闪烁，宛如巴格达的轻丝薄纱。到处可见奇形怪状的昆虫，在横梁和地板上或飞或窜或爬。

屋顶最高处下方有一条粗糙、狭窄、朽烂的梯子，状若哥特式教堂的讲坛台阶，通往一个讲坛式的平台，而它又搭了一条更狭窄的梯子——类似于雅各的梯子[①]——通往更高处的巍然天窗。这个天窗约莫两平方英尺见方，乃是一个整体，给一小块玻璃板配了一副巨大的框子，嵌套如舷窗。亮光从这个唯一的入口照进阁楼，穿过密集的重重蛛网。的确，整座楼梯，以及平台和梯子统统由蜘蛛网点缀、覆盖、笼罩，而这些层层堆积的阴郁物质同样垂挂于幽暗的拱形屋顶，犹如柏树林里生长的卡罗莱纳苔藓。蜘蛛网好比空中坟墓，众多不同种群的昆虫木乃伊在其间悠悠摆荡。

登上平台，我停下来调整呼吸，看到一个奇异的景象。太阳悬在半空。日光穿过小天窗，将一条清晰的彩虹隧道斜斜扎入阁楼的黑暗之中。亿万浮尘在此泛涌。成百上千的飞虫聚成金灿灿的一群，紧贴着天窗，铙钹般嗡嗡作响。

我想让光线更为充足，打算拿掉天窗的挡板。可是找不到插

---

① 雅各的梯子（Jacob's ladder），典出《旧约》，象征通往神圣和幸福的途径。

销或者搭扣。我眼睛瞪了半天，才看见一个小小的挂锁，像海底的牡蛎一样深深嵌入杂草般互相绞缠的大团蛛网、蛹壳和虫卵之间。我将杂物拂开，发现它锁死了，于是试着用一片弯曲的指甲将它拧开，这时候，几十只昏昏沉沉的小蚂蚁和苍蝇钻出锁孔，感受到窗玻璃上阳光的热度，开始在我周围乱爬。其他虫子也来凑热闹。很快我便不胜其扰。它们似乎被我毁人清静的举动激怒了，成群结队从下方扑来，难以计数，马蜂似的不断在我头上叮咬。最终，我一发狠，猛然将挡板推开。啊！形势大变。仿佛离开了阴暗的墓穴，摆脱了蛆虫的陪伴，你将欣喜若狂地升向鲜活的绿意和永生的辉煌，与之相仿，在蛛网密布的旧阁楼里，我硬是把脑袋挤入芳香怡人的空气之中，望见小花园里栽植的雄伟巨木正凭借其繁茂的树冠冲我致意，它们的枝叶高高伸展于屋顶的瓦片上方。

窗外的景致让人精神一振，我随即转过身来，仔细察看阁楼，它已十分明亮，非比往常。尽是些大而无当的过时家具。有一张旧写字桌，老鼠在它的文档格上跳来跳去，隐秘的吱吱声从它暗处的抽屉中传出，恍如从林间花栗鼠的树洞里传出一般。还有一张散架的旧椅子，布满怪诞的花纹，似乎很适合魔法师的集会。又有一只没盖子的铁皮箱，锈迹斑驳，装满发霉的旧文件，其中一份，底端能看见一道褪色的红色墨迹，颇像是浮士德博士与梅菲斯特签订的灵魂契约①。最后，在光线最昏暗的角落里，在一

---

① 据欧洲民间传说，浮士德博士（Doctor Faust）将灵魂出卖给魔鬼梅菲斯特（Mephistopheles），才创造出了许多奇迹。

大堆难以描述的破旧垃圾当中，在坏掉的望远镜和凹陷破损的星象仪之间，支着一张年深日久的小桌子。马蹄足，跟撒旦的脚形一样，并因蜘蛛网的遮挡而若隐若现。灰尘极厚，落在陈旧的小药瓶和长颈瓶上几乎黏结成块，它们往日曾盛满液体。而桌子中央霉烂的旧书——科顿·马瑟①的《辉煌业绩》②——看上去非常诡异。

我把桌子和书拿到楼下，分别修好，补好。这张悲惨的遁世小木桌被放逐得太久，远离热情的友邻，所以我决定，要用温暖的锅碗瓢盆、温暖的壁炉和温暖的心包围它，让它如沐春风。我有点儿想知道，上述一切温暖的关照究竟能孕育出什么东西来。

我很高兴看到这张桌子的材质并不是普通的红木，而是苹果木，年月使之发黑发暗，几乎变为胡桃木的色泽。它加入家具的行列之后，效果令人惊异，竟相当契合我们的香柏木客厅——这个房间有此称呼，是因为它本属于老派风格，镶着木质的护壁板。桌子的台面，或者说圆案，格外精巧，能够轻易从平放状态折叠为垂直状态，所以不使用时，可以将其靠墙搁在角落里。我觉得，把它当作我自己、我妻子以及两个女儿的小茶桌和小餐桌，应该很不错。这对于一张安静的桌子也颇为适宜。另外，想到它还可以变成一张极好的读书桌，本人甚感愉快。

① 科顿·马瑟(Cotton Mather, 1663—1728)，北美清教牧师，马萨诸塞的领袖人物。
② 《辉煌业绩》(*Magnalia*)，全名为《基督在北美的辉煌业绩》(*Magnalia Christi Amricana*)，是科顿·马瑟在 1702 年出版的一本著作。该书详尽记述了开拓新英格兰殖民地的历程，鼓吹清教徒遵循上帝的旨意到荒原上建立神圣国度。

　　我妻子对以上设想却没什么兴趣。她讨厌这个主意，不欢迎苹果木桌子像一个殊为落伍、寒酸的陌生人那样，闯入光鲜华丽的家具群体之中。然而，桌子接下来去了一趟木匠铺子，回家后焕然一新，锃亮夺目有如一枚畿尼①，于是我妻子比任何人都更积极地接纳它。这张桌子在香柏木客厅占据了备享尊荣的一席之地。

　　但是，我的女儿朱莉娅却始终未能摆脱第一次撞见苹果木桌子时产生的怪异情绪。很不幸，那天正赶上我把它从阁楼搬下来。当时我两手抓着桌子的圆案，将它举起，因此一只结满蛛网的马蹄足直戳于前，而在楼梯拐弯处，这个奇怪的部件突然碰到了正往上走的姑娘。于是乎，她一转身，没看见任何人——我完全被桌子挡住了——只看见马蹄足鬼魅般显现，好似撒旦的一条腿，她尖声大叫，要不是我立即开口说话，真不知接下去情况会变得多严重。

　　我可怜的女儿，这件事让她精神紧张了好久，迟迟无法复原。姑娘很迷信，认为我走进了不应涉足的封闭场所，故而十分悲伤。在她意识里，这张三足分岔的桌子与臭名昭著的鬼怪息息相关。她恳求我别再倒腾什么苹果木桌子。她的姐妹也支持她。我的两个女儿天生就同气连枝。而我讲究实际的妻子如今却宣布她喜欢那张桌子。她一向意志坚定，精力充沛。对她而言，朱莉娅和安娜的成见简直荒唐透顶。她觉得，作为母亲她有义务将这股柔弱之风扫荡干净。渐渐地，吃早餐以及喝午茶时，我们让两个女儿

① 畿尼（guinea），英国的旧金币，值一镑一先令。

一起坐到桌子旁。持续的接触不乏成效。没多久，她们已能安坐如常，但朱莉娅仍尽量不去看桌子的马蹄足，而我若发笑，她必定投来严肃的目光，仿佛在说，啊，爸爸，换成你大概也会这么做。姑娘预言，迟早要发生跟这桌子有关的怪事。结果我反倒笑得更欢，妻子则恼怒地责备女儿。

同时，我把它当成一张晚间的读书桌，并因此深感满意。在一场女士们张罗的大集上，我给自己买了一只漂亮的读书靠垫，可以将胳膊肘搁在上面，再用手遮挡灯光，消磨漫长的时间——屋内悄无人声，唯有那本从阁楼里拿下来的古怪旧书与我相伴。

原本诸事皆顺，直到发生了以下变故——请记住，这个小插曲跟本文的其他叙述一样，时间上远远早于"福克斯姑娘"①活跃的年代。

那是十二月一个星期六的夜晚。又小又旧的香柏木客厅里，我坐在又小又旧的苹果木桌子前，像往常一样独自一人。我不止一次试图起身离开，上床睡觉，却怎么也办不到。当时我兴许是着魔了。不知为何，反正我运用理智的能力大不如前。我颇为紧张。实际上，虽然科顿·马瑟在以往的夜读时分让我愉快，这个晚上却让我害怕。那些故事曾千百次使我发笑。奇闻怪谈，我原本认为还挺有趣的。可是眼下，情形大大不同。它们开始显露真

---

① "福克斯姑娘"（Fox Girls），又称为"福克斯姐妹"（Fox Sisters），指十九世纪美国纽约姓福克斯的三姐妹，她们分别是利亚·福克斯（Leah Fox，1831—1890）、玛格丽特·福克斯（Margaret Fox，1833—1893）、凯瑟琳·福克斯（Catherine Fox，1837—1892），三人创建了神秘主义派别唯灵派（Spiritualism）。

实的一面。此刻，我第一次觉得《辉煌业绩》的作者绝无拉德克利芙夫人 [①] 的浪漫情调，是一个实事求是、勤奋努力、热情真挚的正直之士，也是一位满腹经纶的大学者，以及一名优秀的基督徒和正统的牧师。这样一个人又怎么可能欺世盗名？他行文的风格朴实无华，直指真理，毫无避讳地向读者详细讲解了新英格兰的巫术，每一件重要的事情均有可敬的市民作证，而其中不少最令人惊奇的例子是他本人亲眼所见。科顿·马瑟固然证实了他看到东西。但我自问，巫术是不是确有可能。我随即想到了约翰逊博士 [②]，这位踏踏实实的字典编纂者相信幽灵存在，其他众多杰出卓异的名流亦然。顺从于那股使人着魔的力量，我一直阅读到三更半夜。最终，我发现几乎听不到一丁点儿声音，真希望别那么安静。

我旁边放着一杯微热的潘趣酒。每逢星期六晚上，我喜欢不温不火地来些这样的饮料。然而，本人的好太太长年反对我这嗜好，断言除非我改过自新，否则一定死得像个惨兮兮的醉鬼。有必要说明一下，事实上，在那一个个紧跟着周六之夜到来的周日早晨，我不得不极其小心谨慎，如遇突发状况，绝不能流露哪怕最轻微的焦躁情绪，否则必然留下口实，被说成是夜间纵酒的恶

[①] 拉德克利芙夫人（Mrs Radcliffe），即安·拉德克利芙（Ann Radcliffe，1764—1823），英国小说家，以创作浪漫主义的哥特小说见长，作品融恐怖、悬念和浪漫气息于一体。

[②] 约翰逊博士（Dr. Johnson），指塞缪尔·约翰逊（Samuel Johnson，1709—1784），英国作家、评论家。于1755年编成《英语大辞典》，牛津大学给他颁发荣誉博士学位，因此人们称他为"约翰逊博士"。

果。至于我妻子，她从未品尝过潘趣酒，却很喜欢没事就发发小牢骚。

在前文提到的那个晚上，我一反平时小酌怡情的习惯，调了杯烈酒。我渴求刺激。我需要一份鼓舞以抵抗科顿·马瑟——阴郁的、可怕的、鬼气森森的科顿·马瑟。我越来越紧张。仅仅是因为着了魔，我才没有从客厅逃走。烛光昏暗，烛泪长流，烛花成堆。可是我不敢用烛剪清理它们。那么做动静过大。而先前我还指望能有点儿声响。我读啊读啊。我头发的触觉变得异常敏锐。我的眼睛干涩、疼痛。我很清楚这一点。我知道我正使它们受损。我知道第二天我会因为用眼过度而懊悔。但我还是继续往下读。我已不由自主。我是鬼上身了。

忽然间——听！

我的头发根根倒竖。

从什么东西的内部传出一阵轻微的敲打声或刮擦声——奇奇怪怪、莫名其妙的响动，混合着一些细小的叩击声或嘀嗒声。

嘀嗒！嘀嗒！

没错，是一种微弱的嘀嗒声。

我抬头看了看墙角伫立的斯特拉斯堡大座钟。声音不是从那儿发出来的。座钟已经停摆。

嘀嗒！嘀嗒！

是不是我的怀表在响？

按照妻子往常的做法，她去睡觉时会把我的怀表拿到卧室，挂在钉子上。

我凝神倾听。

嘀嗒！嘀嗒！

是护壁板在格格响？

我颤悠悠地沿墙走了一圈，将耳朵贴到护壁板上。

不，这声音并非来自护壁板。

嘀嗒！嘀嗒！

我在发抖。我为自己的胆怯而害臊。

嘀嗒！嘀嗒！

声音的准确度和强度均在增加。我丢下护壁板走回来。这声音似乎要来找我。

我四下张望，什么也没看到，只瞧见小苹果木桌子的一只马蹄足。

上帝保佑，我喃喃自语，突然感觉一阵恶心。肯定很晚了。妻子是不是在叫我？对啊，对啊。我得睡觉去。门窗大概全锁上了。没必要再巡查一番。

着魔的状态已经解除，恐惧却有增无减。我双手颤抖，将科顿·马瑟丢到一边，拿上烛台，快步走到卧室，怀着一份撤退的奇异感觉，好像一条狗落荒而逃。我急于进入卧室，半路上撞到了一张椅子。

"别那么吵吵闹闹，亲爱的，"妻子躺在床上说，"恐怕你喝了太多的潘趣酒。你这可悲的嗜好一天比一天严重。啊，我从没见过你晚上这样跌跌撞撞地走进房间。"

"太太，太太，"我嗓音嘶哑，低声道，"有什么东西——嘀嘀嗒嗒的东西——在香柏木客厅里一个劲儿响。"

"可怜的老头子——快神志不清了——我就知道要搞成这个样子。上床。来睡个好觉。"

"太太，太太！"

"上来吧，上床。我原谅你了。明天我不会跟你提这茬儿。不过，亲爱的，你不许再喝潘趣酒了。这是为你好。"

"别逗我发火，"此刻我终于回过魂来，喊道，"我可出门去了！"

"不要去！不要这个鬼样子出去。上床来，亲爱的，我不再多说一个字。"

第二天早上，妻子醒来后压根儿不提昨晚的事情，而我觉得非常尴尬，尤其是自己一度如此恐慌，所以我也不吭气。自然，妻子把我的怪异举动归结为精神错乱，不是幽灵作祟，而是潘趣酒添堵。至于我自己，躺在床上望着窗外的太阳时，我开始认为深夜读科顿·马瑟没什么益处，那会给神经造成不良影响，并引发幻觉。我决定把科顿·马瑟束之高阁。这样一来，我就不必担忧自己再听到任何嘀嗒声。实际上，我已转而相信屋子里的嘀嗒声不过是某种在我耳内回响的嗡嗡声。

妻子一直习惯比我起得更早。我仔仔细细、舒心惬意地洗漱完毕。意识到大多数精神失常往往有身体状况上的根源，我用洁面刷使自己看起来活力四射，又用新英格兰的朗姆酒洗头，以前有人把这个偏方推荐给我，说是可以治耳鸣。我穿上晨袍，认真系好围巾，精心修剪过指甲，洋洋自得地走到楼下，去香柏木小客厅吃早饭。

我很惊讶看到妻子正跪在苹果木小桌近旁边的地毯上找什么东西，早餐置于桌面无人理睬，而我的两个女儿，朱莉娅和安娜，正在房间里心烦意乱地跑来跑去。

"哦，爸爸，爸爸！"朱莉娅快步向我走来，喊道，"我就知道会这样。桌子，那张桌子！"

"鬼魂！鬼魂！"安娜站得远远的，指着桌子大叫。

"安静！"妻子喝道，"你们一个劲儿吵，我怎么听得清？不要动。到这边来，老头子，这是你说的嘀嗒声吗？你干吗不过来？是它吗？这儿，跪下来听听。嘀嗒，嘀嗒，嘀嗒！——现在你听到了吧？"

"来了，来了。"我喊道，而两个女儿却恳求我们从那儿走开。

嘀嗒，嘀嗒，嘀嗒！

就在洁白如雪的桌布、令人愉快的大茶壶，以及热气腾腾的牛奶吐司下面，正传出不可理喻的嘀嗒声。

"隔壁不是有炉子吗，朱莉娅？"我说，"咱们上那儿吃早饭去，亲爱的，"我朝妻子转过身来，"咱们走——留下这张桌子——让比迪把东西挪开。"

言语间，本人泰然自若地走向房门，妻子却拦住我。

"离开客厅之前，我一定要弄清楚这嘀嗒声是什么，"她斩钉截铁说道，"我们肯定能搞明白，毫无疑问。我不信有鬼，尤其是在早餐时间。比迪！比迪！来，把这些东西搬回厨房。"她将大茶壶递过去，然后扯掉桌布，让小桌子光秃秃地暴露在我们眼皮底下。

"桌子，是这张桌子！"朱莉娅大喊。

"胡诌八扯，"妻子道，"谁听说过嘀嗒作响的桌子？声音是地板传出来的。比迪！朱莉娅！安娜！把房间清空——移走桌子和其他所有的东西。平头锤在哪儿？"

"天啊，妈妈，你不是要把地毯给掀开吧？"朱莉娅尖叫。

"夫人，锤子。"比迪有点儿发颤，走上前说道。

"快给我。"妻子喊道。可怜的比迪拿着锤子，离得她老远，仿佛女主人染上了瘟疫。

"好了，老头子，你拽地毯那一边，我拽这一边。"她随即跪下来，于是我也照做不误。

地毯移开了，耳朵直接贴在裸露的地板上，听不到一丝声响。

"桌子——果然是那张桌子，"妻子大喊，"比迪，把它搬回来。"

"哦，不，夫人，求求你，别叫我去，夫人。"比迪哭丧道。

"蠢货！——老头子，你来搬。"

"亲爱的，"我说，"桌子我们多的是，何必非要那一张？"

"那张桌子在哪儿？"妻子喊道，完全无视我温和的反对。

"在柴房，夫人。我把它有多远就撂多远，夫人。"比迪哭道。

"是我去一趟柴房，还是你去？"妻子用一种可怕的、公事公办的口吻对我说。

我立即冲出门外，找到那张苹果木小桌，它正大头朝下搁在一个料斗里。我急忙将它拎回来。妻子再度仔细检查了一番。嘀嗒，嘀嗒，嘀嗒！没错，是桌子在响。

"夫人，请问，"比迪走进房间，"夫人，请问，能把薪水结给我吗？"

"脱下你的帽子和披巾，"妻子说，"重新摆桌子。"

"摆桌子，"我激动地大吼，"摆桌子，否则我叫警察来。"

"天啊！天啊！"我的两个女儿同时大呼，"我们会变成些什么人？——鬼魂！鬼魂！"

"你是摆桌子还是不摆？"我走向比迪，喊道。

"我摆，我摆——遵命，夫人——遵命，老爷——我摆，我摆。鬼魂！——圣母玛利亚！"

"老头子，"妻子说，"现在我确信，不论是什么东西在嘀嗒嘀嗒响，这声音或这桌子对我们并没有损害。但愿，那是因为我们全都善良虔诚。而且我打定主意，非搞清楚其中缘故不可，我有时间，有耐性，准能办到。只要还在这座宅子里生活一天，我就只用这张桌子吃早餐，所以，坐下来，东西都重新摆好了，让我们安安静静吃顿早饭。亲爱的，"她对朱莉娅和安娜说，"回你们的房间去，平静下来。别再跟孩子似的大呼小叫。"

有时候，我妻子在家里说一不二。

早餐期间，妻子徒劳地一次次打开话匣子，徒劳地说些轻松愉快的话题，想让其他人也像她一样快活有生气。朱莉娅和安娜的脑袋奄拉在她们的茶杯上方，仍旧倾听着嘀嗒声。必须承认，我也受到她们的传染。可是，有一阵子，什么也听不见。要么是嘀嗒声已经彻底消失，要么是它太过轻微，而街头的喧嚣不断增长，再加上白昼的混响，这与夜间和清晨的宁谧形成了强烈反差，因此将那道声音盖住。我们藏在心底的不安让妻子非常恼火，也让她毫无惧意的形象更为光辉。吃完早餐，她拿来我的怀表，放在桌子上，并以开玩笑的挑衅语调对所谓的鬼魂说："来啊，继续嘀嗒响啊，看看谁嘀嗒得更大声！"

那天我有事外出，却一直在思索那张神秘的桌子。难道科顿·马瑟所言不虚？世上真有鬼魂？而且会附在一张茶桌上？撒旦竟敢在一个清清白白的家庭里显露他的马蹄足？想到自己不顾女儿的严重警告，执意将恶魔的象征摆在那儿，我突然一阵颤抖。是的，三只马蹄足。但接近中午时，这种感觉开始消失。在街上与那么多大活人反复挨挤，令我不再胡思乱想。我记得，昨晚或今早我可没有这么勇敢地解放自己。我决心重新去赢回妻子的好感。

为了表现得非常积极，喝过茶，玩过三局惠斯特牌^①之后，而且此刻听不见嘀嗒声——这使我备感鼓舞——我点上烟斗，说接下来该睡觉了，再将椅子挪到壁炉前，脱掉拖鞋，把脚搁在壁炉的围栏上，气定神闲的样子就如同老德谟克利特^②身处阿布底拉^③的墓地中一般，那是一天深夜，城里顽皮的孩子们装妖作怪，企图吓唬意志坚定的哲学家。

---

① 惠斯特牌（whist），类似于桥牌的纸牌游戏。
② 德谟克利特（Democritus，约公元前460—370），古希腊哲学家。
③ 阿布底拉（Abdera），古希腊色雷斯的海滨城市，德谟克利特的出生地。传说德谟克利特常去一些荒凉之处，或者待在墓地中，以激发想象力。

我还想到，面对此等情境，这位卓越的老先生以自己的举动为所有时代树立了榜样。他在那个阴森恐怖的时刻仍专注于研究学问，听见奇怪的声响，他没有从书页上移开目光，只淡淡说道："孩子们，小调皮，回家去吧。这里不是耍闹的地方。你们会着凉的。"上述词句蕴含的哲理是：它们暗示了意料之中的结论，即我们对任何可能的灵异现象的任何可能的探查皆属荒谬。神志健全之人一看到这些事情，会本能地认定它们是装神弄鬼，丝毫不值得关注，尤其是此类现象出现在墓地时，而墓地又格外寂静冷清、死气沉沉。顺便提一句，老先生正是看中这些特质，才将阿布底拉的墓地当成了自己研究学问的场所。

眼下我孤身一人，周围悄无声息。我放下烟斗，并不觉得此刻自己足够镇定，可以全然沉醉其间。我拿起一张报纸，借着炉旁小烛台放射的光芒，以一种紧张兮兮、匆忙潦草的方式开始阅读。至于苹果木桌子，我近来才发现它太矮，不适合做一张读书桌，那晚上我最好别用它干这个。但它离我不远，摆在屋子中央。

尽管我努力读报，却不大成功。不知为什么，我似乎全神贯注于听，而根本没有在看。我竖着耳朵，专心致志。很快，寂静被打破了。

嘀嗒，嘀嗒，嘀嗒！

虽然并非第一次听到这个声音，不，应该说虽然我特意留下来等待这个声音，可是，当它出现时，似乎还是让我始料未及，好像隆隆炮声从窗外传来。

嘀嗒！嘀嗒！嘀嗒！

我坐着一动不动，竭力想控制——如果可能——自己最初的惊慌情绪。然后我离开座椅，颇为镇定地望着那张桌子，颇为镇定地向它走去，颇为镇定地举起它，又轻轻放下。我就这么举起放下，每次间隔那么一会儿，屏息谛听。同时，在内心深处，惊恐与哲学的较量仍未见分晓。

嘀嗒！嘀嗒！嘀嗒！

嘀嗒声以令人惊骇的清晰在夜间响起。

我脉搏狂震，心脏剧烈跳动。若非德谟克利特在这一刻施以援手，我真不知道该怎么办才好。说来惭愧，我自言自语道，如果一个如此美妙的哲学范例不可以效法，那么它还有何益处？我决意直接模仿它，甚至模仿老圣人的言行和态度。

我重新坐到椅子上阅读报纸，背对那张桌子，长久不动，仿佛埋首于研究。而嘀嗒声仍在持续，我极力以漠然、冷淡的嘲讽语气慢吞吞说道："响吧，响吧，嘀嗒响吧，小家伙，今晚真够来劲的。"

嘀嗒！嘀嗒！嘀嗒！

此刻的嘀嗒声里似乎暗含着揶揄轻蔑。它好像十分欢悦，原因是本人刚才的表演收效甚微。然而，尽管遭到奚落，这份奚落却只会让我坚持下去。我拿定主意，绝不削弱言辞之锋利。

"响吧，响吧，你越来越闹腾了，嘀嗒响吧，小家伙，真够搞笑的——该歇一歇啦。"

话音方落，嘀嗒声便停止了。命令执行得如此精准，简直前所未见。就算天塌下来，我也要转过身去，面对那张桌子，如同面对一个能跟你有问有答的活物。这时候——我该不该相信自己的感官？——我看到什么东西在桌面上移动，或者扭动，或者蠕动。它像萤火虫一样发光。我下意识地攥紧了手中的拨火棍，但想到用拨火棍去打一只萤火虫非常荒唐，于是又把它放下。说不准我到底恍恍惚惚地坐了多久，看了多久，反正我假装云淡风轻而内心里波澜万丈。最终，我站起来，将外套从上往下扣好，突然勇猛地迈出大步，直奔那张桌子。结果呢，千真万确，我看到桌面上接近中央的位置有一个不规则的小孔，或者毋宁说类似于一个蛀蚀的小洞，发光的东西（不管它是什么）在里面极力要挣脱束缚（犹如蝴蝶破茧而出）。它动来动去的架势，显然是生物。我愣愣站着，思忖：这就是所谓的鬼魂？就是它？不，我一定是在做梦。我把目光移至壁炉的火焰上，随即又回到桌子上的苍白光芒。我看见的并不是幻象，而是真正的奇迹。震动不断加剧，此时，德谟克利特再一次使我振作精神。即便这闪烁感觉上是超自然现象，我仍努力以纯粹的科学眼光去观察它。如此一来，它又显得像是一类未知的发光小甲壳虫或小飞虫，另外，我认为，它还能发出某种声响。

我仍在注视它，而且越来越冷静。它也仍在不停挣扎，闪闪发亮。有一阵子，它几乎就要逃出樊笼。我灵机一动，跑去拿了一只平底玻璃杯来，罩在这虫子上面，不让它飞走。

我透过平底玻璃又看了好一会儿，随后转身离开，心安理得地回房睡觉。

当时，我无论如何也无法理解这个现象。活生生的虫子从一张死气沉沉的桌子里钻出来？发光的虫子从一块天知道在阁楼上存放了多少年的老旧木料里钻出来？你听说过，或至少梦见过这样的事情吗？虫子是怎么进去的？没关系。我想到了德谟克利特，并决心保持冷静。反正，嘀嗒声的谜团解开了。那不过是虫子啃出一条生路时噬咬、掏挖、敲打的动静。嘀嗒声已经永远消失，令人满意。我要从中捞到些赞扬，不让这个机会轻易溜走。

"太太，"第二天早上，我说，"你再也不必苦恼我们的桌子嘀嗒作响了。我把一切都解决了。"

"真的吗，老头子。"她有点儿怀疑。

"是的，太太，"我稍嫌自负地答道，"我给嘀嗒声来了一记巨石压顶。跟你打包票，那嘀嗒声往后不会来烦你了。"

妻子请求我解释一番，可是白费功夫。我才不管她。此前我一度暴露自己的胆怯，为了扳回一城，如今我留下想象空间，让她好好猜一猜本人消灭嘀嗒声的英雄业绩。这是一个靠沉默来实施的诡计，既无恶意，也无损害，而且我认为，还相当有效。

但我去吃早饭时，看到妻子又一次在桌子旁跪下来，我的两个女儿看上去比原先还要害怕十倍。

"你干吗跟我吹牛皮？"妻子怒道，"你应该知道那很容易被戳破。瞧瞧这个裂缝。嘀嗒声也没停下来，反倒更响亮。"

"不可能。"我大呼。可仔细一听，嘀嗒！嘀嗒！嘀嗒！确实嘀嗒声还在。

我竭尽全力恢复了常态，询问虫子的情况。

"虫子？"朱莉娅尖叫道，"天啊，爸爸！"

"我希望，先生，你没把臭虫带进这座宅子。"妻子语气严肃。

"那个虫子，虫子！"我喊道，"平底玻璃杯下面的虫子。"

"平底玻璃杯下面的虫子！"姑娘们喊道，"不是我们的平底玻璃杯吧，爸爸？你没把虫子放进我们的平底玻璃杯里吧？哦，这到底——到底是什么意思？"

"你们看到这个小孔，看到这条裂缝了吗？"我指着那地方说。

"看到了，"妻子说，极为不满，"它怎么来的？你对桌子做了什么？"

"你们看没看到这条裂缝？"我气呼呼地重复。

"看到了，看到了。"朱莉娅说，"它真够吓人的。瞧着就像巫术弄成的。"

"鬼魂！鬼魂！"安娜喊道。

"安静！"妻子说，"请继续，先生，跟我们讲讲，这条裂缝有什么蹊跷。"

"太太，女儿们，"我严肃道，"昨天晚上，我一个人坐在客厅，从这条裂缝或者小洞里，钻出一只美妙的……"

说到此处，我不由自主停下来，陶醉于朱莉娅和安娜满脸的期待以及灼灼的目光。

"一只什么？一只什么？"朱莉娅喊道。

"一只虫子，朱莉娅。"

"一只虫子？"妻子喊道，"一只虫子从桌板里钻出来？你对它做了什么？"

"用一只平底玻璃杯罩住了它。"

"比迪！比迪！"妻子走到门口喊道，"你打扫房间时，在桌子上看见过一只平底玻璃杯吗？"

"当然看见了，夫人，里边还有一只讨厌的虫子。"

"你怎么处理它的？"我问。

"把虫子丢进了火里，老爷，然后把平底玻璃杯反复洗了好多遍，夫人。"

"那只平底玻璃杯在哪儿？"安娜喊道，"希望你擦过，总之留下过记号。我绝不用那只杯子喝水。比迪，永远别把它拿到我跟前。一只虫子——虫子！啊，朱莉娅！啊，妈妈！我觉得它爬遍了我全身，眼下也正在爬！这邪乎的桌子！"

"鬼魂！鬼魂！"朱莉娅喊道。

"孩子们，"她俩的母亲说，眼神中透着威严，"回房间去，恢复一些理智了再出来。难道一只虫子，就可以把你们原本拥有的一丁点儿智识全吓没了？离开客厅。真让我吃惊。你们的幼稚举动使我很难过。"

"现在，告诉我，"两个女儿一走，她立即对我说，"一五一十告诉我，从桌面的这条裂缝里当真钻出了一只虫子？"

"太太，的确如此。"

"你亲眼看见它钻出来？"

"没错。"

她俯向那条裂缝，认真观察。

"你确定？"她抬头问道，依然弯着腰。

"确定，我确定。"

她沉默不语。我觉得，事物的神秘甚至也开始对她产生影响。是啊，我思忖，眼下我本该看到妻子浑身发抖，天知道会不会喊来一个老牧师给桌子驱魔，将鬼魂赶跑。

"我打算这么干。"她突然说，表情相当兴奋。

"什么，太太？"我极为迫切地问道，期待听到一个神奇的主意，"你要干什么？"

"我要用以前听说过的一款大名鼎鼎的蟑螂粉，把这张桌子里里外外擦个遍。"

"好家伙！那么说你不认为是鬼魂在作祟？"

"鬼魂？"

她加重的语气充满了轻蔑的怀疑之意，比之德谟克利特本人也不遑多让。

"可是这嘀嗒声，这嘀嗒声呢？"我说。

"我会把它烤出来的。"

"唉，唉，太太，"我说，"你别走到另一个极端去啊。不管是抹蟑螂粉，还是搁到火上烤，都没办法救这张桌子。你不能否认，太太，它是一张古怪的桌子。"

"那么我会它把擦干净，"她回答，"好好擦个通透。"妻子随即叫来比迪，要她给桌子打蜡，刷洗，让它焕然一新。做完了这一切，桌布重新铺好，我们坐下来吃早餐。不过两个女儿并未露面。朱莉娅和安娜当天没吃早餐。

撤掉桌布之后，妻子高效地展开工作，用一种深色的胶剂将桌面上的小孔彻底封死。

两个女儿脸色苍白，那天早上我坚持要带她们去散步，于是有了以下交谈。

"爸爸，我对于那张桌子最糟糕的预感正在变成现实，"朱莉娅说，"它的马蹄足杵到我肩膀上，这样一个暗示并不是无缘无故的。"

"净胡扯，"我说，"我们去布朗夫人餐馆，买个冰激凌。"

眼下德谟克利特的精神在我身上越发旺盛。它随着阳光的增强而增强，奇妙的巧合。

"但真够神的，"安娜说，"虫子怎么会从一张桌子里钻出来？"

"没什么，我的女儿。虫子从木头里钻出来，这很平常。你肯定见过它们从壁炉里那些劈柴的一端钻出来。"

"啊，可是这类木头几乎是刚从林中砍下来的。而那张桌子至少有一百年了。"

"那又如何？"我快活说道，"在岩块内部，不也发现过极其古老的活蟾蜍吗？"

"随便你怎么讲，爸爸，反正我觉得是鬼魂，"朱莉娅说，"当机立断，亲爱的爸爸，把那张闹鬼的桌子从家里弄走吧。"

"净胡扯。"我说。

她俩越是害怕，我越是胆壮，又一个奇妙的巧合。

夜幕降临。

"这嘀嗒声，"妻子说，"你觉得是另一只虫子在继续打洞吗？"

很奇怪，我原先从未考虑过这个问题。我可没想到会有双胞胎虫子。但现在，天知道，说不定还有三胞胎虫子。

我决定防患于未然，再者，如果第二只虫子即将现身，得确保它安全无虞。夜间，嘀嗒声重新响起。十点钟左右，我靠耳朵找到发声的大致区域，往上边罩了一只平底玻璃杯。随后我们回房休息，并把香柏木客厅锁好，钥匙揣在我裤袋里。

第二天早晨，桌子上什么也没有，可依然能听见嘀嗒声。两个女儿又开始害怕。她们想上邻居家待着，但妻子大力反对。我们将成为整个镇子的笑柄。所以我们一致同意，家丑不可外扬。比迪受到严格的限制，而且，为了确保她不向牧师走漏消息，那个星期我们不许她去忏悔。

我一整天足不出户，每隔一两个小时就仔细观察桌子一次，又是听又是看。随着夜晚来临，我觉得嘀嗒声越来越清晰，而且木板上凭耳朵圈定的发声区域也越来越狭小。另外我还觉得，在我倒扣平底玻璃杯的地方，可以观察到一阵微弱的搏动，或者是木头的鼓胀。为了不再瞎猜，妻子建议用刀子把那儿的桌面切开，但我有一个稍具耐心的计划，亦即她和我在桌子旁坐一晚，因为从刻下的状况来判断，虫子很可能在天亮之前钻出木板。对我而言，目睹它来到世间是很有意思的事情，好比破壳小鸡的第一次耀眼亮相。

这个主意打动了我妻子。她坚持要朱莉娅和安娜也参与进来，好让两个女儿亲眼见识一番，抛弃所有荒谬幼稚的观念。在我妻子看来，什么鬼魂在嘀嗒作响啦，什么鬼魂可以从虫子身上跑到她们身上啦，尽是愚蠢到无以复加的妄想。确实，她没法解释这个现象，但她坚信有答案，而且迟早会找到答案，该答案也完全能够让她满意。我妻子并不知道，她其实是个女德谟克利特。至于我本人，目前的认识还很含混。在德谟克利特和科顿·马瑟之间，我正以一种既奇特又让人讨厌的方式轻轻摆荡。不过，在妻子和女儿眼里，我是个纯粹的德谟克利特主义者，对所有茶桌鬼魂不屑一顾。

于是乎，我们准备了充足的蜡烛和饼干，四个人一同坐在桌子旁，围着它熬夜。有好一阵子，我和妻子大聊特聊，两个女儿却一声不吭。此后我和妻子又想玩他一局惠斯特牌。可是女儿们完全打不起精神，结果我们等于跟两个名副其实的木偶在打牌。妻子赢了一局，但赢得很没劲，索性也将扑克牌丢到了一边。

十一点半。看不到虫子的影子。蜡烛开始变暗。妻子正打算掐灭它们，突然间传来一阵狂暴、空洞、洪亮的隆隆巨响。

朱莉娅和安娜一跳三尺高。

"万事平安！"街头有个声音大喊。是守夜人。他先拿棍棒敲打石子路面，继而来上那么一句极其令人安心的吆喝。

"万事平安！姑娘们，听到了吗？"我高兴道。

事实上，跟三个女人为伴，我感觉自己像布鲁斯 [①] 一样充满

[①] 布鲁斯（Bruce），应指罗伯特·布鲁斯（Robert the Bruce，1274—1329），苏格兰国王，领导苏格兰打败了英格兰，赢得民族独立。被称为"勇敢的心"（Braveheart）。

勇气，这可真让人吃惊，而两名姑娘几乎吓傻了。

我起身去拿烟斗，吐了一口饱含哲思的烟雾。

永远应选择德谟克利特，我想。

在深沉的静默中，我坐着抽烟。这时候，你听！——嘭！嘭！嘭！——正好是桌子下面，嘭嘭声大作。

这一次，我们四个统统一跳三尺高，我的烟斗摔裂了。

"天啊！是什么在响？"

"鬼魂！鬼魂！"朱莉娅喊道。

"啊，啊，啊！"安娜喊道。

"真丢人，"妻子说，"是地窖里新装瓶的苹果酒炸开了。今天我告诉过比迪，要用绳子捆好。"

以下是我从那天晚上的记录中转抄的字句：

一点钟。无虫子踪迹。嘀嗒声仍在持续。太太越来越困。

两点钟。无虫子踪迹。嘀嗒声断断续续。太太已熟睡。

三点钟。无虫子踪迹。嘀嗒声相当稳定。朱莉娅和安娜越来越困。

四点钟。无虫子踪迹。嘀嗒声有规律，但不激烈。太太、朱莉娅和安娜均在椅子上熟睡。

五点钟。无虫子踪迹。嘀嗒声微弱。我昏昏欲睡。其他人仍在睡觉。

笔录到此为止。

——梆！梆！梆！

大门传来一阵可怕、不祥的敲打声。

我们从梦中惊醒，起身站立。

梆！梆！梆！

朱莉娅和安娜连连尖叫。

我缩在墙角。

"你们这些笨蛋，"妻子喊道，"是面包师来送面包。"

六点钟。

妻子去拉开百叶窗，还没弄完，便听到朱莉娅一声大呼。桌板上，虫子半藏半露，正扭动不已，像颗火蛋白石一样照亮了昏暗的房间。

即使这只虫子佩有一柄小小的利剑——一柄大马士革剑，脖子上再挂一串小小的项链——一串钻石项链，并且手中握着一支小枪——一支黄铜枪，嘴巴里还塞着一份手稿——一份占星术手稿，即使如此，朱莉娅和安娜也不会更加痴迷了。

千真万确，这是一只漂亮的虫子——一只犹太珠宝商的虫子——一只闪耀如夕晖的虫子。

朱莉娅和安娜从没想到会有那么一只虫子。她们原以为，虫子即丑陋的同义词。然而这只虫子堪称虫子中的炽天使。甚至，

它就是美丽的化身，因为它如此美丽，宛似蝴蝶。^①

朱莉娅和安娜仔细看了又看。她们不再紧张兮兮。她们满心欢喜。

"可是，这个奇特、漂亮的生灵是怎么钻进桌子里的？"朱莉娅问道。

"精灵想去哪儿就去哪儿。"安娜回答。

"哼！"妻子道。

"你们还能听见嘀嗒声吗？"我说。

她们竖起了耳朵，不过什么也没听到。

"好吧，太太，女儿们，现在一切都结束了，今天上午我得去好好查一查这件事。"

"哦，去吧，爸爸，"朱莉娅说，"去问一问帕齐太太，那个巫女。"

"最好去问约翰逊教授，那位博物学家。"妻子说。

"好极了，德谟克利特夫人，"我说，"我去找约翰逊教授。"

很幸运，这位教授没出门。我简单讲了讲事情的原委，他颇有兴趣，又颇为冷静而镇定，并且郑重其事地跟我回家。我们向他展示了那张桌子、那两个小洞、那只虫子，又描述了事件的种种细节。我妻子和两个女儿均在场。

---

① "甚至……蝴蝶"一句的原文为"or, rather, all it had of the bug was the B, for it was beautiful as a butterfly"。这是一个文字游戏，直译为"B 就是这只虫子所具有的一切，因为它美丽如蝴蝶"。"美丽"（beautiful）和"蝴蝶"（butterfly）的英文单词首字母大写均为"B"，故作者会如此说。

"好了，教授，"我问道，"你怎么看？"

戴上眼镜，这位博学的教授盯着桌子，用刀子轻轻在小洞里刮铲，但什么也没说。

"这事情，并不寻常？"安娜焦急问道。

"很不寻常，小姐。"

朱莉娅和安娜交换了一个意味深长的眼神。

"可这非常美妙，对吧？"朱莉娅问道。

"非常美妙，小姐。"

两个女儿交换了一个更加意味深长的眼神。受到鼓舞，朱莉娅再次开腔说话。

"先生，您一定不承认，在这事情上发挥作用的，是鬼……"

"鬼魂？不是。"回答不容辩驳。

"女儿们，"我轻声道，"你俩应该清楚，回答你们提问的可不是巫女帕齐太太，而是知名的博物学家，约翰逊教授。好了，教授，"我补充说，"请您指教，让我们也长长见识。"

我不再逐字逐句复述这位博学绅士的讲解，实际上，他虽然说得明白无误，言辞却有失单调——我将他的阐释总结如下，想来应该足够了。

此事并非孤例。那张桌子的材质是苹果木，很受各种昆虫的欢迎，它们飞进果园，飞到活树上，把卵产在树皮下面。仔细检查最后一只虫子钻出桌面的地方，会发现它咬穿了一寸半的木头，而根据这一厚度所包含的木质层数，可以推算出桌板的木质总层数，再合理估测加工时削去的层数，则不难判断，虫卵产下的时间差不多是在苹果树遭砍伐的九十年以前。但从树木倒下到今天，又流逝了多少光阴？这张桌子的样式极其老旧。姑且认为它有八十年的历史吧，那么虫卵就存在了一百七十年。至少，这是约翰逊教授的计算。

"朱莉娅啊，"我说，"听完这件事的科学解释（虽然，我承认，我并不完全明白），你还信是鬼魂作祟？它确实很奇妙，可鬼魂在哪里？"

"是啊，在哪里？"妻子说。

"如今她可不把这个纯粹的自然现象跟那些见神见鬼的浅陋说法联系到一起了，对吧？"博学的教授语带讥讽评论道。

"随便你们怎么讲，"朱莉娅说，拿起瓶底玻璃杯里那枚莹莹发亮、光芒四射、璀璨夺目的鲜活蛋白石，"随便你们怎么讲，就算这个美丽的生物不是魂灵，它依旧让我们感受到超自然世界的力量。你看，经过一百七十年的休眠，这只小小的虫子终于来到世间，它那么灿烂，难道其中不含一星半点人类灵魂的辉煌复生？鬼魂！鬼魂！"她欣喜若狂，大叫道，"我依然相信神灵，只不过我现在满怀愉悦地相信它们，而以前我一想到它们就感到害怕。"

那只神秘的昆虫，它没能让自己绚丽的生命延续多久，第二天便死去了。但姑娘们将它保存下来，装进一只银质的香盒里，放在苹果木桌子上，置于香柏木客厅的两扇窗户之间。

如果哪位女士怀疑这个故事，我的两个女儿会很乐意向她展示那只虫子和那张桌子，并且指给她看，在后者经过修补的桌板上，有两个以蜡滴封好的小洞，它们正是两只虫子钻成的，这多少有点儿像人们在布拉托街教堂①标出了它被炮弹击中的地方。

① 布拉托街教堂（Brattle Street Church），美国波士顿市的一座教堂，建于十七世纪末，十九世纪七十年代拆除。该教堂原有一座方塔，嵌着一枚炮弹，传说是美国独立战争时期，美军攻占波士顿时发射的。

吉米·罗斯 [①]

　　前一阵子——具体是何年何月并不重要——我这个老头子从乡下移居到城里，意外成为一栋宏伟旧宅的继承人，它坐落于某个低洼城区的一条狭窄街道上，那儿一度是时尚风潮的荟萃之地，遍布欢乐的屋宇和新婚夫妇的爱巢，但如今它们大多数已沦为账房与仓库。货包、箱子侵占了沙发的位置，交易日记账以及分类账到处堆放，美味的早餐面包曾经在此涂抹黄油。旧城区内，老式软饼的辉煌年代已一去不返。

　　然而，在我这幢旧宅子里，往昔岁月的某些遗迹十分奇特地得以留存，幸免于难。它绝非特例。在一栋栋仓库之间，还零星矗立着几座民居。这条街道的蜕变并不彻底。犹如那些英国的老

① 此篇原题"Jimmy Rose"，1855 年 11 月首刊于《哈泼斯新月刊》（*Harper's New Monthly Magazine*）。

修士和老修女，他们遭受洗劫后还在自己避世幽居的废墟旁长久游荡，少数几个怪诞的老先生和老妇人同样在附近淹留不去，既无意也无法离开。有一年春天，我走出自己白花盛放的果园，顶着一头白发，拄着白象牙手柄的拐杖，加入了他们东游西逛的探察活动之中，这些对旧城区深怀眷恋的老可怜虫四处寻觅，企图找到往日风尚死灰复燃的蛛丝马迹。

多年以来，这栋老房子一直归在某位业主名下，他一次又一次把它交给不停变动的各式租户，包括衰朽的老市民、神秘的隐居者，以及短暂逗留而面容模糊的外邦人。

我换掉了不少碍眼的廉价摆设，比如拆去一道讲坛似的门廊，它原本位于六级高耸台阶的顶端，还搭配着一块笼罩八方的宽边共鸣板。另外，我还拆除了沉重、艳俗的百叶窗，它们顶端有个月牙形的孔洞，以便房间即使在潮湿闷热的七月黎明窗户紧闭时，仍能够接纳一缕朦朦胧胧的晨曦。我再次强调，房子前部相当不协调，仿佛现代的枝条生硬地嫁接在其古代的树干上。不过，尽管如此，它从里到外并没有被我改变多少，甚至毫无改变。地下室满是阴森的拱形黑砖，看上去好像圣殿骑士①的古老墓穴，而顶上架着一楼的地板木料，巨大、方正、粗硕，全是红橡木，并且树龄很长，呈现浑厚的棕褐色。这些木料是如此宽大，排列得如此紧密，以至于走在开阔的地下室里，就如同走在战列舰的火

① 圣殿骑士（Templar），原为中世纪基督教军事组织圣殿骑士团的成员，如今在英国圣殿骑士多用来指称法学家和律师。

炮甲板上。

　　每层楼的每个房间依然保留着九十年前的样子，木质的屋檐密布霉斑，护墙板上镶满装饰，精雕细刻而又高不可及的壁炉台上摆放着植物和动物外形的古怪器物。墙纸因年深日久而模糊不清，但依然可以看到路易十六时代的图案。在最大的客厅里（我的女儿们称之为起居室，以有别于其余两个较小的客厅，而我认为这一区分毫无必要），纸质壁挂的式样极尽浮夸。我们会立即明白这种纸只可能来自巴黎——真正的凡尔赛纸——它们或许也曾垂挂在玛丽·安托瓦内特①的闺房之内。纸壁挂组成一个个钻石般的大菱形，由许多玫瑰花饰分隔开（比迪姑娘说它们是洋葱，但我妻子很快使她不再这么想）。这一长串菱形如同一只只树荫遮盖的花园鸟笼，各自环绕着一张又一张优美的博物学插画，上头尽是些十足巴黎派头的鸟儿：小鹦鹉、大鹦鹉和孔雀，主要是孔雀。真可谓鸟中的埃斯特哈齐王子②。全是红宝石、钻石和金羊毛勋章。不过，唉，老房子的北端很怪异，不是发霉就是覆满苔藓，与古老林木朝北那一面的情况相仿，苔藓最多，而此处据说也是最先从内往外朽烂的地方。简言之，由于屋檐的小裂缝，雨水沿墙壁慢慢流淌，渗到一楼，因此众孔雀先前的璀璨夺目已经在房间北面可悲地暗淡下来。那段时期，宅子里生活的粗野租客

① 玛丽·安托瓦内特（Marie Antoinette, 1755—1793），法王路易十六的妻子，原为奥地利公主，法国大革命爆发后与丈夫一同被处死。
② 埃斯特哈齐王子（Prince Esterházy, 1714—1790），匈牙利王子，喜欢精美的服饰、壮丽的官殿，很懂得欣赏歌剧，世称"华贵者"（the Magnificent）。他以音乐家约瑟夫·海顿的主要雇主而闻名后世。

觉得无须修修补补，或者说不必为这事情浪费时间，反正他们总是在孔雀环绕的客厅内存放食物，晾晒衣服。所以，许多色彩鲜艳的鸟儿似乎在飞扬的尘土中弄脏了它们华贵的翎毛。最凄惨的景象，则是它们闪耀如繁星的尾羽也污迹斑斑。尽管这样，它们仍坚韧而愉快地，不，应该说它们在各处神采奕奕地掩藏自己痛苦的宿命，真正的优雅依然存留于它们的外形之中，这外形又如此饱满，似乎它们终日冥想，在发暗的架子间经年累月地耽于美妙而愉悦的沉思。家人一再恳请我（尤其是我妻子，对我来说，她恐怕太过年轻），把那些《圣经》所谓的鸡栖木统统拆除，换上漂亮、精致、高级的奶油色壁纸，可是任他们三求四告，我始终不为所动，而在其他事情上我一向很随和。

我之所以不同意拿掉老客厅的孔雀或屋舍的玫瑰（我同时使用这两个名字），是因为长久以来，它们总是让我想起这栋旧宅子最初的一位房东——温文尔雅的吉米·罗斯。

可怜的吉米·罗斯！

吉米是我的老熟人。他刚死没几年，而我和另外两个摇摇晃晃的老家伙紧跟在后，排着队一路追随他直奔坟墓。

吉米生在一个中等人家。青年时，他极其英俊。身材高大，充满阳刚之气，有一双蓝色的明亮眼睛，棕色的鬈发，脸颊好像抹了胭脂，不过这是真正的健康色彩，并由生活的欢愉所加深。吉米天生讨女人喜欢，又像大多数游戏花丛的浪荡子那样，从未在圣坛前发誓忠于一段婚姻，让他那广受钦羡的自由受到束缚。

通过经营高端的大宗生意，类似于非凡的佛罗伦萨"华贵都市"贸易公司所运作的业务，吉米赚了很多钱，足够纵情享乐。有好一阵子，他的午餐、晚餐和宴席，相比聚饮之城纽约的任何一场饭局都毫不逊色。他异乎寻常的欢乐、鲜艳的服饰、火花四溅的机智风趣，连同流光溢彩的枝形吊灯、谈资无限的闲聊、法式家具，再加上他待人接物的热忱、他慷慨的性格和丰富饮食、他高雅的气派和美酒佳酿，以上这一切，又怎能不诱使众人争相拥入吉米好客的居所？每逢冬季大集，他是经理名单上首屈一指的人物。同样，在所有举办于园林之中、为当红演员们推荐餐具的展销会上，以及在所有举办于牧场之内、为掌权将军们推荐刀剑和枪械的展销会上，詹姆斯·罗斯①先生也从不落于人后。另外，他还经常负责送礼，因为他很会说话，擅长甜言蜜语。

"先生，"在百老汇某个宽阔的厅堂里，他把一支镶有绿松石的手枪递给 G 将军，说道，"先生，"吉米的动作如卡斯蒂利亚人般夸张，微笑如玫瑰般甜美，"只怪您战功太辉煌，没有留下空位让我们镶嵌更多绿松石。"

啊，吉米，吉米！你拍马屁的水准天下无双，然而在你最深刻的本质之中，还有好多东西能提供欢乐。遇到这样的场合，谁会指责你虚情假意，即便那就是虚情假意。他们大可以剽窃你，在这个世界上，为了赞美别人而从事剽窃的并不多见。

但时代不同了。如今，真正的剽窃者大行其道。

突然间，生意急转直下，疯狂挥霍的恶果随之显现。核账时

---

① 詹姆斯·罗斯（James Rose）即吉米·罗斯（Jimmy Rose），吉米是詹姆斯的昵称。

人们发现，吉米仅能偿付不足四分之三的债务 [①]。缺额原本是可以及时补上的——当然，这么一来吉米就身无分文了——偏偏他有两艘从中国驶回的货船在桑迪胡克 [②] 被一场冬季的狂风刮沉了，地点就在它们的港口之外。

吉米倾家荡产。

这是陈年往事了。那时候，我住在乡下，正巧赶上一年一度的进城游访。仅仅四五天前，我还在吉米众所瞩目的宅子里见过他，听到一位衣饰华丽的女士为他举杯，祝酒词令人记忆犹新："我们高贵的主人容光焕发，愿他青春长驻，万事如意！"在场的宾客，优雅的女士们和先生们，为如此美好、真挚的祝词一饮而尽。至于吉米，他诚实无欺的眼窝里泛着友爱、自豪、感激的泪花，他天使般纯洁的目光扫视着周围闪闪发亮的脸庞，以及同样闪闪发亮、同样兴致勃勃的酒瓶子。

啊，可怜的吉米，可怜啊——上帝保佑我们——可怜的吉米·罗斯！

仅仅四五天后，我便听到天雷滚滚——不，是噩耗滚滚。当时我正顶着暴风雪途经鲍灵格林 [③]，离吉米位于巴特利的宅子不远。看到有个男人独自游荡，我想起他曾经坐在吉米的桌子前，

---

① 这一句原文为 "Jimmy could not pay more than fifteen shillings in the pound"，可直译作"吉米仅能在一个英镑之中支付不超过十五先令"，因一英镑等于二十先令，故意译成"吉米仅能偿付不足四分之三的债务"。

② 桑迪胡克（Sandy Hook），美国新泽西州海岸线上的一座堰洲岛。

③ 鲍灵格林（Bowling Green），指美国纽约市的鲍灵格林，接邻百老汇南端，现为一座公园。

第一个蹦起来热烈响应那位女士的祝酒词。欢乐的氛围之中，他眼眶里积攒的泪水比他杯子里盛满的酒水还要多。

这位先生走过鲍灵格林，摆动着一条银柄的藤杖。他看到我，停了下来："啊，小伙子，有天晚上，吉米为我们供应了珍贵的葡萄酒。如今再也喝不上了。你听说了吧？吉米破产了。彻底完蛋，我敢打包票。要不要一起去趟咖啡馆，我跟你仔细说说。如果你同意，今晚我们还可以去卡托参加雪橇派对，搞一瓶红葡萄酒。来吧。"

"谢谢，"我说，"我——我——我还有事。"

我径直来到吉米的住所。我询问守门人，他说主人不在，并且不清楚上哪儿去了，他说主人离开房子已有四十八小时。

我再次走上百老汇街头，向路过的熟人打听消息。虽然他们个个都证实传闻不假，但没人知道、也没人关心吉米身在何处。终于，我遇到一个做生意的，他暗示吉米从破败的家业之中搜刮了小小一笔钱财，很可能已精明地跑到某个隐秘的地方躲藏。接下来遇到的家伙是个富翁，我提到吉米的名字时，他气得唾沫狂喷。"先生，吉米·罗斯是个无赖，是个彻头彻尾的流氓！可有些人还要当他的跟屁虫。"事后我听说这位恼怒的绅士因为吉米的破产间接损失了七十五美元又七十五美分。我敢说，他在吉米宅子里享用过的珍馐佳肴，可能远远不止这几个钱，再说他是个酒鬼，而吉米购买的葡萄酒价格不菲。实际上，我细细一琢磨，就回想起自己不止一次见过这个中年汉子，回想起有一次吉米的晚宴行将结束时，他坐在餐桌旁，假装与快活的东道主热诚交谈，却又始终鬼鬼祟祟地一杯接着一杯斟满昂贵的红酒，急切得手抖不已，似乎要趁着吉米的豪爽如日中天之际，赶紧给自己多捞点儿好处。

最后，我遇到一个人，他以知识奇绝而著称，谙熟历史上的秘闻异事，以及名流显达的种种怪癖。当我向此公打听吉米的下落，他排开人群，把我领到三一教堂的围栏旁，然后低声说，吉米昨天晚上跑到了自己的一座老房子里，在 C 街，这座老房子好些年没出租了。看来吉米很可能躲在那里。我问清楚准确的地址，动身前往，并最终站在这座有一间玫瑰屋子的房舍跟前。窗户紧闭，月牙形的孔洞上结满蜘蛛网。这儿处处透着一股阴沉、荒寂的气息。积雪未扫，起伏不平地铺在门廊外，上面看不到鞋印。不论谁住在里边，他必定与世隔绝，十分孤独。街上行人稀少，甚至空空荡荡。即便是那个时期，此处也已经陈旧落伍，而商贸活动又还未曾侵占这片遭到潮流风尚遗弃的街区。

我在人行道上往左右看了看，轻轻叩响房子的大门。没有回应。我更使劲地敲门。不见人来。我又是敲门又是摇铃，依然毫无效果。我绝望了，准备离去，并拿出最后手段，用尽全力，久久拍击门环，然后又一次静立等候。这时，街道上下，各式古怪的老窗户纷纷打开，各式古怪的老家伙纷纷探出头来，诧异于一名陌生人如此吵闹。似乎是在寂谧之中受到了惊吓，有个空洞、嘶哑的声音，通过锁孔对我说话。

"你是谁？"它问道。

"一位朋友。"

"那你不能进来。"那个声音回答，比刚才更加空洞。

天啊！我开始觉得，这不是吉米·罗斯。这不是他的房子。我来错了地方。但为了以防万一，我接腔搭话。

"詹姆斯·罗斯在吗？"

没有回应。

再一次，我说道：

"我是威廉·福特。让我进去。"

"哦，我办不到，我办不到！我害怕你们每一个人。"

他是吉米·罗斯！

"让我进去，罗斯。让我进去，伙计，我是你的朋友。"

"你休想进来。我现在谁都不信。"

"让我进去，罗斯。至少信任一个人吧，信任我。"

"离开这儿，或者——"

我随即听到巨大的门锁咔嗒咔嗒作响，不是钥匙弄出的动静，倒像是一根小管子插入了锁孔。我大为惊恐，拔腿就跑。

那阵子，我还是个小伙子，吉米也不到四十岁。我再次遇见他已是二十五年之后。变化很大。我原以为会看到——如果真能看到——他槁枯，皱缩，瘦弱，因穷困潦倒和怨天尤人而神情憔悴。但是，出乎意料！古老的波斯玫瑰在他脸上绽放。他穷得堪比老鼠，穷得无以复加，他是个救济所外面的穷汉，是个穿着一件单薄、陈旧、寒碜外套散步的穷汉，是个谈吐文雅的穷汉，是位彬彬有礼、带着微笑而不住发抖的绅士。

啊，可怜的吉米，可怜啊——上帝保佑我们——可怜的吉米·罗斯!

他大难临头时承受的第一轮冲击，是他的债权人，那些曾经相当牢靠的朋友，非要把他投入监狱不可。为了躲开这帮人的追杀，同时也为了躲开公众的视线，他跑到荒弃已久的老房子里蛰居。在那儿，他孤零零一个人，濒于疯狂，然而时间的冲刷涤荡使之恢复了理智。或许，归根结底，吉米天性至善至美，无论如何也不可能变成一个愤世嫉俗者。而且毫无疑问，最终吉米会认为，甚至连离群索居的做法似乎也是大不敬之举。

有时候，甜美的责任感会引诱一个人落入痛苦的厄运之中。事到如今，再为了卑微的需求去抛头露面，则更其痛苦。而且，他必须巴结逢迎，低三下四，还要忍受别人把他视作一个在自己房子里游荡的老怪物——有谁知道他当年富甲一方，快活似神仙？而吉米的生活正是如此。命运并没有粗暴地将他一下子推到这般境地，它慢慢改变他，使他一天天下沉，直到深壑底部。不知从什么地方，他搞到了大约七十美元。这笔钱作为本金，他绝不动用，他千方百计节俭度日，仅靠利息过活。他住在一个阁楼里，在那儿自己做饭。他每天只吃一顿——只有面糊糊和牛奶——除非是从别人的餐桌上白拿，否则再无其他食物果腹。午茶时间，他通常会去拜访某个老熟人，穿着他整洁、凄凉的长外套，袖口缝着两块磨破了的天鹅绒，裤脚也同样如此，以掩盖它们被老鼠啃过的惨状。他认为，星期天去某一座漂亮房子里好好吃顿饭乃是头等大事。

显然，没人能如此生活而又免受责难，除非大伙相信他绝非恶棍，纯粹是由于运气欠佳才往下跌坠，唯有怜悯的铅锤方可以够到他。招待吉米的主人并没有多大的功德，因为这个饥饿的男子上门求取茶饮和面包时，他们从未热情相迎。如果这些人想积一点儿功德，那么他们应该以不太高的代价，合力给吉米提供一份足够的收入，让他在吃穿上无须再依靠每日领取的施舍。更何况这份施舍并不是直接送到他手里的，这份施舍是他辛辛苦苦跑到他们府上讨来的。

但最使人感动的莫过于他脸颊上玫瑰般的赫晕。那些红润的玫瑰在他寒冷的冬季绽放，无论是面糊糊还是牛奶，无论是茶饮还是面包，皆能令它们欣欣向荣。他是否运用了诡异的魔法，让它们如此生机盎然，天底下没人知道。反正他脸上鲜花怒放。除了这些玫瑰，吉米还笑容满面。他脸上向来挂着微笑。那些接纳吉米的高门大户只看到他求乞的泪水，无缘结识像他那般面带微笑的宾客。财运亨通的年月里，吉米曾以他招牌式的微笑而远近知名。如今本该加倍知名才对。

无论去哪儿喝茶，他总要告诉你镇上的所有新闻。他经常光顾报刊室，掌握欧洲的最新动态，以及国内外文学的新消息，把这当作一项无害的特权。而他一旦受到鼓励，就会滔滔不绝说个没完。可他并非次次受到鼓励。为数不少的宅子里，吉米通常在午茶开始前十分钟到场，并在十分钟后离开。众所周知，他继续待下去未必使主人感到愉快惬意。

看他急切地一杯接一杯喝着香浓的热茶，一块接一块吃着美味的黄油面包，此等景象实在凄凉，由于午茶之后其余人还要吃一餐丰盛的晚饭，所以除了吉米没人去碰黄油面包，而且他们顶多喝一杯小种茶 ①。可怜的吉米对此心知肚明。他试图掩饰自己的饥饿，他高高兴兴，奋力跟女主人展开一场激情四射的讨论，假装漫不经心地往自己急不可待的嘴巴里塞食物，仿佛这么做仅仅是出于礼貌，而不是因为饥火烧肠。

啊，可怜的吉米，可怜啊——上帝保佑我们——可怜的吉米·罗斯！

吉米从未抛弃他温文尔雅的风度。每当有女士走近餐桌，她们肯定会听到赞美之词。实际上，那些曾经与吉米亲密相处的年轻女士倒认为，他的恭维多多少少显得老套，有点儿像三角帽和紧身半长裤 ②——不，应该像旧当铺老板的披肩和剑带。吉米的谈吐仍保留着些许军人风范，这是因为他兴旺发达时，除了要打理诸多事务，还当过国民警卫队的将军。看来，担任民兵组织的将军注定要倒大霉。唉！我记得，有好几位先生在民兵将军的位子上沦为一介贫夫。深究此中缘由让我心生怯惧。对于一个生来不爱打打杀杀——亦即天性温良、平和的男人而言，难道练习打打杀杀恰好表明，他在大肆炫耀自己的某种软弱爱意？十之八九并非如此。不管怎样，投身于快乐人群的做法即便没有偏离圣训，至少也颇为不雅，可是要向那些不快乐的家伙这么说教，显然过

---

① 小种茶（Souchong），是一种源自中国福建的红茶，多指正山小种茶（Lapsang souchong）。

② 三角帽（cocked hats）和紧身半长裤（small clothes）均为十八世纪在欧美社会广泛流行的衣帽式样，到了十九世纪中叶已相当过时。

于不近人情。

吉米造访过太多的家庭，或者在选择登门的时机上太过谨慎——要知道他往往不受欢迎——反正好些宅子他每年差不多只去一次。在与青春正盛的弗朗西斯小姐或阿拉贝拉小姐一年一度的见面当中，吉米会穿着他凄凉的旧外套深深鞠躬，用他柔软、白净的手殷勤备至地握住她们的手说："哦，阿拉贝拉小姐，你手指上的钻戒真是熠熠生辉，但您明亮的双眼盖过了它们的光芒！"

虽然你自顾不暇，无力向穷人施舍，可是，吉米，你却给了富人许多东西。虚荣的心灵对恭维的渴望，并不比角落里嘟嘟囔囔的乞丐对面包的渴望更少。我们一贯如此：穷汉求饱暖，富豪思淫逸。我猜吉米·罗斯也那么想。

然而，女人绝非个个虚荣，又或许她们有一点儿虚荣，不过大多数从未以良知换取虚荣。那个走进吉米视野的温柔姑娘正是如此。身为一名富裕参事的独生女，她对吉米了解颇深，并在他破落之际照料他。吉米最后一次生病期间，她亲自给他送去果冻和奶冻，在他的小阁楼里为他泡茶，帮他在床上翻身。吉米，你理应获得这样一位美丽女子的扶助，你老迈的双眼理应由她纤细的手指来闭合，她与贫民和富户共同生活，她奉献自我，是女子之中真真正正的佼佼者。

我不知道是否应当在此提及这位年轻女士照顾吉米的一段小插曲。鉴于这么做并不会伤害他俩，我还是谈一谈。

有一次我进城，碰巧得知吉米生病，于是前去探望他。在吉米的阁楼里，我看到了那位服侍病人的可爱姑娘。她见我来访，便退出房间，留我们两人相处。她给吉米带了些精致的点心，以及几本书，它们属于那种应该由真诚的祝福者送给重症患者的书籍。也许是因为他讨厌被当成弥留之人看待，也许是因为恶疾缠身使他容易动怒，无论何种缘故吧，总之柔顺的姑娘离开后，吉米用尽自己仅存的一点点力气，把书扔到最远的角落里，喃喃道："她干吗送我这些让人伤心的破烂？她把我当成一个穷人吗？难道她想用这类穷人的膏药① 来抚慰一位绅士的心灵？"

可怜的吉米，可怜啊——上帝保佑我们——可怜的吉米·罗斯！

好吧，好吧，我是个老头，我的眼泪大概来源于昏聩的暮年。但谢天谢地，吉米如今不需要任何人怜悯了。

吉米·罗斯已撒手尘寰！

此时此刻，安坐于孔雀环绕的客厅内——他在这里用粗哑的声音跟我说过话，又用手枪发出过威胁——我仍不得不认真思索他这一怪异的人生案例，奇迹在于，经历了愉快、奢华的贵族岁月之后，他何以能够心甘情愿地忍受艰苦的生活，并卑微游走于大理石建筑与红木家具之间，屈辱地索讨面包和茶饮，在此类场所，他曾经像一位真正的沃里克② 那样，拿勃艮第葡萄酒和鹿肉款待过这个欢乐喧嚣的世界。

---

① 穷人的膏药（Poor Man's Plaster），即书。
② 沃里克（Warwick），或指沃里克伯爵（Earl of Warwick），这是一个 1088 年就在英国出现的贵族头衔，历史上有许多人获得过这一头衔。

每次我望着墙壁上那些金灿灿、皱巴巴的骄傲孔雀，就会想到吉米在他足以自豪的辉煌时期所遭遇的不堪变故。然而，每次我凝视着那些永不凋谢的、穿插于褪色孔雀之间的纸玫瑰，就会想起死去的吉米脸颊上绽放的不朽玫瑰。

它们已移栽到另一片土地上，所有悲惨已随风而逝，上帝将无穷无尽的生命，赐予吉米的朵朵玫瑰！

我和我的烟囱 [1]

　　我和我的烟囱，两个灰白头发的老烟鬼，定居在乡下。可以说，我们是本地的老住户，我的老烟囱尤其如此，它在这儿栖身的时间与日俱增。

　　虽然我总是说，我和我的烟囱，正如红衣主教沃尔西[2]说"我和我的国王"，但这一自负的表达方式——我借此优先于我的烟囱——仅仅词序上符合事实。在任何方面，除了这个提法，我的烟囱均胜我一筹。[3]

---

[1] 此篇原题"I and My Chimney"，1856年3月首刊于《普特南氏月刊》。

[2] 托马斯·沃尔西（Thomas Wolsey，约1475—1530），英国教士、政治家，罗马天主教的红衣主教。

[3] "优先于……"和"胜……一筹"在原文中均为"take precedence of"，译者认为，此处麦尔维尔是一语双关。前一个"take precedence of"是指"我"在词序上先于"我的烟囱"，而后一个"take precedence of"是指"我的烟囱"比"我"更为优越。

沿草皮路走上不到三十英尺，我的烟囱——亨利八世 [①] 般巨硕、肥大的烟囱——便整个儿呈现在我和我的房舍前方。它巍然矗立于半山腰，犹如罗斯勋爵 [②] 的庞大望远镜，直指苍穹，不停摆荡以追击天顶的月亮。它最早跃入来访者视野，又并非最晚才沐浴阳光。此外，我的烟囱还抢在我之前摘得季节的第一份果实。雪花会先落到它头上，再落到我帽子上。春天，首批燕子把它当成一株空心的山毛榉，在其间筑巢。

然而，进到房子里，我的烟囱越发占据上风。后屋是留给这家伙的。我在那儿接待宾客时（我怀疑，他们顺道造访，更多是为了看望我的烟囱，而不是为了看望我），往往离烟囱不远，站在它前面，严格来说，是站在它后面。实际上，我的烟囱才是东道主。对此本人并无异议。与这位优越者同处一室，我只想搞清楚什么地方可供落脚。

鉴于我的烟囱长年凌驾在我之上，有人甚至认为，我完全陷入了某种倒退的可悲境况。简言之，既然我如此落后于本人那老式的烟囱，必定也大大落后于自己的年龄，同样也落后于其余一切事物。但说实话，我从来不是一个因循守旧的老家伙，也不是我那些种庄稼的邻居们所说的未雨绸缪之辈。其实，关于我落伍的流言是如此正确，以致有时我外出闲逛，双手会背到身后，步

---

① 亨利八世（Henry Ⅷ，1491—1547），英国国王，1509 年至 1547 年在位。
② 罗斯勋爵（Lord Rosse）是指威廉·帕森思（William Parsons，1800—1867），这位爱尔兰的伯爵建造了十九世纪最大的天文望远镜。

姿很是古怪。^①显而易见，我总体上属于后卫型人格，素来为我的烟囱扫尾压阵，顺便提一句，此刻它就在我身前，这是想象又是现实。总之，我的烟囱是我顶头上司。我谦卑地俯背弯腰，用煤铲和煤钳殷勤服侍这位顶头上司。而它从不朝我俯背弯腰，从不为我奔走劳碌。倘若它真要在自己的煤渣上屈身倾斜，那也肯定是冲着另一个方向。

我的烟囱是本地的王公权贵。这个盛气凌人的大家伙，不仅压迫整座屋舍，也支配附近区域。房子的其余部分——我很快会提到它们——当初之所以如此设计，是为了以最显著的方式，迎合我的烟囱而不是我本人的要求，它处于众星拱月的核心位置，只把怪异的犄角旮旯留给了我。

不过，我和我的烟囱理应说明一二，而由于我们两个都身肥体大，或许还不得不详加解释。

所谓严格意义的双联宅邸，是指客厅位于中央，两个壁炉通常遥遥相对。如此一来，当一名住户燃起北墙的炉子取暖时，那么另一名住户，没准儿正是前者的兄弟，没准儿他正把脚搁在南墙的炉子边上烤火——两人于是乎相互背向而坐。挺不错吧？此等屋宅恰恰是为了那些具备真正兄弟之情的男子所准备的。看上

---

① 麦尔维尔在上述几个句子里又玩起了文字游戏。"同样也落后于其余一切事物"原句为"as well as running behindhand in everything else"，"关于我落伍的流言"原句为"rumors about my behindhandedness"，而"双手会背到身后"原句为"with my hands behind my back"。三句话分别出现了"behindhand"、"behindhandedness"和"hands behind"，饶有趣味。另外，"未雨绸缪之辈"原句为"a forehanded one"，同样也出现了"hand"（手）这一语义单元。

去有点儿阴沉压抑？这类风格的烟囱房舍，出自一位饱受家庭不睦折磨的建筑师之手。

　　其次，几乎每一座新式壁炉都配了独立烟道，从炉膛一直通到烟囱顶部。这样规划至少是符合期待的。相当自尊自大、自私自利，对吧？不仅如此，所有独立烟道，既无专属的一砖半瓦，又无联合的管路汇聚于房舍中央，至于替代办法，我得说，就是让烟道在墙内鬼鬼祟祟地七弯八拐。因此屋子四壁的很多地方——实质上差不多是任何地方——皆已危险地掏空，导致不同程度的墙体脆弱。当然，根据该式样修造烟囱主要是为了节约空间。在城市里，地块的出售以英寸计，省下的面积可用来构筑合乎宏伟标准的大烟囱。而且瘦人多数是高个子，与之相配，此类并不宽敞的房屋也必须够高。这一说法甚至适用于众多非常时尚的、由最时尚的绅士所营建的住宅。不过，当那位时尚的绅士，法国的路易大帝① 打算为自己的妻子兼挚友曼特侬夫人② 建造宫殿时，只盖了一层楼高，风格近乎村舍，其罕见的四边形却如此深广、闳阔，沿水平方向而非垂直方向大肆铺展。正是这么一座宫殿，它那朗格多克③ 大理石筑成的所有壮丽屋宇，它那凡尔赛的花园，一直存续到今天。任何人都可以购入一平方英尺的土地，

---

① 路易大帝（Louis le Grand of France），即法王路易十四（Louis XIV，1638—1715），1643 年至 1715 年在位，1680 年接受巴黎市政会献上的"大帝"尊号。
② 曼特侬夫人（Madame de Maintenon，1635—1719），路易十四的第二位妻子。
③ 朗格多克（Languedoc），原法国南部一省。

在上面插根自由之竿 ①，但是，要给大特里亚农宫 ② 划出整整一英亩地皮，非国王莫办。

然而今时不同往日。再者，本为生活必需的事物已沦于浮夸炫耀。市镇之中，建造高楼大厦的竞争方兴未艾。假如一位先生盖了座四层的楼房，而他隔壁的另一位先生盖了座五层的楼房，前者为了不被人看扁，会立即联络自己的建筑师，往原先的四层楼房上再加个一两层。并且，直到他达成愿望，直到他徜徉在黄昏之中，观察自己的六层楼房超越邻居的五层楼房——直到此刻，他才心满意足，偃旗息鼓。

这样的家伙，在我看来，应以大山为邻，好让他们一较高低的好胜心彻底释放。

如果考虑到本人的房子十分宽敞，可并不怎么雄伟挺拔，那么上述言论会很像利害攸关方的辩解，似乎我不过是缩在泛泛而谈的斗篷底下，狡猾地给自己的虚荣挠痒痒，这份误读理应在我坦荡地承认如下事实后消失：上个月，毗邻我那片桤林沼泽的土地，按每英亩十美元的价格出售，这笔交易被认为相当仓促草率。所以附近一带不仅足够开阔，地价也便宜，完全可以修建大房子。实际上，地价是如此便宜，跟白给差不多，以至于榆树在空地之中大肆扎根，枝丫毫无节制、不管不顾地横生乱长。几乎所有作

---

① 自由之竿（liberty-pole），美国革命和法国大革命时期一种象征自由和解放的标志，其形态是一根直立于地面的竿子，顶端悬挂着旗帜或自由帽。
② 大特里亚农宫（The Grand Trianon），位于凡尔赛宫西北区域，我们今天看到的宫殿始建于 1687 年，曼特侬夫人曾在此处居住。

物，甚至连豌豆和芜菁也广获栽植。我们当中的一名农夫，是个公认的小肚鸡肠、思想狭隘的庄稼汉。他在自己的二十多英亩的田地间游走，用手指四处戳洞，种下芥菜籽。看到河岸草甸上的蒲公英、山路两侧的勿忘我花，你会立刻发现，它们落脚的地方根本不值钱。在某些季节，黑麦也东一簇西一簇到处生长，零零星星，犹如教堂的尖塔。它们知道空间很充裕，没必要挤作一团。世界广阔，尽收眼底，黑麦说。杂草的散播速度也异常惊人。它们无可阻挡，把好些农场当作法外之地[①]。至于牧草，每到春天，它们的生长势头就好比科苏特[②]所谓的民族崛起一般。山脉同样是定期繁茂。大伙的影子也因为地方够空旷，时而前进时而后退，展开它们五花八门的操演，发生非凡的变化，仿如战神广场[③]上古老的皇家卫队。而说到小山丘，尤其是有道路穿过的小山丘，各城镇的头头已通知全体相关人士，他们可以来挖个够，再把土石悉数运走，不用付一分钱，唯独采黑莓还需要掏腰包。如果有个陌生人埋葬在此，我们这些胸襟豁达的地主，谁又会因为他占据了六英尺的荒岩草坡而心生怨恨？

　　不过，尽管土地廉价，任你践踏，我本人仍为它承载了诸多事物而备感骄傲，其中最主要的三头雄狮分别是：大橡树、奥格

---

① "法外之地"为意译，原文"Alsatia"可直译为"阿尔萨提亚"，这是伦敦的一个地区，位于泰晤士河北岸，十五世纪到十七世纪期间，许多罪犯聚集于此，逃避法律的惩处，因此"阿尔萨提亚"成为"法外之地"的代名词。
② 拉约什·科苏特（Lajos Kossuth，1802—1894），匈牙利民族解放运动领袖，1848—1849 年革命的领导人，在匈牙利人民的心中享有盛誉。
③ 战神广场（Champs de Mars），位于法国巴黎市，现为一座公园。

山，还有我的烟囱。

当地的大多数宅子，往往只有一层半高，很少超过两层。而我和我的烟囱的住所，宽度差不多两倍于门槛和房檐之间的距离，那正是屋子主体的高度。这不仅表明该房舍在本国大体上也算宽阔空敞的，还表明它对我们两个来说已绰绰有余。

老房子为木质结构，借此凸显砖砌的烟囱之坚固。而正如以大锻钉接合墙板的技术在今天这衰落时代已经失传，以厚砖垒搭烟囱四壁的手艺亦然。烟囱的设计者必须胸中有一座基奥普斯[①]金字塔，因为那个著名的建筑诞生后，便成为烟囱的样板，只不过大大减少了从下往上的倾斜率，并且截去了顶部。烟囱自宅子正中央的地窖开始攀升，穿过层层地板，收缩至四平方英尺大小后，它冲破房梁，像一只砧头鲸闯过巨浪。然而，大多数人将它那个部分比拟为一座削平的砖石瞭望台。

它在房顶上方的外观之所以很特殊，其原因已涉及非常敏感的层面。我是否应该透露，多年以前，由于老房子最初的人字形屋顶严重漏水，某位短期业主雇了一伙木匠，他们用巨大的横锯把旧屋顶整个儿锯开卸下。它给拿掉了，连同全部的鸟窝以及老虎窗。取而代之的新式房顶，更适合铁路旁搭建的木屋，而不适合一位老乡绅的住宅。这场手术——使房舍高度减少了十五英尺——对烟囱所产生的效果，恰如春季大潮的退落，使它周围处

----

① 基奥普斯（Cheops），即埃及法老胡夫，曾下令在吉萨修建著名的胡夫金字塔，又称基奥普斯金字塔。

于不同寻常的低水位。为了不让烟囱显得太过于裸露，还是同一位业主又将它截去十五英尺，实际上等于砍掉了我那老烟囱陛下的脑袋。简直大逆不道。该业主是个家禽贩子，对这种拧断脖子的场面早已司空见惯，倘非如此，他必然要背负历史的骂名，与克伦威尔① 同罪。

因外形酷似金字塔，烟囱截掉一段后，顶部便过分宽大。所谓过分，仅仅是毫无闲情雅致之辈的评判。我又岂会在意，如果路人并未发觉我的烟囱是作为自由土地上的自由公民，屹立于自己当家做主的基石之上？他们称它为砖窑，纳闷它是如何仅仅由椽子和托梁支撑的。我又岂会在意？我可以向旅行者提供一杯酸姜蜜糖茶，假如他想要。然而我就非得给他一点儿甜头？在我的老房子和老烟囱之中，懂礼数有教养的人们将看到一尊年深月久的"大象－城堡"复合体。

接下来的讲述，能让所有的仁慈之心对我产生怜悯同情。上文提到的外科手术，势必使烟囱原本不见天日的一部分暴露在空气当中，并且今后会一直如此，而这些地方当然不是由所谓"耐寒暑砖块"② 砌成的。结果呢，烟囱的体魄虽十分强健，却饱尝风吹日炙之苦。它无法适应，不久便开始衰败，遍布斑点，与麻疹症状相类似。于是经过此地的行路者摇头笑道："瞧瞧那个蜡鼻子，怎么融化了！"但我又岂会在意？同样一批旅行者将跨越大

---

① 奥利弗·克伦威尔（Oliver Cromwell，1599—1658），英国政治家、军事家、宗教领袖，曾出任护国公，成为英国事实上的国家元首。

② 原文为"weather-bricks"。

洋，去欣赏凯尼尔沃思城堡 [1] 剥落的墙体，这么做的理由很充分：朽坏的建筑掩映以棕榈，照我说是掩映以青藤碧萝，尤其能给人如诗如画的美感。事实上，我时常认为，我的老烟囱挺适合待在覆满常春藤的老英格兰。

我妻子，或许是怀有不可告人的、前不久才萌生的企图，徒劳而郑重地警告我，除非迅速行动，否则，在烟囱和房顶的连接处，上述千疮百孔的斑点部分会塌下来，把我们烧成灰烬。"太太，"我说，"房子被烧掉，也比我的烟囱被推倒要好得多，即便它才几英尺高。他们称它为蜡鼻子。很好。我可不去拧我老板的鼻子。"但最终，持有这座房子抵押凭证的家伙留下一张条子，提醒我倘若继续听任我的烟囱处于摇摇欲坠的状态，那么我的保险单就将失效。这番提醒绝不应无视。纵观全世界，诗情画意总要对现实利益让步。抵押人满不在乎，可是抵押权人在乎。

因此实施了另一场手术：摘下蜡鼻子，装上个新的。话说也真够倒霉，干活的泥瓦匠是个斜眼，当时没能把原先的裂缝修补好，所以新鼻子有点儿歪，偏侧的方向跟从前一样。

尽管如此，有一件事我很骄傲：新建部分的宽度并未缩减。

烟囱在屋顶上显得尤为巨硕，不过与它肥大的下盘相比，这算不了什么。它位于地窖的根基，边长恰好十二英尺，所以占地足有一百四十四平方英尺。这对一座烟囱来说是多么慷慨的分配，

---

[1] 凯尼尔沃思城堡（Kenilworth Castle），位于英国沃里克郡，始建于 1120 年代，历经数个世纪的修筑扩建。

对一块土地来说又是多么沉重的负担！事实上，正因为我和我的烟囱并非远古时代的累赘，所以那个强壮的商贩，老阿特拉斯[1]，方能这么勇敢地扛起他的包袱屹立不倒。兴许上述尺寸令人难以置信。不过，正如约书亚为纪念横渡约旦河而摆放在吉甲的那些石头[2]，我的烟囱不也一直存留至今吗？

我经常下到地窖里，仔仔细细地检查那个巨大的方形基座。我伫立良久，陷入沉思，备感惊异。它长得好像一位德鲁伊[3]祭司，置身于阴暗的地下室之中，这里有许多拱形的通道，长长的幽晦之谷，犹如黑沉沉、潮乎乎的原始森林深处。这股向我袭来的幻想是那样猛烈，而我对烟囱奇迹的洞悉又是那样深刻，所以某一天——如今我相信，自己当初有些精神失常——从花园里拿到一柄铁锹，我便开始在地基周围、尤其是在几个墙角附近刨坑掘土，模模糊糊地希望能挖到一块年代悠久、饱经磨蚀、记载往昔岁月的纪念碑。闯入这片昏暗时，天光随之照射进来，我犹如铺放基石的砖瓦匠，或在八月的骄阳下流汗喘息，或在三月的暴风雨里挣扎受苦。我使劲挥舞钝铁锹，因一位邻居不礼貌的打扰而相当恼怒，他为了件什么事登门拜访，得知我在地窖里，便说不必劳烦主人上来，他可以下去见我。于是乎，既没有客套寒暄，也没有打过预防针，此人突然发现，我在自家的地下室挖个不停。

---

① 阿特拉斯（Atlas）是希腊神话里擎天的泰坦神。
② 据《圣经》记载，上帝引领以色列人渡过约旦河后，晓谕约书亚，要他们按照十二个支派，从约旦河中取来十二块石头，放在他们当晚要住宿的吉甲。
③ 德鲁伊（druid）教是古代凯尔特人信奉的宗教。

"先生，您要掏金子？"

"不，先生，"我回答，"我只不过——呃，只不过——我是说，我只不过在我的烟囱周围刨刨土。"

"哦，松松土，好让它长快些。您的烟囱，先生，我猜您是嫌它个头太小，需要再发育发育，特别是上面的部分？"

"先生！"我撂下铁锹说，"取笑他人可不好。我和我的烟囱……"

"取笑他人？"

"先生，我把这烟囱看作一个人，而非一堆砖块。它是屋子的君王，我只不过是一名受苦受累的卑微仆役。"

实际上，我一向不许别人挖苦我或者我的烟囱，而访客也休想在我面前再提到它，既然他言谈之中并无恭维赞誉。它非常值得敬重。它孤零零耸立在此——不是十条烟道凑成个议会，而是组合为一位独裁者，好比神圣非凡的俄罗斯沙皇。

即便是对我来说，有时候，其尺寸仍难以置信。它看上去并不显大——没错，甚至在地下室里也不显大。仅凭肉眼，无法完全领略它的规模，因为每次只能见到一个侧面，而该侧面只能呈现十二英尺的边长，这是一个线性的尺度。但另外三个侧面也长十二英尺，而且很显然，它们构成了一个正方形，十二乘十二等于一百四十四。所以，要充分理解这烟囱的巨大程度，必须借助高等数学的某种技术来实现，它类似于计算恒星间惊人距离的那些手段方法。

不消说，本人房子的所有墙面均无壁炉。它们全聚集在中部——巨大的烟囱位处屋子中央，四边皆为炉膛——双层炉膛——因此，寒冷冬夜里，当我的家人和客人在不同房间内取暖，准备就寝，这时候，大伙统统面对面，四目相望，尽管他们可能并没有意识到这一点。是的，众人的脚尖无不指向同一个中心。当他们入眠时，都躺在一座温暖的烟囱旁，好像易洛魁族印第安人一样，睡在林子里，围着一堆余烬。而正如印第安人的篝火不仅令他们感觉舒适，还可以驱赶狼群和其他猛兽，我的烟囱则凭借它顶部显眼的烟雾，来驱赶城镇的盗贼——毕竟，又有哪个鼠窃狗偷之徒或者杀人犯，胆敢闯进一座烟囱持续冒烟的屋舍——这表明即便居住者已经歇下，至少炉子仍在燃烧，倘若有任何动静，蜡烛会很快点亮，更不必说让火枪发个响。

但这烟囱如此雄奇——是的，犹如高大的庄严祭坛，完全可供罗马教皇及其全体红衣主教举行大弥撒仪式——不过这个世界又有什么是尽善尽美的？盖乌斯·尤利乌斯·凯撒，假使他不那么超凡伟大，世人说，布鲁图斯 ①、卡西乌斯 ②、安东尼和其余人等会显得更伟大些。我的烟囱，假使它不那么庞大恢宏，我的房间会显得更宽敞些。妻子时常悲伤地告诉我，我的烟囱俨然是个英国贵族，在自己周围投下收窄的阴影。她抱怨家里无穷无尽的诸多不便——这尤其要归咎于烟囱顽固占据了中心位置。她大力反

---

① 布鲁图斯（Marcus Junius Brutus Caepio，前 85 年—前 42 年），晚期罗马共和国政治家，元老院议员。联合部分元老策划了刺杀凯撒的行动。
② 卡西乌斯（Gaius Cassius Longinus，? —前 42），古罗马将军、刺杀凯撒的主谋者之一。

对它占据咽喉要道，那儿本该修建一个精致的门廊。事实上，这房子什么前厅走廊一概没有——当你迈进宽大的正门，只有一个类似于平台的方场。这个平台足够开阔，我承认，但还无法达到大厅的庄严程度。眼下，前门恰恰位于房子前部的正中间，故而在屋内它便直面烟囱。其实，与平台相对的墙壁全然由烟囱构成，宽度略小于十二英尺，因为烟囱越往上越细。在烟囱的这一部分，主楼梯攀缘而上，拐过三个突兀的转角，穿过三个较小的平台，来到二楼，此处，在前门上方，是一条狭窄的走廊，长度不足十二英尺，可通往左右两旁的房间。当然，走廊是装有护栏的，在这里俯瞰楼梯以及所有平台，会发现底层最大的平台很像一个为音乐家准备的楼厅，属于某座伊丽莎白时代的欢乐老宅子。我是否应坦白一个癖好？我珍视那儿的蜘蛛网，而且三番五次阻止比迪用她的笤帚清除它们，更为此跟妻子和两个女儿争吵过许多回。

接下来谈谈天花板。可以说，你走进屋子时，头上是二楼的天花板，而非一楼的。两层楼在这儿是合二为一的，因此，踏上接连转弯的楼梯，你似乎在攀登一座巍峨的堡楼或灯塔。在第二级平台，即前往烟囱顶部的半路上，有一道神秘的房门，通向一个神秘的暗室，我在此储存神秘的甜果汁，借助于烟囱轻柔热力的不断滋养和隐隐催熟，借助于屋舍温暖块体的蒸馏，来调制它们的各种味道。葡萄酒搁在这儿，胜过去印度走一遭，我的烟囱本身就是个热带。十一月里，坐在我的烟囱旁边，对一个病人来说，相当于在古巴度过漫长一季。我常常在想，我的烟囱没准儿可以让葡萄成熟。我妻子的天竺葵靠它结出了花蕾，在十二月份！她的鸡蛋也不能接近烟囱，否则会孵出小鸡。哦，我的烟囱有一颗暖人的心。

为了她那个大门廊的计划，我妻子纠缠不休。门廊将穿过烟囱，纵贯整座房子，让所有访客惊诧于它宏大的幅度。"可是，太太，"我说，"烟囱，考虑一下烟囱：如果你把基柱拆除了，靠什么来支撑上层建筑？""哦，让二楼顶着。"现实正是如此，女人对建筑学几乎一无所知。不管怎样，我妻子依然热衷于谈论她的入口和隔墙，她花去许多个漫漫长夜详细阐述自己的计划，在想象中让她引为骄傲的大厅穿过烟囱，似乎它的高大威猛不过是金玉其外。最终，我委婉地提醒她，那烟囱根本不像她臆想的样子，它是一桩事实，清楚无疑，牢不可破，她应当在自己所有的规划里加以充分考虑。然而这么做用处不大。

在此，恭顺地求得她允许之后，我要略微谈一谈本人这位极具魄力的妻子。尽管她岁数与我相近，精神却青春洋溢似我那匹栗色小母马崔格，让我望尘莫及。有件事情很特别，虽然她来自一个风湿病家族，但身板直如松树，从无腰酸腿疼，反倒是我饱受坐骨神经痛折磨，偶尔像一棵老苹果树那样跛脚残废。她只不过会犯轻微的牙疼。至于听力——我穿着满是灰尘的靴子走进屋门，她就从阁楼上跑下来了。若说视力——比迪，我们的女佣，告诉别家的女佣，她的女主人能一眼看到餐柜里白镴盘子上的污渍，即使她有意隐藏遮掩。我妻子手脚灵活，感觉敏锐。她绝不可能死于痴呆麻木。我知道，她在这一年之中最漫长的夜晚躺着不睡，谋划自己次日的活动。她是个天生的设计者。"存在即合理"这句格言不属于我妻子。她的格言是"存在即不合理"，甚至是"存在即应改变"，或者更进一步，"存在即应立刻改变"。对于一名迟钝的老梦想家之妻，这格言很可怕。我本人将星期天视为休息的日子，从无勤奋刻苦的休假恐惧症，为了在周日避免看到一个人劳动，我会不惜走上四分之一英里的路程。

也许，姻缘乃上天注定，但我妻子本该嫁给大帝彼得，或嫁给吹笛手彼得[①]。她是如何为前者治理混乱无序的辽阔帝国，同时又孜孜不倦、百折不挠地为后者捡拾那堆腌辣椒的？

然而最奇妙之处在于，我妻子从来不觉得自己终有大限。面对这个朴素的道理，以及更加朴素的死亡事实，她朝气蓬勃的质疑几乎不是基督徒所为。我妻子固然心知肚明，自己上了年纪，不过她似乎认定生命力必将保持充盈，永无枯竭之时。她不相信岁月催人老。与老亚伯拉罕的妻子不同，我的老妻子无意暗中嘲笑那个生成于幔利橡树平原的奇怪承诺。[②]

想想看，我，舒舒服服坐在我的烟囱的阴影下，舒舒服服抽起我的烟斗，脚边落着并不惹人讨厌的烟灰，除了嘴巴里，可以说到处落着并不惹人讨厌的烟灰。我这份舒舒服服，并不惹人讨

---

① 原文为"Peter the Piper"。彼得·派博（Peter Piper）是一段著名绕口令中的人物。后文的"捡拾那堆腌辣椒"（picked the peck of pickled peppers）即为这段绕口令的部分内容，麦尔维尔稍作了改动。

② 据《圣经》记载，上帝允诺将土地和后裔赐予亚伯拉罕（Abraham），他于是遵从指引，来到幔利橡树平原（the plain of Mamre）住下，并在那里为上帝筑了一座祭坛。不久上帝显圣，告诉亚伯拉罕，他的妻子撒拉必生下一个儿子。其时撒拉已绝经，亚伯拉罕也已老迈，所以她暗中嘲笑上帝的这个承诺。

厌，虽然是以覆满烟灰的方式，旨在提醒你即使最热火朝天的生活终究也难免精疲力竭。想想看，我妻子那不可思议的活力定将袭来，它有时候确实富于教益，令人平静，但更多时候是一阵风，造成一团混乱。

如果信条真实无欺，即婚姻中相反者相吸引，那么，我受到我妻子的吸引简直是命中注定！她对现在和过去极不耐烦，像杯姜汁啤酒一样让她的种种计划流溢而出。此外，她以同等的气力守住立场，贮存蜜饯和腌菜①，并且在日夜相继的未来与它们共处。或许她对时间和空间极为渴望，必须不停看报纸，读大量信件。而我满足于逝去的日子，今朝有酒今朝醉，不打算从任何一个人身上，或者从任何一个季度里头，发现什么新东西。除了以不对称的力量抵挡她那得寸进尺的侵蚀，我活在世间，既无半点规划，也无丝毫期望。

我已然老迈，习惯于老旧事物，因此更钟爱老蒙塔古镇②、老干酪和陈年老酒，我躲开小伙子、热卷饼、新图书外加早熟的土豆，我迷恋自己爪形足的老椅子、瘸腿的老邻居迪肯·怀特，还有更近一些的老邻居，我那根绕来绕去的老葡萄藤，某个夏季之夜，它弯身斜支在我家窗台上，想找人亲亲热热做个伴，屋里，我也以同样的姿势与它呼应。不过更为重要的，远远更为重要的，

①　"守住立场，贮存蜜饯和腌菜"原文为"puts down her foot, puts down her pre-serves and her pickles"，作者连续使用两个"puts down"，有文字游戏的意味。
②　"蒙塔古镇"原文为"Montague"。如今在美国密歇根州、新泽西州和弗吉尼亚州均有小镇名为蒙塔古，在德克萨斯州还有蒙塔古县。麦尔维尔或是有意选取这个地名，使读者搞不清小说故事的具体发生地点。

是我那座高耸入云的老烟囱。而她呢，从少女时期就一直疯疯癫癫，贪图新奇。主要因为这个缘故，她秋天喜欢尝苹果酒，春天则仿佛成了尼布甲尼撒[①]的亲女儿，痴迷于各式沙拉和菠菜，乃至更受青睐的鲜黄瓜（尽管大自然从来不让她适应这些东西，始终在阻止这类不合时宜的渴求从一个如此老迈之人的身上萌发），而当她看到最近显现的大好前景（画面里没有坟场墓园）之后，并且接受了斯维登堡主义[②]、降灵学思想，连同其余在自然或非自然方面相似的新观点之后，已难以自禁。她永不磨灭的希望，是在房子北面营建新花坛，那儿的刺骨山风几乎不容许名为绣线菊的粗硬野草扎下根来。路旁仅仅排列着年轻榆树的枝干。除了在她那非凡孙女的残破墓碑之上，别指望它们能投下一星半点树荫。她不戴帽子，而是将自己的灰白头发编成辫子，依靠《女士杂志》来追逐风尚。她在元旦前一个月就买好新年历。她每天黎明即起。她面对至为绚烂的黄昏却无动于衷。她时不时读些历史书，学上两三句法语，捣鼓几下音乐。她喜欢找个年轻的伴儿。她邀请客人来骑小公马。她在果园里招待一帮子年轻的大笨蛋。她对我斜倚窗台的老葡萄藤、我跛脚的老邻居，以及我爪形足的老椅子满怀恶意，此外更为重要的，远远更为重要的，是处心积虑要收拾

① 应指新巴比伦王国的第二代君主尼布甲尼撒二世（Nebuchadnezzar II，约前634年—前562年），他下旨在巴比伦城建造了空中花园。
② 斯维登堡主义（Swedenborganism），伊曼纽尔·斯维登堡（Emanuel Swedenborg，1688—1772）创立的一种学说，又称"新教会"（The New Church）或"新耶路撒冷教会"（The Church of New Jerusalem），是一种泛灵论的神秘主义学说。

我那座高耸入云的老烟囱，至死方休。究竟是凭借什么诡异的魔法，我思考过上千次，能够使这个桑榆晚景的老太太拥有一颗如此青春烂漫的灵魂？当我偶尔表达抗议时，她便绕着我不停转圈。"哦，别抱怨，老头子（她一直称呼我老头子），这就是我，年轻的我，让你不至于掉队落伍。"好吧，大抵如此。对，毕竟这些东西井井有条。我的妻子，如同她的某个穷亲戚，心地善良，为人可亲，堪称世上之盐①，当然也是我的大海之盐，不可或缺。她还是这片大海的季风，从一个我的烟囱指引的固定方向，刮来一股轻快的强劲气流。

意识到自己拥有过人的能量，我妻子频频迫使我提议，由她来完全负责本该我打理的事务。她非常希望，在家里我能退位让贤，进一步放弃统治权，效仿受人尊敬的查理五世②，进入修道院之类的场所遁世隐居。但实际上，除了那座烟囱，我几乎无权可交。然而我妻子巧妙运用了以下原则：某些事物应归属女人管辖。我发现自己很容易服软，男人的特权不知不觉地逐一遭到剥夺。梦中，我到自家的农田间走动，颇为闲散，信马由缰，无所用心，如老李尔王般四处游荡。唯有突然降临的天启，才会让我想起自己是谁。前年，我在院子的一个角落里看到新近堆放的神秘板材和木料，事件的怪异难解终于引发了严肃的深思。"太太，"我说，

---

① "世上之盐"原文为"salt of the earth"。据《圣经》记载，耶稣曾对他的门徒说："你们是世上的盐。"喻指精英、中坚力量。
② 查理五世（Charles V，1500—1558），即西班牙国王卡洛斯一世（Carlos I）。查理五世是其神圣罗马帝国皇帝的称号。

"果园附近的板子和木头是谁家的？太太，什么情况？谁把它们搁这儿的？你很清楚，我不喜欢邻居这样占用我的土地，他们应事先征得我同意。"

她向我报以怜悯的微笑。

"怎么啦，老头子，你不知道我在盖一座新谷仓？你原本不知道？"

正是这位可怜的老妇人，指责我对她横加欺凌。

现在回到烟囱。这个阻碍不除，她提议营建大厅便始终是纸上谈兵，因而我妻子一度看好一个经过修正的计划。但我永远无法把它吃透。按照我的理解，其总体思路似乎涉及一道不规则的拱廊，或者一座弯曲的隧洞，它从楼梯下方某个适宜的切入点穿越烟囱，并且小心谨慎地避免碰到壁炉，特别是绕开墙内的大烟道，引导勇敢的旅行者从前门一路奔入房舍遥远后部的饭厅。毫无疑问，她这番设计是天才的大胆创意，堪比尼禄[1]规划他那条穿过科林斯地峡的大运河。而我不会指天发誓说，假如她的工程完成，那么借助于隧洞内间隔恰到好处的盏盏壁灯，未来年月里某位贝尔佐尼[2]或者其他人将成功穿过这座建筑，真正出现在饭厅，他一旦抵达此处，要拒绝给这么一名旅行者提供一顿饱餐，实在是有违好客之道。

---

[1] 尼禄（Nero Claudius Drusus Germanicus，37—68），古罗马帝国皇帝。他曾于公元 67 年下令建造科林斯运河（Corinth Canal），三个月后他被杀，工程于是搁浅。

[2] 贝尔佐尼（Giovanni Battista Belzoni，1778—1823），意大利考古学家，埃及古迹的早期发掘者。

　　然而我忙忙碌碌的妻子既没有压住自己的反对之声，也没有将她改造屋舍的蓝图局限在底层。她的野心与日俱增。她携带自己的计划来到上层，并直抵阁楼。兴许某些小地方的布置让她不满。现实状况是，楼上楼下皆无规规整整的过道，除非我们再次把前文提到的狭窄走廊包括在内。这一切都要归咎于烟囱，我欢快的婚姻伴侣满含敌意地认为它是家里的恶霸。在烟囱四周，几乎所有房间无不偷偷摸摸朝它靠拢，以便自己有个壁炉。烟囱不必去找它们，而它们不得不来找烟囱。其结果是，犹如一个哲学体系，差不多每间屋子均成为自身的入口或另一些房间的通道——事实上它们是一整套诸多入口的组合。穿行房舍之中，你似乎一直在走向什么地方，却到不了任何地方。这很像在树林里迷路。你绕着烟囱不断兜圈子，如果非要说你抵达了某处，那也不过是你行程的起点，为此你又一次开拔，并且又一次到不了任何地方。其实——我这么说绝无吹毛求疵之意——哪儿也不比这座宅子更像迷宫。时不时会有客人在我家住上两三周，他们一再由于某个意料之外的房间而大为惊诧。

　　烟囱让整栋屋舍很是匪夷所思。这在饭厅尤其引人注目，它拥有不少于九扇门，朝不同的方向打开，通往不同地点。头一次走入饭厅的陌生人，自然不太注意自己是从哪个门进来的，所以他起身离开时，将发生最奇特的失误。例如，因为第一扇门比较凑手，他随即会发现，自己在从背面的通道爬向二楼。关上这扇门，他必然去开另一扇，继而惊骇于脚下的地窖正张开大嘴。尝试第三道门，他会诧异地看到女佣在干活。最终，他不再倚仗自己无助的努力，获得某个过路者的可靠指引，成功及时脱困。而以下失误也许更加怪诞，我是指一位相当时髦的年轻绅士，穿戴极尽华美，我女儿安娜从他审慎睿智的眼睛里看到了非同一般的殷切目光。有天黄昏他去找姑娘，发现她独自待在饭厅做针线活。年轻人很晚才回房睡觉。文绉绉的长时间交谈后，他没完没了地道别，自始至终攥着帽子和手杖，继而一边走一边不停优雅地鞠躬，遵循侍臣告别女王时应有的礼仪，这么折腾了一番，他随便拉开一扇门，把一只手背在身后，十分利索地进入一间昏暗的餐具室，又小心翼翼地关上门，很纳闷过道为什么没有点灯。几声奇怪的响动接连传来，好似一只猫在锅碗瓢盆间蹿过，随后他穿过同一扇门重新现身，看上去异常沮丧懊恼，神色极其尴尬，请我女儿为他指明，九扇门之中应选择走哪一扇。喜欢恶作剧的安娜告诉我这个故事，说那位年轻绅士再度出现时，既不矫情又讲求实际，简直令人惊叹。不可否认，他确实比平常更坦率直爽，却在无意之中把自己的小山羊皮白手套插进了一个装满哈瓦那食糖的抽屉里。大约是受此事影响，他成了人们所说的"甜腻男子"①。没准儿这正是他孜孜以求的风格做派。

烟囱造成的另一个不便之处，是客人要找到自己的卧室颇费功夫。他和它之间隔着许多道奇异的房门。用指路牌去引导他似乎很古怪，跟他叩响沿途的每扇门一样古怪，这好比伦敦城的贵

---

① "甜腻男子"原文为"sweet fellow"，又有"可爱的家伙"之意。

宾——国王陛下——来到了圣殿酒吧^①。

　　如今，此类情状之多，数不胜数，我家人一直在抱怨。最后我妻子提出了她釜底抽薪的建议：把烟囱彻底拆除。

　　"什么！"我大喊，"拆除烟囱？卸去所有东西的脊梁骨，太太，这很冒险。把背部的椎骨抽掉，把房子的烟囱拆除，可不是从地上卸走霜冻的水管。再说，"我补充道，"烟囱是这座宅子一大永久的组成部分。如果不受到革新者的搅扰，那么在以后的岁月里，当整栋房子倾颓崩塌，这烟囱仍将屹立不倒——好一座邦克山纪念碑^②。不，不，太太，我不能拆除我的脊梁骨。"

　　以上就是本人的发言。然而，谁又敢说他自信满满，尤其是他已年迈老朽，还有妻子和女儿们在他耳边持续吹风？随着时间推移，我对提议的接受程度加深了，总之开始初步考虑此事。终于，有个优秀的泥瓦匠——大致称得上是一名建筑师——斯科莱布^③先生，受命来参加会议。我把他正式引荐给我的烟囱。而此前我妻子已将他介绍给我。他早就受雇于这位女士，为她准备一些排水系统大范围改造的计划和评估。他大费周章，劝说我老伴答应让他展开一番不受干扰的勘测。我于是领着斯科莱布先生进入地窖，直达问题的根源。往下走时我拎着煤油灯，因为地面虽是大中午，底下却是漆黑如夜。

---

① 圣殿酒吧（Temple Bar），是一幢伦敦城西部的桥洞式建筑，原本坐落于威斯敏斯特官和伦敦塔之间的道路上。

② 邦克山纪念碑（Bunker Hill Monument），位于美国波士顿，是为纪念美国独立战争初期著名的邦克山战役（Battle of Bunker Hill）而建立的纪念碑。

③ "斯科莱布"原文为"Scribe"，又有"抄写员""抄书吏"之意。

我们仿佛身处金字塔内部。我一只手将煤油灯举过头顶，另一只手在昏暗中指着烟囱的大片灰白，犹如一名阿拉伯向导，正给人展示大神阿匹斯①结满蛛网的陵墓。

"这是一座无与伦比的建筑，先生，"沉思默想良久，优秀的泥瓦匠说道，"无与伦比的建筑，先生。"

"没错，"我相当得意，"每个人都这么说。"

"但仅从它屋顶以上部分的大小来看，我推断不出它的基座会有如此规模，先生。"他以苛刻的目光注视它。

接着，他拿起尺子，动手测量。

"边长十二英尺，面积一百四十四平方英尺！先生，这幢房子似乎只是为了容纳您的烟囱才建造的。"

"对，为了容纳我的烟囱和我。现在，请实话实说，"我补充道，"你会把一座如此不凡的烟囱拆掉吗？"

"假如是我自己家的，我不会拆，先生。有一言相送，"他回答，"这是一桩赔本生意，先生。你是否知道，先生，为了把烟囱保存下来，你在不停付出，不仅仅付出了一百四十四平方英尺的好地皮，同时还为可观的本金付出了可观的利息？"

"怎么会呢？"

"你看，先生！"他从口袋里掏出一截红粉笔，在刷白的墙壁上进行演算，"二十乘以八是这么个数儿，然后四十二乘以

---

① 阿匹斯（Apis），古埃及神祇，形象为头戴太阳盘及圣蛇的公牛，象征丰饶及生产力。在孟斐斯有神牛墓，埋葬了阿匹斯圣牛。

三十九又是这么个数儿，没错吧，先生？好，再把它们相加，减去这个数儿，就得到这个数儿。”他用粉笔写个不休。

反正，算出来的数字不小。斯科莱布先生有零有整地告诉我，本人的烟囱究竟耗费了多少千块好砖。这数目让我羞于启齿。

“别说了，”我心烦意乱，“请吧，让我们到上头瞧瞧。”

回到地面，我们在一楼和二楼又绕了两圈。随后，我们一起站在正门旁边的楼梯前，我手放在门把儿上，斯科莱布先生拿着帽子。

“那么，先生，”他语调谨慎，为了减少紧张而抚弄自己的帽子，“那么，先生，我认为可以搞定。”

“请说说，斯科莱布先生，什么可以搞定？”

“您的烟囱，先生。我认为，可以拆掉它，只要好好规划。”

“我也会考虑考虑的，斯科莱布先生，”我转动门把手，朝着户外的空旷给他鞠躬，“我会考虑的，先生。需要仔细想想。不胜感激。再会，斯科莱布先生。”

“那么，全都谈妥了！”我妻子从最近的房间冲出来，大声欢叫。

“他们什么时候动工？”我女儿朱莉娅问道。

“明天？”安娜说。

“耐心点儿，耐心，亲爱的，”我说，“烟囱这么大，总不能说拆就拆。”

第二天一早，同样的戏码再次上演。

“烟囱的事你没忘吧。”我妻子说。“太太，”我说，“它会永远留在我的房子里，永远留在我心里。"

"斯科莱布先生什么时候来动手拆掉它？"

"反正今天不来，安娜。"我说。

"到底哪天来？"朱莉娅忧心忡忡地问道。

如果我这烟囱是一座体积相当的钟塔，那么，我的妻子和两个女儿就是钟，她们一同报时，在我身边咣喤咣喤响个没完，或者，以各自的调子填充彼此的每一个停顿，由我妻子负责打节拍。我承认，她们的叮叮咚咚、呼呼嘭嘭和哐啷哐啷 ① 很悦耳。但是，有时候最动听的银铃既可以齐奏欢愉之音，也可以大发阴郁之声。眼下的情形恰如所言。我察觉到一股反对本人的力量卷土重来，妻子和女儿们柔美、哀伤、愁苦的钟鸣开始震响。

我妻子深受刺激，终于指着本人的鼻子宣称，只要烟囱还没拆除，她就会把它视作一座纪念碑，上面铭刻着我的食言背约之举。然而她发现这毫无效果。第二天，她明白告诉我，要么烟囱留下来，要么她留下来，只能二选一。

鉴于事态紧急，我和我的烟斗跟她们结结实实辩论了一番。最后双方达成一致。尽管我们不想去实施该计划，但是为了家庭和睦，本人可以弄出一张烟囱的死刑执行令，而且做这档事时，我还会给斯科莱布先生写个字条。

由于我、我的烟囱和我的烟斗共同生活了多年，堪称三个难

---

① "叮叮咚咚、呼呼嘭嘭和哐啷哐啷"原文为 "ringing, and pealing, and chiming"。

兄难弟。我的烟斗往往很轻易赞同一个提议，这对于我们极为默契的三重奏而言非常致命。或者更确切地说，我和我的烟斗密谋的方式，在某种程度上，将我们毫无戒心的老哥们儿推入了窘困境地——这自然会使人意识到，我俩所承受的可悲责难。但我们作为泥土之子，即我的烟斗和我，并不比余下那一位更高贵。实际上，我们背弃挚友的行为远非自觉自愿。而且我们天生就向往平静安宁。可是，当我们共同的伙伴需要有人站出来为之辩护时，这份对平静安宁的喜爱却让我们做了叛徒。不过我乐于补充一句，更为大胆的想法不久又重新冒头，下面简要说一说。

斯科莱布先生亲自来回答我的字条。

我们展开又一轮勘测，这次主要是估算费用。

"我得收五百美元。"斯科莱布先生最后说，再度把帽子拿在手上。

"好吧，斯科莱布先生，我考虑考虑。"我回应道，再度鞠躬送他到门外。

他惊讶于第二次听到意外的答复，便又一次告辞，然后我的妻子和女儿们又一次爆发了老调重弹的尖声呼号。

事实上，不论我的决心多么坚定，到头来我和我的烟囱还是无法分离阻隔。

"荷罗孚尼 ① 可以任意妄为，不在乎谁会心碎。"我妻子第二

---

① 荷罗孚尼（Holofernes），基督教次经《犹滴传》（Book of Judith）中记载的人物，尼布甲尼撒二世的统兵大将。他围困伯凤利亚（Bethulia）时，犹太寡妇犹滴出城诱以色相，趁他喝醉时割下了他的脑袋，于是城市得救。

天清晨吃早餐时说。她半是感化，半是斥责，这比她力道最强的攻击更令人难以忍受。同样，荷罗孚尼对她来讲是一个惯称，适用于任何一名手段凶残的暴君。所以只要我不支持她雄心勃勃的创举，诸如此类把本人视作眼中钉的雄心勃勃的创举，那么，我就会像眼下这般，处在多少有些岌岌可危的守势，而她必定称我为荷罗孚尼，并且十之八九抓住第一个机会就大声道出，强调的语气中饱含压抑。那天傍晚，她从报纸上读到的首篇短文，便是记述一名打散工的残暴汉子。这个在家里横行多年的卡利古拉①，最终用一扇断开铰链的阁楼门板，把他长期遭受虐待的配偶打死了，随后，他又将自己无辜的小家伙们抛出窗外，再回到屋里自杀。他冲着一堵写满肉铺和面包铺欠条的破烂墙壁，猛地一脑袋撞向那可怕的账目。

尽管如此，接下来几天，我没有再听到更多责难，对此本人表示一点儿也不吃惊。我妻子笼罩在一股强烈的平静之中，但在它下方，犹如在海面下方，你无从得知有什么凶险的暗流正涌动袭来。她经常外出，前去的方向在我看来无可置疑，也就是说，是新佩特拉方向。那儿有一座状似格里芬②的宅子，木质批灰，最高档的装饰艺术风格，四根使房屋倍增雅致的烟囱，以直立巨龙的形态，从它们的鼻孔往外喷烟。此乃斯科莱布先生漂亮的现

---

① 卡利古拉（Caligula），即古罗马帝国皇帝盖乌斯·凯撒·奥古斯都·日耳曼尼库斯（Gaius Julius Caesar Augustus Germanicus，12—41），他做事荒唐，实行恐怖统治，被认为是典型的暴君。
② 格里芬（griffin），希腊神话里狮身鹫首的怪兽。

代化住所，造它是为了做一个长期广告，其中他作为一位建筑师的品味，绝不多于他作为一名优秀泥瓦匠的扎实可靠。

结果，有天早上我抽着烟斗，听到一阵连续的敲门声。我妻子异常沉静地给我送来一张便条。除了所罗门，我并无通信者，而他所抱持的观点，反正与我完全一致，因此，这张便条让本人略感惊奇。我读罢以下文字，这份惊奇也没有消退。

新佩特拉，四月一日

先生，我最后一次勘测您的烟囱时，可能您已经注意到，我频频用尺子丈量它，这种方式很显然没有必要。同时，可能您也已经看出，我多多少少有些困惑，然而，对此我难以用言语表达清楚。

眼下我觉得自己有义务告诉您一些情况，不过那仅仅是模模糊糊的怀疑，通常就这么讲出来其实并不明智，但现在，既然各种后续的计算均表明其发生概率颇高，你应该对它有所了解，或许这相当重要。

先生，我负有庄严的责任提醒您，以下猜想不乏建筑学上的理由，即在您烟囱内部的什么地方，暗藏着一个预留的、完全封闭的空洞，简言之，是个隐秘的房间，或者毋宁说是个密室。它已经存在多久，我无从知道。它里面有什么东西也没法看见，与它自身一同处于黑暗之中。但人们设计那样一个密闭小室，很可能是为了某种异乎寻常的目标，或是为了藏匿财宝，或是为了其他意图，不妨留给更熟悉这房子历史的那些人去揣测。

够了：先生，转告此事之后，本人已问心无愧。不论您打算怎样办，对我自然是无关痛痒的。不过应当承认，关于这间密室的作用，我情不自禁产生了好奇。上天会引导您——我始终抱着极大的敬意相信——做出正确选择，判断居住在一幢明知其中有个密室的宅子里，是否符合基督徒的行为规范。

您至为谦卑的，

海勒姆·斯科莱布

读这张便条时，我产生的第一个念头，并不是关于它一开始提及的所谓神秘方式——因为这名优秀的泥瓦匠展开勘测期间，我根本什么也没看出来——而是关于我已故的亲属，朱利安·戴克斯船长，多年从事印度贸易的杰出水手和商人，他始终单身，大约三十年前以九旬高龄辞世，而且就死在这幢他自己建造的房子里。他回本地养老应该是携有大笔财富的。但出乎众人意料，这座花费甚巨的宅邸一落成，他便安心过上沉寂、低调而简朴的晚年生活，邻居们认为好处全让继承人给占了。不过请看！遗嘱一公布，大伙发现他的财产仅包含这座房子和地块，以及价值一万美元左右的股票，而土地已大量抵押，结果自然被卖掉了。传闻总有止息之时，荒草悄悄遮没船长的坟墓，他依旧在这儿独自沉睡，无忧无虑，如同印度洋的波涛而非漫过他头顶的内陆草浪。我仍然记得，很久以前，听本县居民们私下谈论过关于他神秘的遗嘱，因此又相应地关于他本人的种种奇怪解释，这些分析既牵涉钱财也牵涉良知。可是，能够炮制并传播流言的那帮人，声称朱利安·戴克斯船长生前曾为一名婆罗洲海盗，他们附送的奇想当然不值得相信。怪诞之处在于，谣言里狂热的荒唐说法好比毒蘑菇，会让随便一个诡异的陌生人出现，住在大群乡民中间，安静自持。对于有些人，与世无争可能是他们蒙受攻讦的主因。然而，我嘲笑这类谣言——尤其当它们谈到隐匿的财宝时——首先是由于细节。这个陌生人（亦即削去屋顶和烟囱那位）从我死去的亲戚手中接过房产，其性格最不适合于众多传闻滋生，因为他会迅速验证它们，凿墙拆屋地搜寻一番。

无论如何，斯科莱布先生的便条十分奇异地唤醒了有关我那位亲属的记忆，他神秘的，或至少是无法解释的做法，自然而然穿插于这份记忆之中。脑海里，朦朦胧胧的光团与朦朦胧胧的闪烁骷髅头融为一体。不过，第一道冷静的思绪很快驱散了这只喀迈拉①。我脸上挂着镇定的微笑，转向妻子，她正坐在一旁，极不耐烦，我敢说，她知道谁突然起意给我递了一封信。

"老头子，"她说，"谁写的？说了些什么？"

"太太，你自己看吧。"我把信交给她。

---

① 喀迈拉（chimera）为希腊神话中的怪兽，会喷火，狮首，羊身，蛇尾，常用以比喻嵌套组合的幻想之物。

她确实看了，然后——勃然发作！我不会装装样子要描摹她的激动情绪，或者重复她的言语说辞，既然女儿们很快被喊来分享这令人振奋之事，则已足够。她们虽从未想象过斯科莱布先生所透露的信息，然而他信中的第一个建议，仍让她们本能地意识到它终极的可能性。为了加以佐证，她们首先谈及我那位亲戚，其次是我的烟囱，断言这个深邃叵测的秘密与前者相关，而这座同样深邃叵测的建筑与后者相关。尽管它们是无从怀疑的事实，但如果排除密室的假设，那么其余任何假设都将使两者沦于荒谬。

可是，这一回，我始终不声不响，暗自思忖：按照眼下的情形，我会否因为自己的轻信而遭受蒙蔽，导致行事对她们的某些打算非常之有利？怎样抵达那个秘密小房间，或者怎样搞到任何一点儿它的情况，而又避免对我的烟囱施以重手，防止造成不必要的特殊伤害？我妻子希望把烟囱解决掉，这不言而喻；至于斯科莱布先生，他极力装作与己无关，却不反对收下五百美元的施工费用，似乎也一样明显。我妻子是否跟斯科莱布先生秘密商议过，目前尚难以确定。但她将我的烟囱视为眼中钉，而且习惯于持续推进自己的计划，若条件允许，她会不择手段，尤其在遭遇阻碍之时。考虑到以上种种，那么我几乎不知道她还有什么招数是值得大惊小怪的。

唯独一件事我下定了决心，即我和我的烟囱不应退缩动摇。

所有抗议皆属徒劳。第二天早晨，我走到大路上，看到一只长相凶恶的老公鹅。它正以强悍的动作往围场内掏挖，作为回报主人给它戴上了一圈怪异的、分成四股尖叉的木头饰物，状如一个绞刑套索式的领子。我把这只老公鹅逼入死角，找到它最硬的羽管，将其拔下，拿回家，做成一支硬笔，写就如下生硬的便条：

烟囱旁，四月二日

斯科莱布先生

先生：我们对您的猜测致以共同的谢意及

称赞，并请允许我们向您保证，我们会维持原样。

您非常忠实的，
同声同气的，
我和我的烟囱

当然，我们不得不容忍这封书信中某些尖锐的措辞。但我最终明明白白地领悟到，斯科莱布先生的便条丝毫没有改变本人的想法。妻子为了说服我，除其他诸多理由之外还提到，假如她没记错，有那么一条规定，擅自保留密室，跟私藏火药一样是非法的。但我岿然不动。

两三天后，我老伴换掉了她房间的钥匙。

接近午夜时分，所有人都已经赴梦，可我们还没睡，各自端坐在烟囱的一角上。她拿着针线，正不知疲倦地织袜子。我叼着烟斗，懒洋洋地吐烟圈玩。

这一晚属于入秋以来最早的几个冰凉夜晚。壁炉在燃烧，火苗安静。屋外的空气既凝稠又沉重。疏于照管的树林颇为潮湿。

"瞧瞧这烟囱，"她开腔了，"你难道看不出来，里面肯定有些什么东西吗？"

"没错，太太。烟囱里确实有烟，正如斯科莱布先生的便条里也有。"

"烟？对，真有烟，我眼睛里也有。你们这两个可恶的老坏蛋搞得那么乌烟瘴气！——可恶的老烟囱和你。"

"太太，"我说，"我和我的烟囱喜欢一块儿安安静静抽烟，这不假，但我们不喜欢挨骂。"

"亲爱的老头子，"她说，语气大为软化，而话题也稍有改变，"当你想起自己的老亲戚，你知道烟囱里一定有间密室。"

"秘密的灰洞①，太太，岂能没有？是啊，我敢说烟囱里砌了个灰洞。那么所有落入这个奇怪坑洞的烟灰都跑哪儿去了？"

"我知道它们跑哪儿去了。我到过那儿的次数几乎和猫一般多。"

"太太，究竟是什么鬼怪让你爬进了灰洞？你难道不晓得圣邓斯坦②的恶魔就是从灰洞里现形的？你这样子四处勘寻，迟早有一天会丧命。不过，假设存在一间密室，那又如何？"

"那又如何？为什么一间密室里不该有……"

"枯骨一堆，太太。"我吐了口烟，打断道，而友善的老烟囱

---

① "灰洞"原文为"ash-hole"，听上去很像脏话"asshole"。
② 圣邓斯坦(St. Dunstan，909—988)，英国修士，曾任伦敦主教和坎特伯雷大主教。

同样喷出一团烟雾，打断谈话。

"又来了！哦，可怜的老烟囱一个劲儿冒烟，"她用手帕擦了擦眼睛，"我一点儿也不怀疑，它之所以这样冒烟，是因为那间密室阻塞了烟道。你再瞧瞧，侧墙一直在沉降，而且从灶门到炉膛统统在沉降。老头子，我敢肯定，这座可怕的老烟囱会在我们脑袋上塌下来。"

"没错，太太，我真得靠它^①。确确实实，我彻头彻尾地依赖我的烟囱。至于安顿下来^②，我挺喜欢。你知道的，我步调平稳。我和我的烟囱定居一处，而且将保持稳定，好比躺在一张特别棒的羽绒床上，直到我们下陷到完全看不见为止。可这个秘密的炉灶，我是说，太太，你所谓的密室，你认为这间密室究竟在哪里？"

"那正是斯科莱布先生要说的。"

"倘若他说不准，怎么办？"

"我相信他可以证明，它一定在这座可怕老烟囱内部的什么地方。"

"假如他没法证明这一点，怎么办？"

"要是那样，老头子，"她神情庄重，"我就不再说这件事。"

---

① 又一个文字游戏。前面女主人公说"我敢肯定"原文为"depend upon it"，这是一句习用口语，而此处男主人公说"我真得依靠它"，原文为"I do depend on it"。两个"depend on it"形式相同，意义却不同。

② 同样是文字游戏。前面女主人公所说的"沉降"和此处所说的"安顿"，以及后面提到的"平稳""定居""稳定""下陷"，均为同一个单词"settle"的不同义项。

"一言为定，太太，"我转过身来，在侧墙上敲了敲烟斗，"那么明天，我会给斯科莱布先生第三次写信。太太，我坐骨神经痛又犯了。请帮忙把烟斗放在壁炉架上。"

"如果你把梯子搬来，我乐意效劳。这座吓人的老烟囱，这座讨人厌的旧式老烟囱，它的壁炉架太高，我够不到。"

她从未放过任何一个机会——无论它多么微不足道——给烟囱挑点儿小毛病。

为了让读者搞清楚状况，有必要提到，烟囱四面不仅嵌入了壁炉，还在各楼层以极为随意的方式，掏挖了好些稀奇古怪的壁间和橱阁，形形色色，大小殊异，分布在各处，好比一株老橡树枝丫上的诸多鸟巢。位于二楼的橱阁形状最不规则，数量也最多。可是这烟囱既然像金字塔一样，越往上个头越小，那么此等景况本不应出现。它在屋顶的缩减程度很明显，而且有理由认为，该变化肯定是从下往上循序渐进发生的。

"斯科莱布先生，"第二天，我对这个再度光临的男人相当热切地说，"我今天上午写信告知的目标，不是筹划拆除我的烟囱，也不是为此展开任何商议，而仅仅是向您提供一切便利，好让您验证——如有可能——您在便条中提及的猜想。"

我冷淡的接待没准儿让他暗地里非常失落，毕竟，这与他原先的期待大相径庭。怀着显而易见的欣喜之情，他开始了勘察作业。先是打开一楼的壁橱，继而窥视二楼的壁橱。测量壁橱的内部尺寸，将所得数据与外部尺寸相较。他卸下壁炉的遮板，仰头端详烟道。但仍找不到隐秘工程的丝毫迹象。

二楼的房间最为天马行空。可以说，它们彼此嵌合，形态各异，没有一个是四四方方的。优秀的泥瓦匠已观察到这一特征。他一脸凝重而近乎装腔作势的神情，环绕烟囱测量每一个房间的面积，接着下楼并走到室外，测量整个宅子底层的面积，再把结果与二楼所有房间的总面积相较。随后，他回到我身旁，情绪不见一丝激动，宣布一楼二楼相差不少于两百平方英尺——当然已足够建造一间密室。

"可是，斯科莱布先生，"我摸着下巴说，"你有没有计入墙壁的面积，包括主墙和房间的隔墙？你知道，它们占了些地方。"

"哦，这我倒忘了。"男人拍了拍前额。"不过，"他仍在稿纸上计算不休，"它们也没法补足差值。"

"可是，斯科莱布先生，你有没有计入一楼众多壁炉的凹洞，外加防火墙和烟道？总而言之，斯科莱布先生，你有没有计入合情合理的烟囱本身？它大约占了一百四十四平方英尺的面积，斯科莱布先生。"

"真是莫名其妙。我自然考虑过这个问题。"

"确实考虑过吗，斯科莱布先生？"

他微微颤抖了两下，随即爆发："但现在我们必须为这座合情合理的烟囱留出一百四十四平方英尺！本人的立场是，那间密室已经包含在种种异乎寻常的可能之中。"

我默默注视了他片刻，然后说：

"您的调查到此结束，斯科莱布先生。行行好，现在请指明您认为这座烟囱内部的密室究竟在哪儿，或者一根巫师的魔杖可以帮您一把，斯科莱布先生？"

"那个没用，先生，不过一根铁撬棍倒可以。"他气呼呼地回答道。

我思忖，这下子狐狸尾巴露出来了①。我平静地向他投去一瞥，发现他似乎颇为不安。我比以往任何时候都更加怀疑，有阴谋存在。我想起妻子说过要对斯科莱布先生言听计从。我打算以温和的方式，把斯科莱布先生的决定买下来。

"先生，"我说，"您这次勘察，我感激不尽。它让我觉得非常安心。毫无疑问，斯科莱布先生，您也会觉得大大松了口气。先生，"我补充道，"您造访过这烟囱三次。对一个生意人来说，时间即金钱。这儿有五十美元，斯科莱布先生。不，您拿着。这是您应得的。您的意见值这个价。顺便提一句，"此时他正恭谨地收下那笔钱，"您也许不会反对，为我开具一份……一份……小小的证明……比方说，类似一张汽艇证书……证明您，作为一名合格的勘察者，已经对我的烟囱实施了勘察，而且没发现任何可疑的情况，总之，没发现其中有任何……任何密室。您可以帮这个忙吧，斯科莱布先生？"

"可是，先生……"他结结巴巴，实在为难。

"这儿有笔和纸。"我信心十足地说道。

够了。

当天晚上，我把证明书装进画框，挂在饭厅的壁炉上方，相

---

① "狐狸尾巴露出来了"，原文为"the cat leaps out of the bag"。

信它作为一道持久的景致，将一劳永逸地平息全家人的梦想渴望和诡计花招。

　　然而，我并未遂愿。我妻子至今仍在使尽浑身解数，不屈不挠地致力于铲除那座高贵的老烟囱，她拿着女儿安娜的地质锤，四处敲击墙壁，再把耳朵贴上去，好像保险公司的医师那样，敲击一个人的胸膛，然后俯身倾听回声。时不时在夜间，她幽灵似的东走西走做这份活计，追逐烟囱阴森森的响应，绕了一圈又一圈，几近骇人的程度，仿佛此番动静正将她引向密室的入口。

　　"听起来多么空洞，"她空空洞洞地哭道，"是的，我宣布，"她重重敲了一锤，"这儿有间密室。这儿，就在这个地方。啊哈！多么空洞！"

　　"唉！太太，当然是空心的。谁见过一座实心的烟囱？"但毫无用处。我的两个女儿并不追随我，反倒追随她们的母亲。

　　有时她们仁会放弃密室理论，回头施展实实在在的攻击，说这丑东西是一堆大大的累赘，还说如果拆掉它将省下很多空间，将使规划之中的大厅受益，而且非常便于我们在不同房间里直来直去。我妻子和女儿们急于捣毁我的烟囱，简直比三个强国瓜分可怜的波兰还要冷酷无情①。

　　即便看到以上情况，我和我的烟囱仍不停抽烟。我妻子重新专注于密室，进一步研究那里的种种奇迹，很遗憾，她还是没能找到它，展开一番探索。

---

① 十八世纪末，俄罗斯、普鲁士、奥地利三国曾瓜分波兰。

"太太，"有一回，我说，"既然你面前挂着一位优秀泥瓦匠的相反证词，而他又是你亲自选定的，为什么还要再提那间密室？况且，就算真有一间密室，我们也应该让它继续保持隐秘，它理当保持隐秘。是的，太太，这一回我必须实话实说。撬开秘藏的渎神之举，已导致无数可悲的灾祸发生。虽然它立于这座宅子的正中央，虽然迄今为止我们所有人都住在它周围，并不疑心它内部藏了什么东西，但这烟囱有或者没有一间密室均无伤大雅。不过，如果有，也是我那位亲戚的。破墙而入，无异于对他破胸而入。我把这个摩墨斯①的破墙之愿视为一名丧心病狂的造谣生事之徒的愿望。是的，太太，窥探隐私的无耻恶棍无异于摩墨斯。"

"摩西？腮腺炎？②什么乱七八糟的摩西和腮腺炎？"

事实上，我的妻子如同世间的其他所有人一样，对于充满智慧的言谈毫不在意。我和我的烟囱缺少智者相伴，不得不一起抽烟，彼此推究哲理，聊到三更半夜。我们这两个吞云吐雾的老哲学家把房间弄得乌烟瘴气。

可是，本人的配偶讨厌我的烟草就像她讨厌煤灰，于是同时向这两者发动了战争。我生活在持续的恐惧之中，害怕我的烟斗和烟囱会像金碗一样被打碎③。为了拖住我妻子的疯狂计划，我拒不回答提问。但她却不断自问自答，不断用她兴利除弊的强烈欢

---

① 摩墨斯（Momus），希腊神话中的嘲讽之神，也是作家和诗人的守护神。
② "摩西""腮腺炎"的英文分别为"Moses""mumps"，发音与"摩墨斯"的英文"Momus"相近。
③ 英语中"金碗"（the golden bowl）常用以比喻容易破灭的幻想等事物。

欣搅缠我，而这无非是捣毁破拆的委婉说法。我几乎天天看见她手执卷尺，为她的大厅东量西量，安娜拿着副码尺站在一边，朱莉娅站在另一边投以赞许的目光。神秘的宣言出现在邻村的报端，署名"克劳德"，指称某座山上立着某栋建筑，是颗大煞风景的老鼠屎。匿名信随即登门，威胁我说，除非拆掉烟囱，否则后果自负。又是我妻子——还能是谁——煽动邻居们在同一桩事情上纠缠不休？她还暗示，我的烟囱就像一株巨大的榆树，吸光了花园的水分。夜里，我妻子则装作从梦中醒来，宣布她听到了源于那间密室的鬼魂喧嚣。我和我的烟囱坦然应对来自四面八方的各种攻击，根本不为所动。

只可惜行李太沉，否则我们会一同收拾东西，离开乡下。

我们真是大难不死！有一次，我抽屉里发现一系列拆除作业的完整计划和评估。还有一次，我外出一整天，回到家中发现妻子正站在烟囱前跟某人热切交谈，我一眼就看出他是个爱管闲事的建筑改革家，因为他没本事去建造任何东西，始终只会把它们推倒。在乡间各处，这类人说服愚蠢的老汉，拆毁他们的旧宅子，尤其不放过他们的烟囱。

然而，最糟糕的事态，还是那次我大清早突然打城里回来，走近房子时险些被三块碎砖击中。它们从高处坠落，就砸在我脚边。我抬头望去，惊骇地看见三个野蛮人，穿着蓝色牛仔背带裤，正要启动他们危害深远的破坏工作。是啊，想想那三块碎砖，我和我的烟囱确实大难不死。

自从我在家中奋起抗争，至今已有七年上下。城里的朋友很诧异我为什么不再像以前那样去拜访他们，认为我性情变坏了，越来越孤僻。有人说，我已经变成一个浑身长满青苔的厌世老古董，可事实上，我只不过是坚持保卫我那长满青苔的老烟囱。我和我的烟囱一致决定，我们绝不缴枪投降。

单身汉的天堂与未婚女的地狱 [1]

单身汉的天堂

这地方离圣殿酒吧 [2] 不远。

沿通常的路线前来此地，仿佛是从一片酷热的原野悄然步入某个凉爽、幽深的峡谷，四周绿树成荫，群山环抱。

厌倦了喧嚣扰攘，受够了污浊不堪的舰队街 [3]——那儿班尼

---

[1] 此篇原题 "The Paradise of Bachelors and The Tartarus of Maids"，1855 年 4 月首刊于《哈泼斯新月刊》。

[2] 圣殿酒吧（Temple Bar），是一幢伦敦城西部的桥洞式建筑，原本坐落于威斯敏斯特宫和伦敦塔之间的道路上。

[3] 舰队街（Fleet Street），伦敦的著名街道。南端有数栋建筑曾是圣殿骑士团名下的财产，称为圣殿，内殿律师学院和中殿律师学院皆在其中，两者与林肯律师学院、格雷律师学院并称伦敦四大律师学院。邻近地区则有许多律师办公室。

迪克 ① 式的商人们行色匆匆，额头布满附加线 ②，脑子里尽是面包价格上涨、婴儿呱呱坠地——你敏捷地转过一个神秘的拐角，而不是转过一条街，再溜过一条昏黑、孤寂的道路，两旁是阴暗、静穆、庄严的建筑物，接着你继续朝前走，便摆脱了整个愁眉苦脸的世界，解去束缚，站在单身汉天堂宁静的回廊之下。

撒哈拉沙漠的绿洲十分甜美，八月大草原上树林如小岛十分可爱，千百次背叛当中的一片赤诚让我们愉快：然而，如梦似幻的单身汉天堂更甜美，更可爱，更让我们愉快，它坐落于令人惊叹的伦敦城那石块垒砌的中心地带 ③。

在回廊上悠然沉思。在水边的花园里尽情欢乐，享受闲暇。去古老的图书馆消磨时光。去满眼雕刻的小教堂做祷告。但是你几乎一无所睹，更一无所知，什么滋味也没有尝着，直至你身处成群结队的单身汉之中吃饭喝酒，看到他们友善的眼睛和闪闪发光的眼镜。不是在修学期间人声鼎沸的食堂内，而是在一张私密的桌子旁不受打扰地安静用餐。某位圣殿骑士热情相邀。

圣殿骑士？浪漫的称号。让我想想。布里昂·德·波阿-基

---

① 班尼迪克（Benedick）是莎士比亚戏剧《无事生非》（*Much Ado About Nothing*）中的人物，宣称抱独身主义，后与争论对手贝特丽丝（Beatrice）结婚。
② 附加线（ledger line），五线谱中的一种符号，用以协助标示超出五线谱原有范围的音高。
③ "石块垒砌的中心地带"原文为"stony heart"，又有"铁石心肠"之意，可谓一语双关。单身汉的天堂离圣殿酒吧不远，位处伦敦的中心区域。

尔勃 ① 应该是圣殿骑士。我们可否理解为，你在暗示那些声名远扬的圣殿骑士依然生活于现代伦敦？这些僧侣骑士身披甲胄，跪在崇高的天主面前祈祷时，他们的战靴是不是仍囊囊作响，盾牌咔啦咔啦的动静是不是仍不绝于耳？诚然，当一名僧侣骑士沿着斯特兰德大街 ② 步行，公共汽车溅起的水花弄脏了他熠熠生辉的盔铠和洁白似雪的外衣，此番景象想必很怪异。同样，根据教团的规定，他蓄了一脸长胡子，面孔斑驳如豹。在剪发剃须的市民中间，这等阴沉的幽灵看上去是什么样子？其实我们很清楚——悲惨的历史记载甚详——那个神圣的兄弟会终因道德败坏而沉沦。虽然并没有任何佩剑的敌手能从武艺上胜过他们，可是骄奢淫逸的虫豸在悄悄爬动，噬咬着骑士的忠诚，蚕食着出家人的誓约，到最后，这些修道者举杯畅饮，不再清心寡欲，曾经矢言奉主的骑士单身汉们已变成伪君子和放荡之徒。

然而，尽管如此，得知圣殿骑士（假如真有这么一帮人）已彻彻底底世俗化，不再远征圣地，投身于光荣的战役以求取不朽英名，转而在餐桌上割取烤羊肉，我们仍深感意外。这伙变质的

① 布里昂·德·波阿-基尔勃（Brian de Bois-Guilbert），英国作家司各特（Walter Scott，1771—1832）的长篇小说《艾凡赫》（*Ivanhoe*）中的人物，圣殿骑士，主角艾凡赫的情敌。
② 斯特兰德大街（the Strand），伦敦中心区一条主要街道，从特拉法尔加广场向东一直延伸至圣殿酒吧，它位于伦敦城的部分即为舰队街。

圣殿骑士是否像阿纳克利翁①一样，认为走进饮宴大厅比奔赴战场美好得多？或者，说实话，那个著名的兄弟会怎么可能有成员幸存下来？现代伦敦的圣殿骑士！身披十字架斗篷的圣殿骑士，躺在矮沙发里抽雪茄！车厢上密密麻麻的圣殿骑士，头盔、矛枪和盾牌挤成一堆，整趟列车看起来如同一节抻长的火车头！

不。真正的圣殿骑士早已消亡殆尽。去参观一下圣殿教堂②里令人惊奇的坟墓，看看此地僵硬、高傲、直直躺卧的躯干，他们双手交叠于停止跳动的心脏上方，永远沉入无梦的安眠。英勇的圣殿骑士团一如大洪水之前的年月，湮灭无痕久矣。只不过，这个名称仍留存至今，伴以徒有其名的社团、古老的院落和一些古旧的建筑。但是铁踵鞋已换成漆皮靴；双手持握的长剑已换成单手秉执的鹅管笔；原本无偿奉送见神见鬼般可怕忠告的僧人如今给咨询服务明码标价；当初的石棺守护者（假如他纯熟使用自己的武器）如今会为好多场官司提供辩护；先前发誓要将直达圣墓③的条条大路打通、扫清的团体，如今却要抑制、妨碍、阻挡、干扰所有法庭和法律途径，以此敛财；昔日在阿卡④同撒拉逊人

---

① 阿纳克利翁（Anacreon，约前582—约前485），古希腊爱奥尼亚的抒情诗人。相较于战争，他更喜欢描述轻松、愉快的宫廷生活，饮酒与爱情是他诗歌中最常见的题材。因此，麦尔维尔才说，阿纳克利翁认为走进饮宴大厅比奔赴战场美好得多。
② 圣殿教堂（Temple Church），坐落于泰晤士河与舰队街之间，十二世纪时是圣殿骑士团在英格兰的总部。
③ 圣墓（Holy Sepulchre），位于耶路撒冷旧城的圣墓教堂内，据传耶稣曾埋葬于此。
④ 阿卡（Acre），以色列北部海港。

交战、挺身迎向矛尖的武士，如今在威斯敏斯特大厅^①与法律条文^②斗争不已。假发充当头盔。时间巫术师挥舞魔杖，把圣殿骑士转变为今天的法学家。

可是，犹如许多从骄傲、荣耀的高处跌落的其他人士，犹如苹果，挂在枝头时顽硬，落在地上时熟软，圣殿骑士的沉沦也使之更为精巧雅致。

我敢说，即便在最好的情况下，那些浴血沙场的牧师^③依然是粗野易怒的。穿着伯明翰铠甲，他们动作受限的胳膊如何跟你我来一个诚挚热情的握手致意？他们孤高冷傲、雄心万丈而淡泊寡欲的灵魂紧紧闭锁，他们一脸死相，仿佛入门的祈祷书。亲切友善之人又怎会如此？而当代的圣殿骑士，则是最棒的伙伴，最谦逊的东道主，最佳用餐者。其才智与醇酒皆鼎鼎大名。

礼拜堂和回廊，庭院和拱顶，巷子和小径，以及宴会厅、食堂、图书馆、露台、花园、宽敞的大道、住所、甜点屋，它们占据的面积相当广大，而且统统聚集在市区中央，与四周老城的喧闹相隔绝。此地的每一件东西都尽可能保留了单身汉的特性。全伦敦唯有这里，能够为天生喜静者提供一个如此舒适怡人的休憩场所。

实际上，圣殿本身就是一座城市。正如上文细述，这是一座

---

① 威斯敏斯特大厅（Westminster Hall），位于威斯敏斯特宫（Palace of Westminster）即议会大厦（Houses of Parliament）内，是议会的议事厅。
② "法律条文"的原文为"law-points"，与前面的"矛尖"的原文"spear-point"相对应，有文字游戏意味。
③ "浴血沙场的牧师"为意译，原文为"warrior-priests"，直译为"战士－牧师"。

设施一流的城市。它拥有公园、花圃以及河岸——泰晤士河在一旁徐徐流淌，多少有点儿像平缓的幼发拉底河在伊甸园边上流淌。

今天的圣殿花坛，当年是十字军武士锤炼骑术和枪术的场地。现代的圣殿骑士躺在树下的长椅上，晃荡着他们的漆皮靴，兴致勃勃地练习辩论技巧。

成排成排的庄严肖像挂在宴会厅内，展示历史上的伟大人物——著名的贵族、法官以及大法官——在他们各自的时代均为圣殿骑士。并非全体圣殿骑士皆名扬天下。不过，如果为人热情而待客更是热情，思想充实而酒窖更是充实，既贡献真知灼见又提供佳肴美馔，并以妙趣横生、奇思妙想的可贵娱乐作为调剂，如果这一切值得永远颂扬，那么诸位会嘀咕，也应该记下橄榄球俱乐部和足球俱乐部的名字①。

要成为一位实打实的圣殿骑士，你必须是一名律师，或者一个法律专业的学生，并且正式加入骑士团，不过，其中的很多人仅仅是在圣殿区办公，而另一方面，本地不少老宅子的住户又并非圣殿骑士。如果你是一位闲散的单身男士，或者一名未婚的文学家，喜欢优雅、幽僻的环境，渴望在这片宁静的街区安营扎寨，那么，你必须与骑士团的某位成员有特殊交情，以他的名义租下

---

① "橄榄球俱乐部和足球俱乐部的名字" 原文为 "the names of R.F.C. and his imperial brother"。其中 "R.F.C." 应为 "Rugby Football Club"（橄榄球俱乐部）的缩写，而 "his imperial brother" 字面意思为 "他英国法定的兄弟"，应指足球俱乐部。1845年，橄榄球运动发展出第一套规则，而麦尔维尔这篇小说发表于1855年，橄榄球运动此时还处于早期发展阶段，英格兰的橄榄球俱乐部尚未独立于英格兰足球协会，因此译者推断，"his imperial brother"（他英国法定的兄弟）是指足球俱乐部。

看好的空房，但租金由你来支付。

我想，约翰逊博士①，那位名义上的班尼迪克和鳏夫，实质上的单身汉，曾在该地区住过一段时间。同样，毫无疑问是单身汉的查尔斯·兰姆②，那个罕见的大好人也在此待过。还有数百位其他的卓越之士，奉行独身主义的志同道合者，时常来这里吃饭、睡觉，停留。其实，此地布满密密麻麻的办公室和住宅。它好像一块奶酪，四面八方全是单身汉的舒适小屋。哦，令人愉快的去处！啊，回想起我在这儿度过的美好时光，在那些年代久远的房顶下受到的热情款待，本人只能以诗歌恰切地表达心境。我轻轻叹息，柔声唱道："把我带回故乡弗吉尼亚③！"

大体上，单身汉的天堂正是如此。明媚五月一个美好的下午，我从特拉法尔加广场④的旅馆动身赴约，去跟一位大律师、单身汉，以及橄榄球俱乐部的队员⑤（他具有第一种和第二种身份，也应该具有第三种，我在此提名他）共进晚餐。我用自己戴着手套的食指和拇指紧紧夹住他的名片，不时看一眼印在名字下面赏心

---

① 约翰逊博士（Dr. Johnson），指塞缪尔·约翰逊（Samuel Johnson，1709—1784），英国作家、评论家。于1755年编成《英语大辞典》，牛津大学给他颁发荣誉博士学位，因此人们称他为"约翰逊博士"。

② 查尔斯·兰姆（Charles Lamb，1775—1834），英国作家。

③ "把我带回故乡弗吉尼亚"原文为"Carry me back to old Virginny"，这是19世纪40年代起流行于美国南方的一首歌曲名称，南北战争时期为南方邦联的士兵所传唱。

④ 特拉法尔加广场（Trafalgar Square），位于伦敦市中心，为纪念1805年的特拉法尔加港海战而建。

⑤ "橄榄球俱乐部的队员"原文为"Bencher, R.F.C."。"Bencher"原意为"坐板凳的人"，又有"法官""议员"之意，在文中有一语双关的功用。

悦目的地址：圣殿，榆树院，某某号。

他本质上是个坦率直爽、无忧无虑、轻松自如、极其友好的英国人。如果首度见面他显得相当矜持，态度冷淡，不妨耐心点儿，香槟酒会让他解冻。如果不见效，冰镇香槟酒比醋酒更管用。

餐桌旁有九位绅士，全是单身汉。其中一位住在圣殿王座法庭路①某某号，第二、第三、第四和第五位，也住在同样名震四方的其他院落或街道。实际上这是一个单身汉的议会，成员散落于分布广泛的不同区域，代表着圣殿所崇尚的独身主义。不，它是在整个大伦敦范围内实行代表制的顶级单身汉大议会，有些人来自遥远的城区，来自闻名遐迩、历史悠久的律师与单身汉的园地——林肯律师学院②、弗尼瓦尔律师学校③，还有一位先生，我看到他便不由心生敬畏，此人来自维鲁拉姆勋爵④一度在那儿过独身生活的地方——格雷律师学院⑤。

那栋公寓楼巍然直指天穹。我不知道自己爬了多少级旧阶梯才总算抵达终点。然而一顿大餐，再加上与名流为伴，值得费点儿劲。毋庸置疑，东道主的饭厅如此之高，是想让大伙事先做些必要的锻炼，以便好好品尝并消化珍馐佳肴。

这儿的家具质朴、老旧、洁净得令人吃惊。既没有簇新闪亮、

---

① 王座法庭路（King's Bench Walk），位于内殿律师学院内，以英国高等法院下设的王座庭而得名。

② 林肯律师学院（Lincoln's Inn），英国四大律师学院之一。

③ 弗尼瓦尔律师学校（Furnival's Inn），附属于林肯律师学院的初级法律学校。

④ 维鲁拉姆勋爵（Lord Verulam），即弗朗西斯·培根（Francis Bacon，1561—1626），英国哲学家、散文家。

⑤ 格雷律师学院（Gray's Inn），英国四大律师学院之一。

油漆未干的红木餐桌，也没有奢华不堪的软垫躺椅，更没有太过精致而颇为别扭的沙发，使你在安静的房间里心烦意乱。每个明智的美国人都应该向明智的英国人学习一件事，即炫目光鲜、华而不实的东西并非舒适家居的必备之物。美国的班尼迪克们跑去市内抢购金灿灿的陈列柜里摆放的坚硬木疙瘩，英国的单身汉们则身在风景优美的南唐斯[①]家中，安坐于普普通通的松木桌子旁悠闲进食。

房间的天花板很低。谁想在圣彼得大教堂[②]的穹顶下用餐？高高的天花板！假如你要求有个高高的天花板，越高越好，而你个头也挺高，不妨在露天与高大的长颈鹿一块儿吃饭。

九位绅士适时坐在九副餐具前，立刻直奔主题。

如果我没记错，牛尾汤是第一道菜。它呈深褐色，居然相当美味，我乍一看还以为，这道菜的主要原料是牧人的赶畜棒和引座员的生皮鞭。（插一句，我们喝了点儿红葡萄酒。）接下来是海鲜——晶莹雪白、切成薄片的多宝鱼，肉质弹滑，不像海龟过于油腻。（这时，我们干了一杯雪利酒提神。）这几盘轻装散兵消失之后，晚宴的重型炮兵列队进场，领头者是遐迩闻名的英国大元帅——烤牛肉。随行参谋包括了一块鞍状羊肉、一只肥火鸡和一个鸡肉馅饼，以及无穷无尽的其他美食。它们的先锋官是盛满九只银壶的麦芽酒，泡沫嗞嗞冒个不停。这堆沉重的军械循着轻装

---

① "南唐斯"，原文为"South Down"，今作"South Downs"，指英国南部的丘陵地区。
② 圣彼得大教堂（St. Peter's Basilica），位于梵蒂冈，是世界上最大的教堂。

散兵的路线离开，一个旅的精锐斗鸡随即在餐桌上扎营，它们的营火由通红的玻璃酒瓶所点燃。

水果馅饼和布丁接踵而至，连同无数精美的小吃。然后是奶酪和薄饼。（仅仅是作为礼仪，以维护古老的良好习俗，我们每个人都喝下一杯优质的陈年波特酒。）

桌布撤掉。如同布吕歇尔①的大军开入尸横遍野的滑铁卢战场，一支酒瓶的分队踏步前进，因为急行军而风尘仆仆。

所有调兵遣将的工作全由一位令人惊异的老陆军元帅主掌（我管不住自己用低人一等的"侍者"这个词儿去称呼他），他雪白的头发，拿着雪白的餐巾，貌若苏格拉底。他置身于晚宴的欢乐之中，专注于重要的事务，不苟言笑。可敬的男人！

我在上文尽可能介绍了一点儿总体作战部署的大致轮廓。然而众所周知，一场精美、丰盛的宴席同样也是一片混乱，是一团杂七杂八的麻烦，详述其中的各种细节会使人犯晕。因此我说自己干了一杯红葡萄酒、一杯雪利酒、一杯波特酒，以及一大杯麦芽酒——全在特定的阶段和时刻一饮而尽。但是，不妨认为它们仅仅是由于餐桌礼仪才喝掉的。在这些令人印象深刻的共同举杯之外，还有无数酒水即兴地灌进了肚子里。

九位单身汉似乎对彼此的健康关心备至。觥筹交错之际，他们一直在向左右两旁的同伴表达最诚挚的祝福，希望诸位先生万

---

① 布吕歇尔（Gebhard Leberecht von Blücher，1742—1819），普鲁士元帅。战功卓著。曾在滑铁卢战役中及时率部赶到，与英军共同击败了拿破仑指挥的法军。

事如意，身体安康。我注意到，其中一名单身汉想再添一点儿酒（因为他有胃病，情况与提摩太①类似），但他不打算独饮，要找人相陪。拿起一只孤零零的、不合群的杯子，会被人视作自私无礼而又不讲情义。同时，酒过三巡，大伙的情绪愈加高涨，个个容光焕发，豪迈奔放。他们讲起了五花八门的趣谈轶事。各人经历之中的精彩见闻，好比上等的摩泽尔牌或莱茵牌白葡萄酒②，此刻纷纷涌现，它们只为特别的伙伴所保留。有一位先生告诉我们，他在牛津大学读书时是多么优哉游哉，而他那些不拘小节的同窗好友，那些为人最坦诚率真的贵族子弟，不乏火辣辣的各种趣闻。另一位单身汉，花白头发，喜气洋洋，据他自己介绍，平时一有空就渡海前往低地国家③，对那里古旧的佛兰芒建筑匆匆考察一番——这位饱学多闻、白发苍苍、红光满面的老单身汉很擅长讲述精妙绝伦的古老会所、市政厅和总督府，它们在历史悠久的佛兰芒大地上随处可见。第三位是不列颠博物馆的常客，对它收藏的众多珍贵文物、东方手稿和价值连城的孤本极为熟悉。第四位刚从西班牙的格拉纳达④旅行归来，所言所想自然全是撒拉逊

---

① 提摩太（Timothy，？—80），公元一世纪基督教传道人。青年时曾随保罗旅行布道，患有胃病。虽然基督徒不可醉酒，但保罗劝提摩太喝一点儿酒，这样对胃有好处。
② "精彩见闻"的原文为"Choice experiences"，而"上等的摩泽尔牌或莱茵牌白葡萄酒"原文为"choice brands of Moselle or Rhenish"，两个"choice"均为形容词，有"精选"之意，本文按汉语习惯分别译为"精彩"和"上等"。
③ 低地国家（the Low Countries），荷兰、比利时、卢森堡三国的统称。
④ "西班牙的格拉纳达"原文为"Old Granada"，字面意思为"老格拉纳达"，以区别于中美洲国家尼加拉瓜的西南部城市格拉纳达，即新格拉纳达。

风光。第五位讲了一个稀奇的司法案件。第六位对酒类深有研究。第七位知道铁公爵[①]私人生活的一桩古怪的逸闻，此事从未见诸报端，也从未公开或秘密地传扬开来。第八位最近不时在晚间翻译普尔奇[②]的滑稽诗自娱，他为我们朗诵了某些非常好笑的段落。

就这样，夜晚飞逝，报时的却并不是阿尔弗雷德国王[③]的滴漏，而是量酒的器具。此刻的餐桌好似埃普瑟姆荒地[④]，又似一个酒瓶子绕圈驰骋的环形操场。由于怕前面的酒瓶子不能尽速抵达终点，后面的酒瓶子紧追不放，催促它快马加鞭。第三个酒瓶子也如此赶逐第二个酒瓶子，而第四、第五个酒瓶子同样如法炮制。从始至终，没有谁大喊大叫，看不见粗鲁的举止，听不到喧哗吵闹。我确信，那位苏格拉底，那名威严庄重、神情肃穆的陆军大元帅[⑤]如果发现自己伺候的这伙人有任何缺乏教养的言行，他一定会马上拂袖而去，根本不打招呼。事后我还听说，晚宴期间，隔壁有个病恹恹的单身汉，漫长而累人的三个星期以来他第一次沉沉入梦，睡了个好觉。

静静享受美好的生活，啜饮佳酿，心情愉悦，开怀畅谈。我们亲如手足。舒适惬意，兄弟间、家庭般的舒适惬意，是整场活

---

① 铁公爵（Iron Duke），第一代威灵顿公爵（1st Duke of Wellington）阿瑟·韦尔斯利（Arthur Wellesley，1769—1852）的别称。他是英国陆军元帅，在滑铁卢战役中击败拿破仑，并两度出任英国首相。

② 普尔奇（Luigi Pulci，1432—1484），意大利诗人。

③ 阿尔弗雷德国王（King Alfred，849—899），英格兰威塞克斯王朝的国君，在位时颇有建树，被后世尊称为阿尔弗雷德大帝（Alfred the Great）。

④ 埃普瑟姆荒地（Epsom Heath），位于英格兰东南部的萨里（Surrey）郡。

⑤ 苏格拉底、陆军大元帅均指前文提到的侍者。

动的最大特点。另外，你会明明白白看到这些快活的男人并无老婆孩子徒增烦恼。而且他们几乎个个是旅行家，没有一丝一毫抛下妻儿的良心负累。

所谓痛苦，所谓麻烦，这两个传说在他们单身汉的想象中十分荒谬可笑。崇尚自由之人，他们博闻强识，深谙哲理而又思维活跃，怎么可能让自己忍受苦行僧的奇谈怪论？痛苦！麻烦！倒不如谈谈天主教的神迹。绝无此事。——先生，请把雪利酒递过来。——呸，呸！不可能有！——先生，劳驾，波特酒。瞎扯，别跟我说这些。——先生，我认为，你把酒瓶截住了。

晚宴就这么持续着。

桌布撤掉不久，我们的主人意味深长地瞥了苏格拉底一眼，后者走向一张台子，回来时拿着一只盘绕回旋的巨大号角，一只规规整整的耶利哥号角 ①，表面的镀银闪闪发光，此外还相当奇异地布满了镂刻的花纹，包括两颗栩栩如生的山羊头，更有四只银质的犄角，自高贵的主号角底部相反的两边伸了出来。

本人并不知道晚宴的东道主还会吹号，我惊讶地看着他从桌子上拎起那只号角，似乎要吹奏一首鼓舞人心的曲子。但我很快平复如初，明白了这玩意儿的用途。他把拇指和食指从号角口插进去，激起一股芳香，让我闻到了某种精致鼻烟的气味。那是个研磨烟叶的器具。它在众人手中传来传去。此时吸两下鼻烟，我

---

① 耶利哥号角（Jericho horn），典出《圣经》。据记载犹太人进攻固若金汤的耶利哥城时，绕城墙行走七日，然后一同吹起号角，上帝以神力摧毁耶利哥的城墙，于是犹太人得以攻陷该城。因此"耶利哥号角"与汉语的"丧钟"意思相近。

心想，真是好主意。应该把这一优良的风尚介绍给祖国的同胞，我进一步思索。

九位单身汉的举手投足极其得体——无论喝掉多少瓶酒都神色自如，无论怎样兴奋都泰然自若——我再一次深受启发，观察到他们尽管随心所欲地吸鼻烟，却始终没有一个人不守礼仪，或者放任自己打个喷嚏搅扰到隔壁的病弱单身汉。他们静悄悄地吸鼻烟，仿佛那只是从蝴蝶翅膀上刮下来的某种无毒无害的粉末。

然而，即使单身汉的宴会如此美妙，好比单身汉的生活，也不能永远开下去。告别的时候到了。单身汉们一个接一个拿上自己的帽子，接着两两成双地手挽手走下楼梯，仍在交谈，直至来到院子的石板路上。有些人返回他们邻近的住处，先翻翻《十日谈》再睡觉；有些人抽着雪茄，在凉爽河岸的花园里散步；有些人走到街头，招来一辆出租马车，舒舒服服地坐上它前往他们远处的寓所。

我一直留到最后才告辞。

"嗯，"我们的主人微笑道，"你认为圣殿这地方如何，我们这些单身汉的生活怎么样？"

"先生，"我毫不掩饰自己的由衷艳羡，说道，"先生，此地实在是单身汉的天堂！"

未婚女的地狱

这地方离新英格兰的沃多勒山 [1] 不远。转往东方，直接走过明亮的农田与阳光灿烂的牧场，你在充溢着青草芬芳的六月初昏昏欲睡，进入荒凉的山地，向上攀爬。这些小山丘渐渐朝一条幽暗的通道聚拢，来自墨西哥湾的猛烈气流在它两侧的危岩绝壁之间不停吹拂，此外，附近的什么地方有一座疯狂老姑娘的小屋，它由来已久，所以这条小径也称为"疯女的鼓风道"。

峡谷底部，狭窄、危险的车道蜿蜒曲折，它原本是一段湍急水流的河床。沿着这条路一直走到最高点，你便站在了但丁所描绘的大门 [2] 前。此处满是陡峭的岩壁，诡异地散发着乌木光泽，峡谷也陡然收窄，因其特殊而被称为"黑槽口"。这道沟壑转眼又逐渐加宽，下倾成一个巨大的紫色漏斗状谷地，深深陷入众多冥界般杂树丛生的山峦之间。当地人把这个谷地叫作"魔鬼地牢"。激流的轰响从四面八方传进耳朵。这些湍急的溪水最终汇聚为一条混浊、砖色的河流，沸腾于布满硕大鹅卵石的河床上。他们称这条颜色古怪的水流为"血河"。闯过一道黑暗的峭壁后，它突然掉头向西，狂暴地一跃六十英尺，冲入一片灰褐色低矮松林的怀抱，并在其间打着旋涡，继续往前，流入远处已经看不见的低地之中。

---

① 沃多勒山（Woedolor Mountain），为作者虚构的山名。据美国学者的研究，麦尔维尔下文描述的造纸厂，其原型是位于马萨诸塞州多尔顿市（Dalton）的胡萨托尼克河（Housatonic River）畔的卡森工厂（Carson's Mill）。
② 但丁所描绘的大门（Dantean gateway），是指《神曲》中提到的地狱之门。

瀑布边上有一座老伐木场的废墟，它建立于松树和铁杉在周边地区大量生长的更早时期，让岩崖的一侧更显高耸孤绝。那些长满了黑苔、体积巨大、斧痕粗率、满身枝杈的原木到处乱堆，荒弃多时，腐烂已久，还有一些四下散落，危悬于瀑布的阴暗边缘，使这个简陋的木材废墟不仅像一块随随便便开采的石头，而且呈现某种封建领主制的莱茵兰①以及图尔姆堡②的面貌，因为周围的荒野遍布峰峦。

距"地牢"的底部不远，有一栋刷成白色的高大建筑，让人松了口气，它宛如一座又大又白的墓冢，背后阴沉沉的岩坡上生长着冷杉和其他耐寒常绿树木，山脊陡峭，直插云霄，高达约两千英尺。

这是一个造纸厂。

由于要大规模经营种子生意（业务量之大，范围之广，以至于我的种子最终卖遍了东部和北部各州，甚至远销密苏里和卡罗莱纳），我对纸张的需求急剧增长，导致这方面的开支在总成本上占了非常大的比例。种子商为何要耗费纸张无须赘言，因为得使用信封。它们大部分是以浅黄的纸张制作，折叠为正方形，装进种子也依然扁平，然后贴上邮票，写上姓名地址连同所寄售种子的性质特点，外观很像适于投递的商务信件。这些个小小的信封，我使用的数量很惊人——每年要消耗几十万个。有一阵子，

---

① 莱茵兰（Rhineland），德国莱茵河西部地区，也称为莱茵河左岸地带。
② 图尔姆堡（Thurmberg），即鼠堡（Burg Maus），位于莱茵河谷的一座城堡，建于 1356 年。

我向相邻市镇的批发商购买纸张。为了节约成本，同时也为了这次探险之旅，我决定跋涉六十英里山路，在"魔鬼地牢"造纸厂订购今后所需的纸张。

在一月底乘坐雪橇简直再合适不过，而这样的日子有希望持续挺长一段时间，所以尽管天寒地冻，我还是穿好野牛皮和狼皮大袍，在一个灰色的星期五中午坐进厢式雪橇扬鞭启程。路上过了一夜，次日中午沃多勒山已遥遥在望。

远处的山峰霜气弥漫，白色的水雾从它白色林木的顶部缭绕升起，好像从烟囱里冒出来一样。整个地区滴水成冰，看上去有如一块化石。我雪橇的钢铁滑板轧得透明的雪屑嘎吱嘎吱响个不停，仿佛它们是些碎玻璃。道路两旁是绵延的森林，同样受制于冻结一切的力量，连最深处的纤维也被寒冷所穿透，诡异地呻吟无已——不仅仅是摇荡的树枝内部，也包括垂直的树干内部——当一阵阵狂风无情地扫过它们。因严霜压盖，许多粗壮而坚韧的枫树一折两断，如同草秆，倒在冷漠的大地上。

布莱克，我那匹六岁的骏马，全身的热汗结成冰，不停剥落，好似奶白色的公羊，其鼻孔每次呼吸均会喷出两道角状的热气。它突然转身，因为有棵古老、变形的铁杉横在路上——倒下不过十分钟——阴暗、扭动如一条蟒蛇。

走过"鼓风道"，从背后刮来一阵猛烈的大风，恰好把我那辆高高的厢式雪橇推上山。狂风呼啸，穿过颤抖不已的小径，似乎负载着游荡于悲惨尘世间的孤苦灵魂。到达山顶前，我的马儿布莱克似乎被刺骨的冷风所激怒，强健的后腿一蹬，把轻飘飘的厢式雪橇直直拽了上去，又擦撞着掠过狭窄的山口，狂奔下坡，将锯木场废墟抛在身后。马儿与瀑布一同冲入"魔鬼地牢"。

我竭尽全力从座位上站起来，脱去大袍，身体后倾，一只脚抵在挡泥板上，厉声大喊并拽住马嚼子，才及时避免马匹在一个拐弯处撞到突兀的冰冷巨岩，这块路边的大石头犹如一只蹲踞挡道的狮子。

我一开始并没有找到造纸厂。

整个谷地白雪皑皑。只有零星的尖锥形花岗岩，迎风面还裸露在外。群峦似乎套上了寿衣——长长一列高山尸体。造纸厂在哪儿？忽然间，我耳边响起一阵呼啦呼啦、嘤嗡嘤嗡的声音。我看到，有座刷得粉白的巨大厂房耸立在远端，好像一场受阻的雪崩。周围是一堆低矮的房屋，其中一些从它们粗制滥造的、空空荡荡的氛围，从它们非同一般的长度、密集的窗户，以及令人难受的样子来看，毫无疑问是劳工的宿舍。一座雪中莹白如雪的小村庄。这些房屋相当别致地抱成一团，形成各式粗朴而不规则的广场和庭院，由于地面四分五裂、遍布岩块，所以它们无论如何也没法排列整齐。几条狭窄的巷子和道路，被屋顶落下的积雪堵塞了一部分，它们同样从各个方向把小村庄切割开来。

路上，众多农夫丁零咣啷驾车前行——他们利用宜于乘雪橇的时令，将各自的木材运往市集——此外还有轻便雪车在频繁穿梭，在东零西落的不同村庄的小酒馆之间疾驰。转过这么一条繁忙的主干道，我逐渐接近"疯女的鼓风道"，看见了更远处的"黑槽口"。此情此景，某种既隐秘又清晰的东西，奇异地让我回想起第一次看到昏暗、肮脏的圣殿酒吧的印象。而当我的马儿布莱克飞快冲过槽口，惊险地擦撞其岩壁之际，我想起在伦敦乘坐一辆飞奔的公共马车的情形，它行进的速度虽完全不同，却以类似的方式冲过雷恩①设计的古老拱门。尽管两者根本是两码事，但局部的不足之处恰恰使这一类比增色，使它相较于混乱的梦境更为真切明晰。结果，我在凸出的岩石前收紧缰绳时，总算望见一堆古怪的工厂楼房。主干道和槽口已落在身后，我孤身一人，悄无声息地、偷偷摸摸地穿过宛似深沟巨壑的通道，抵达这个幽僻之处，看到一排长长的、山墙高耸的主厂房，有座简陋的塔楼——用来吊起沉重的货箱——矗立在建筑物一端，四周是拥挤的仓库和宿舍，仿如圣殿教堂位于办公室与公寓楼的包围之中。而当这个神秘山旮旯的诡异场所让我深为迷醉时，记忆的缺失便由想象力补足，我对自己说，这儿正是单身汉天堂的对应之地，只不过冰雪覆盖，挂满寒霜，形同坟墓。

下了雪橇，我小心翼翼地走向危险的斜坡底部——人与马皆不时在结冰的岩脊上滑行——终于，我进入，或者说强风把我赶入最大的广场，来到主厂房跟前。冰寒彻骨的气流在角落吹荡无休，尖声呼啸，恶魔似的从一侧不断翻搅"血河"，使其泛红。一个长长的木柴堆，由数十条绳索捆缚，裹着一层冰，闪闪发亮，横卧于广场之中。拴马桩沿工厂的墙壁一字排开，朝北那一面沾满了积雪。累累冬霜铺满广场，如同某种叮当作响的金属。

---

① 雷恩（Sir Christopher Wren，1632—1723），英国著名建筑师和天文学家。

相反的对应再度呈现——"甜美、宁谧的圣殿花园，泰晤士河环绕着它碧绿的苗床"。我奇异地陷入了沉思。

然而快乐的单身汉何在？

我和马儿站在凛冽的寒风中瑟瑟发抖，这时候，有个姑娘从邻近宿舍的大门跑出来，用她薄薄的围裙包住脑袋，奔往对面的建筑。

"等一等，姑娘，这儿有没有棚子可以让我放雪橇？"

她停下来，转过身，脸庞因劳作而发白，因寒冷而泛青，眼神因与之无关的苦难而诡怪奇异。

"哦，"我支吾道，"我搞错了。去吧，我不需要帮助。"

我牵着马儿走向姑娘冲出来的那扇门，敲了两下。另一名面色发白泛青的姑娘随之现身，她在门里哆哆嗦嗦，为了阻挡冷风而谨慎地半掩着门。

"哦，我又搞错了。看在上帝的分上，把门关上吧。请等等，这儿有男人吗？"

恰在此时，有个脸色发黑、衣冠楚楚的人物走过，正朝工厂的大门迈进。姑娘看到他，立刻把自己这扇门关上了。

"先生，这儿是否有马棚？"

"那边，那个柴棚。"他答道，转眼消失在工厂入口处。

我费了不少力气才让马儿和厢式雪橇挤进锯开、劈断并且散乱堆放的木材之间。然后，我给马儿披好毯子，再将野牛皮大袍搭在上头，把它掖进马儿的胸带和臀带，这样毯子和大袍就不会被风刮掉。我拴好马儿，跟跟跄跄跑向工厂大门，因为冰霜使人身体僵硬，而穿着驭手的厚呢子大衣又很不灵便。

我随即发现，自己站在一个宽敞的地方。通过长长的几排窗户，外边雪景的反光照射进来，令室内亮得刺眼。

在一排排沉闷单调的工作台前坐了一排排面无表情的姑娘，她们木然的双手操作着白色的折叠器，正机械地折叠空白纸张①。

角落里搁着一副巨大、笨重的铁框，有个垂直的物体如活塞般在一块沉甸甸的木块上周而复始地上升下降。大框前站着个身材高挑的姑娘——它温顺的侍臣——正在给这只铁兽投食，把半刀玫瑰色的信纸塞给它。随着活塞似的机械每一次下压，纸张一角便留下一圈玫瑰花环的印记。我望着那些玫瑰色的纸张，以及苍白的脸颊，一言不发。

又有个姑娘坐在一台长长的机器前。它用长长的细绳捆绑，活像一架竖琴，姑娘正在用一张张大页纸喂它，这些纸刚从她手上来到绳索上，立即被另一名姑娘从机器的另一端抽出。它们在第一个姑娘手里是空白的，来到第二个姑娘手上时已经多了道道横线。

我看了看第一个姑娘的额头，它年轻而光润；我又看了看第二个姑娘的额头，它布满皱纹。正当我注视她们之际，这两个姑娘——为了调剂一下枯燥乏味的状态——交换了一下位置。原本青春美丽的那位站立的地方，眼下改由脸孔皱巴巴的那位来占据。

---

① "沉闷单调的"和"面无表情的"，原文均为"blank-looking"；"木然的"和"空白的"原文均为"blank"；"机械地"原文为"blankly"。上述形容词和副词皆含"blank"（空白）这一语义单元。

高处有一片狭窄的平台，上面放了一张高脚凳，那儿坐着另一个姑娘，忙于服侍另一只铁兽。她的伙伴坐在平台下方，正与她协同合作。

没人说话。除了诸多铁兽低沉、平稳、压倒一切的轰响，再无任何动静。这地方听不到人声。机器——大获吹捧的人类之奴隶——在此接受人类卑躬屈膝的伺候，她们沉默无言，低三下四，如同仆役伺候苏丹。这群姑娘与其说是附属于通用机械的齿轮，不如说只是齿轮上的一个个轮齿。

我周围的景象仅需扫一眼即可了然于胸——甚至，从脖子上解下厚重的围巾时，我就已经明白。但我刚脱掉它，站在一旁那个脸色发黑的男人突然尖声大叫，抓住我的胳膊，把我拽到厂房外，没停下来说一句话，就立即抓了些雪块，并开始揉搓我的脸颊。

"两块白斑，跟你的眼白一样，"他说，"伙计，你的脸颊冻上了。"

"很可能，"我咕哝道，"'魔鬼地牢'的冰霜没造成更严重的损伤，倒也稀奇。擦掉吧。"

我复苏的面颊很快感觉到一阵撕裂的可怕疼痛。两条骨瘦如柴的猎犬，一边一条，好像在咀嚼我的脸颊。我似乎成了阿克特翁 [1]。

---

[1] 阿克特翁（Actaeon），希腊神话中的猎手，因无意中看见女神阿耳忒弥斯洗澡，女神将他变成一匹鹿，结果他被自己的五十条猎狗追逐并撕碎。

等到这一切统统结束，我重新进入工厂，说明自己为何而来，满意地敲定了买卖，然后，我请求有人领我去参观参观。

"丘比特最适合做向导，"脸色发黑的男人说，"丘比特！"这个奇妙古怪的名字属于一个脸上带有酒窝、面颊通红、精神饱满、动作麻利的小个子。我觉得，他在那些神情漠然的姑娘们中间晃来晃去——犹如一条金鱼在色彩暗淡的水波里游动——非常粗俗无礼。而且我没看见他做什么具体的事情，只不过遵照指示，领着陌生人在工厂里到处逛逛。

"先来见识一下水轮。"活泼的小伙子说，他稚气未脱而又颇为自大。

离开折纸室，我们跨过一些潮乎乎、冷冰冰的板条，来到一个湿漉漉的大棚子底下，它始终浸润在泡沫里，好似东印度人的船艏，覆满绿色藤壶，处于风暴之中。巨大的黑色水轮一圈又一圈气势磅礴地不停转动，严格履行着无可更改的使命。

"先生，这玩意儿让我们的全部设备保持运转，包括厂房的每一个部分，姑娘们的工作车间以及其余地方。"

我看了看，发现"血河"的浑水并没有因为人类使用它们而变化色泽。

"你们只生产白纸，不印刷任何东西，对吗？全是白纸，没错吧？"

"当然。要不一家造纸厂还能生产什么？"

小伙子望着我，似乎在怀疑我缺乏常识。

"哦，那是自然！"我感到困惑，讲话结结巴巴，"我只是很惊奇，红水怎么能转变为白脸……白纸^①，我是说。"

他带我登上一道潮湿而摇晃的楼梯，走进一个亮堂堂的大房间，四周摆放着一些饲料槽似的粗糙容器，好几排姑娘站在上面，如同许多套上了辕架的母马。每个人前面均竖着一杆大镰刀，底部固定在饲料槽上。大镰刀有一定弧度，无柄可执，这让它们看上去犹似宝剑。姑娘从旁边的篮子里捡出已经漂白的破布条，拿到锋利的刀刃间不断来回抽扯，割裂所有接缝，使碎布几乎化为绒线。空气中飘浮着细小而含毒的颗粒，如同阳光下的尘埃，它们从四面八方悄然侵入肺部。

"这是碎布室。"小伙子咳嗽道。

"你看，房间里空气很差，"我咳嗽着答道，"但这儿的姑娘并不咳嗽。"

"哦，她们习惯了。"

"这么多破布你们是从哪儿搞到的？"我从篮子里抓起一捧。

"有些来自附近的地区，有些来自海外——利沃纳^②和伦敦。"

"很有可能，"我喃喃道，"这一堆堆破布当中，没准儿有些旧衬衫是从单身汉天堂的公寓收集来的。但纽扣统统拆掉了。小伙子，请问你们这儿见过单身汉的纽扣吗？"

"本地可不长那种花。'魔鬼地牢'不适宜任何花卉生长。"

---

① "白脸……白纸"原文为"pale chee——paper"，其中"chee"应当是没有拼写完成的"cheek"（脸颊）。"pale cheek"意为"苍白的脸颊"。
② 利沃纳（Leghorn），意大利的一座海港城市。

"哦，你是指名叫'矢车菊'①的花儿吧？"

"你要问的不就是那种东西吗？或者你是指我们老板的金胸扣？老巴赫②，我们讲话细声细气的姑娘都这样叫他。"

"那么说，刚才我在下面见到的男人，是个单身汉，对吗？"

"哦，没错，他是个单身汉。"

"如果我没看走眼，那些弯刀的锋刃，是朝外背对着姑娘们的。但破布和手指飞舞得这么快，我看不太清楚。"

"是朝外的。"

是的，我自言自语道。现在我看到了，刀刃朝外。每一柄直立的弯刀正是这么摆在每一个姑娘面前的，刀刃朝外。如果我没记错，书上说，过去遭判重刑的囚犯从法庭押往法场，会有一名狱吏举着刀，锋刃朝外，表明将执行死刑。所以，这种纯粹消耗人的空洞而惨淡的倒霉生涯，正在把那群苍白的姑娘推向死亡。

"这些大镰刀看起来非常锋利。"我再次转向小伙子。

"没错，她们必须让刀刃保持锋利。快看！"

这时，两个姑娘放下手中的破布，各拿一块磨刀石，娴熟地上下磨快钢刃。尖厉的铁石刮擦声让我很不适应，血液都快凝结了。

她们是自己的刽子手，她们正在磨利屠杀自己的大刀，我想道。

---

① 矢车菊在英文里可以叫作"Bachelor's Button"，意即"单身汉的纽扣"。
② "巴赫"的原文"Bach"，也可以当作"Bachelor"（单身汉）的省写。

"小伙子，这些姑娘为什么如此惨白？"

"你问为什么，"他顽劣地眨了眨眼，油腔滑调，既愚昧无知又冷酷无情，"我琢磨是因为她们整天折腾这些个白纸，所以脸色才惨白如纸。"

"小伙子，我们快离开碎布室吧。"

整座工厂里，比任何人或者机械的神秘景象更悲惨、更难以捉摸、更神秘的，莫过于这个天真得相当诡异的男孩，他没心没肺，根本不知怜悯为何物。

"那么，"他快活地说，"我猜你想去看一看我们顶呱呱的机器，去年刚买的，花了两千美元。也是造纸的机器。先生，请这边走。"

我跟随他走过一个溅满了污迹的宽大场地，那儿有两只大圆缸，装着一种白兮兮、湿答答、毛茸茸的玩意儿，很像煮得软不拉儿的鸡蛋清。

"瞧，"丘比特说，大咧咧地敲了敲大缸，"造纸的第一个步骤，捣鼓这些白浆。你看，搅拌桨搅个不停，浆液就冒着泡泡一圈一圈转个不停。从这儿，它们流出两只大缸，进入那边的共用管道，就这样，它们互相混合，慢吞吞流向大机器。现在我们上那儿瞧瞧。"

他带我走进一个房间，此处弥漫着一股如浴鲜血、如置腹腔的奇怪热气，给人一种相当真实的感觉，仿佛刚才看见的那些胚芽似的颗粒最终在这儿生成。

我眼前摆放着一连串绵延不绝的铁架子，好像长长的东方手抄卷轴般铺开——数量众多，神异莫测，配以各式各样的辊子、轮子和圆筒，不住转动，缓慢而有节奏。

"纸浆先是流到这儿。"丘比特指着机器的近端说。

"你瞧，纸浆首先流出来，在这块宽阔的斜板上漾开。然后——瞧——滑到那边第一个辊子下面，它们很薄，不停颤动。跟我来，看看纸浆怎样从底部滑向下一个圆筒。瞧，纸浆浓稠的程度稍稍降低了些。再经过一道工序，它们会变得更纯。再来一个圆筒，会让纸浆韧性大增——尽管仍然只相当于蜻蜓翅膀——使这儿形成一座空中桥梁，好比一张蜘蛛网，悬挂在两个分开的辊轮之间。通过上一个圆筒，再次从下方流走，打那儿转个弯，短暂消失在这些混杂的、你模模糊糊看到的圆筒之间。随后，纸浆在这儿出现，看上去终于更像纸张，而不那么像纸浆了，但此时依然很容易破损、碎裂。不过——先生，劳驾再往前走几步——现在，来到这里，走了那么远，它们真有点儿纸张的模样了，似乎马上就变成你最终使用的纸张了。可是还没完，先生。还有很长一段路要走，还有很多圆筒要发挥作用。"

"天啊！"我叹道，惊诧于冗长的程序、没完没了的盘绕，外加机器刻意放缓的节奏，"纸浆从起点走到终点，变成纸张，想必得花很长时间。"

"哦，不用太久，"老气横秋的小伙子微笑道，有点儿屈尊俯就的意味，"只要九分钟。但是，瞧，你不妨自己试试。你兜里有纸吗？啊，地上有一片。请在上面做个记号，随便写个什么词儿，我把它搁这儿，看看它从另一端出来要多长时间。"

"让我想想，"我掏出自己的铅笔说道，"好吧，我用你的名字当作记号。"

丘比特请我掏出怀表，自己把写上字的纸条敏捷地放进原浆物质的表面。

与此同时，我的眼睛盯住了表盘上的秒针。

我慢慢跟着纸条前行，亦步亦趋。有时候要停下来等上整整半分钟，因为纸条消失在一堆难以捉摸的底部圆筒下方，不过它迟早会再度出现。纸浆就这么一直流淌，慢慢悠悠。不一会儿，又能看到纸条了，它往前滑行，像一颗雀斑印在颤动不已的纸张上，继而又一次完全消失。纸浆就这么一直流淌，慢慢悠悠。纸张持续进化，越来越具有成品的坚韧度。此时，我突然看到一道纸质瀑布，它与水质瀑布或多或少有些相似。剪子的咔咔声撞击着我的耳鼓，犹如某根绳索被扯断了。一张未经折叠的完美大页纸掉落下来，嵌着我的纸条，作为记号的"丘比特"三个字已经变淡，不过依然温热而潮湿。

我的旅行到此结束，因为这儿是机器的最末端。

"花了多长时间？"丘比特问道。

"九分零一秒。"我回答，手里攥着怀表。

"我没瞎说吧。"

有一刻，我心中充满了一种奇异的情绪，它类似于一个人实现了神秘预言时产生的体验。可是，多荒谬啊，我再次想道。这玩意儿不过是一台机器，其真髓恰恰在于恒常不变的准时与精确。

先前，我一门心思观察轮子和圆筒，眼下才注意到旁边站着个神情悲戚的女子。

"这名默默照管机器最末端的妇人看来很老了。她似乎也不习惯这份活计。"

"哦,"丘比特在嘈杂声中油滑地低声道,"她上周才来的,以前是个护士。但这工作在本地不吃香,所以她转行了。快看看那边她垒放的纸张。"

"嗯,大页纸,"我摸着那一堆堆潮湿、温热的纸儿,它们不停涌到那女人等待的双手中,"你们这台机器难道只生产大页纸吗?"

"哦,有时候,但不经常,本厂生产更好的品种——米色直纹纸和皇家纸,我们自个儿起的名字。不过买家的需求以大页纸为主,所以我们也生产得最多。"

这很奇特。望着那些白纸不停落下,落下,落下……我一个劲儿在想,它们的数量成千上万,最终的古怪用途则各不相同。此刻还是一片空白的纸张上将写下五花八门的文字——布道词、律师的辩护状、医师的处方、情书、结婚证书、离婚证书、出生证明、死刑执行令等等等等,无穷无尽。我随即收拢心神,回到这些仍然空无一字的白纸上,不觉又想起约翰·洛克①那个著名的比喻,他为了说明人并没有天赋观念,把初生婴儿的脑袋比喻成白纸一张,可供涂写,但我们无法断定它将来是什么样子。

机器运转不休,嗡嗡作响,我在一旁走来走去,震撼于它所

---

① 约翰·洛克(John Locke,1632—1704),英国哲学家,经验主义代表人物。

有的动作既从不走样，又蕴含着演化的力量。

"那边的薄蜘蛛网，"我指着还不大成形的纸张问道，"它们从来不破裂或损伤吗？这东西极其脆弱，而它们要一路穿过的机器又那么强大。"

"还没听说扯断过一根头发丝。"

"难道纸浆从不停滞，从不阻塞？"

"对，它必须往前走。机器使然。就这么个方向，就这么个速度，你看得清清楚楚。纸浆不得不往前走。"

当我盯着这台坚定的铁兽，敬畏之情油然而生。如此沉重、精密的机械，仿佛一头活龙活现、气喘吁吁的庞大怪物，难免使你或多或少产生奇异的恐惧。但我所看到的这玩意儿之所以尤其骇人，是因为它金属般闪耀的必然规律，以及它不可动摇的天生宿命。尽管我没法处处紧跟这薄如面纱的纸浆，紧跟它愈发神秘乃至全然隐秘的工序，但毫无疑问，在那些我看不到的地方，纸浆依旧向前流淌，始终驯服于专横而灵巧的机器。我被一股魔力所攫住。我出神地站着，魂不附体地徘徊不已。在我眼前，似乎是沿着转动的圆筒缓缓鱼贯前行的、白花花的原始浆料，伴之以那群苍白姑娘更加苍白的面孔，我在这个沉重的日子里已经见过她们。这些姑娘若隐若现，缓慢、哀伤、卑躬屈膝而又逆来顺受，她们痛苦的模糊轮廓呈现在尚未成形的纸张上，犹如印在圣维罗妮卡①毛巾上饱受折磨的面孔。

---

① 圣维罗妮卡（Saint Veronica），《圣经》提到的人物。耶稣背负十字架走向刑场途中，圣维罗妮卡用毛巾给耶稣擦汗，于是毛巾上留下了耶稣的面容。

"喂，这房间对你来说太热了。"丘比特盯着我喊道。

"不，我倒是觉得很冷。"

"出来吧，先生，出来，出来。"这个老气横秋的小伙子催促我离开，好像一个体贴的父亲照顾孩子一般。

几分钟后，我稍稍缓过来了，又走进折纸室——我原先进入的第一个车间，此处有一张用于交易的办公桌，周围是沉闷的台子，以及在台子边上劳作的沉闷姑娘。

"丘比特已经带我参观过工厂，景象奇特。"我对前面提到的那个脸色发黑的男人说，我早就注意到他不仅仅是个老单身汉，同时也是这座工厂的大东家，"您的工厂无与伦比。您的强大机器堪称奇迹，精巧得让人难以置信。"

"是的，我们所有的参观者无不这样认为。但参观者不多。我们这儿太偏僻。也没什么居民。姑娘们大部分来自很远的村庄。"

"姑娘们，"我重复道，朝她们沉默无语的形体扫了一眼，"先生，为什么在大多数工厂里，无论女工年轻年老，都不加区别地叫作姑娘，而从来不称呼她们女人？"

"哦！原因嘛——我估计，是因为她们通常都没结婚——这就是原因，我认为。但我以前从没有想到这一点。拿我们的工厂来说，不会雇佣已婚女子。她们总是三天两头不来上班。我们需要稳定的劳动力。每天十二小时，每年三百六十五天，风雨无阻，除了星期日、感恩节和斋戒日。这是规矩。所以没有已婚女人，我们把女工称为姑娘是名副其实的。"

"那么，全是未婚女子。"我说道。她们苍白的童贞让我产生了某种痛苦的敬意，不由自主鞠了一躬。

"全是未婚女子。"

又一次，奇异的情绪在我心中涌动。

"您看上去脸色发白，先生，"男人注视着我说，"回家的路上您务必小心。您的脸颊很疼吗？如果发疼，还真不是个好兆头。"

"很有可能，先生，"我答道，"离开'魔鬼地牢'之后，我的脸颊应该就会好转。"

"啊，没错。冬季的山谷，或者峡沟，或者任何低洼地带，空气会比别处更冷，更刺骨。您可能不大相信，但这儿确实比沃多勒山的顶峰更冷。"

"我敢肯定是这样，先生。时间紧迫，我必须走了。"

说罢，我重新穿上厚呢子大衣和披肩，戴上肥大的海豹皮手套，走到凛冽的寒风中，发现我可怜的马儿布莱克冻得瑟瑟发抖，缩成一团。

很快，我全身裹紧毛皮，思绪万千，从"魔鬼的地牢"一路上行。

在"黑槽口"我停了下来，再度想到圣殿酒吧。随后，我在疾速驶过隘口，在幽深难测的大自然中孑然一身，大喊道——哦！单身汉的天堂！哦！未婚女的地狱！

鸡啼喔喔 [1]
——或高贵的公鸡贝内文塔诺之打鸣

　　近来，在世界各地，卑鄙的专制主义令许多风起云涌的反抗运动 [2] 遭受了迎头痛击。同样，火车和轮船造成的可怕死伤，令几百名兴致勃勃的旅行者遭受了迎头痛击（我一位丧命的好友正是其中一员）。而本人的私生活也充斥着专制主义、伤亡数字和迎头痛击。那是春天的一个清晨，我太过愁郁，早早醒来，便前往自己的山坡牧场散步。

　　空气冰凉、多雾、潮湿，令人厌烦。乡野看上去还没煮熟，它生鲜的汁液四处奔涌。为了抵挡黏糊糊 [3] 的空气，我系好自己不太厚实的双排扣大衣——这件外套的下摆很长，我只在自己的马车上才穿——再将手杖恶狠狠插进烂泥里，蓝色的身影则向陡

---

① 此篇原题 "Cock-A-Doodle-Doo!"，1853 年 11 月首刊于《哈波斯新月刊》。
② 指 1848 年欧洲革命。
③ "黏糊糊"原文为 "squitchy"，与 "squishy" 同义。

坡俯去。我形劳状苦，耷拉着脑袋，仿佛要以头撞地。对此我心中有数，但只不过咧嘴一笑置之。

我周围尽是一个分裂帝国的种种迹象。新老牧草一块儿奋力生长。在低洼的沼泽地，植被呈鲜绿色，远处，斑斑驳驳的少量积雪覆盖山头，奇异地处于赤褐色山体的映衬之下。所有隆起的山丘无不像是满身花纹、瑟瑟发抖的小母牛。树林中散落着干燥的枯条，它们被三月狂风所折断，而林子边缘的幼树，才刚刚开始显露其新生嫩枝的第一抹浅黄色调。

我在山顶附近的一根朽烂的大原木上坐了一会儿，背对一片茂密的小树林，面朝广阔、蜿蜒的环状群峦，它们将起伏不定而又零落分散的村野团团围住。在一道延绵不绝的巍峨山脉脚下，流淌着平缓迂滞、时寒时热的小河，上方是如影随形、浓稠欲滴的雾流，正分毫不差地跟从自己身下的本源之水转过每一个河湾。低洼处，丝丝缕缕的水汽在空中无精打采地四散飘荡，犹如被抛弃的族群或一艘艘无舵之船，或诸多湿透的毛巾悬挂于纵横交错的晾衣绳上晾晒。距离遥远的村庄伏卧在众山造就的平原河湾内，顶上缭绕的烟雾浑厚而单调乏味，好似一扇棺材盖子。那是从烟囱里冒出的浓烟，伴着村民们混浊气息，因大山环抱而难以消散。它太过沉重，全无生机，根本没法上升，故而横亘于村子和苍穹之间，无疑隐匿了许多感染腮腺炎的男人，以及许多病病歪歪的小孩子。

我扫视着眼前这片广袤起伏的区域，扫视着群山、村庄，扫视着星罗棋布的农舍，连同林莽、树丛、溪流、岩块、荒坡——

我思量，归根到底，人在大地上留下的印记是多么微不足道。而大地则在他身上留下了印记。在俄亥俄州，发生过一起非常可怕的事故，我的好友和另外三十个同伴，在一名愚蠢工程师的召唤下魂归天国，此人连管道和阀门都分辨不清。这次铁路惨祸不巧就降临在那边的大山上，两列昏头昏脑的火车互相猛撞，爬上并抓住彼此的背部。其中一个车头外壳剥落，有如一只小鸡，冲进了它对手的某节车厢内部。而附近的二十位高尚人士、一位新娘及其新郎，外加一名无辜的婴儿，统统登上了摆渡者卡戎 ① 的阴森大船，他们全无行李，去往一个满是熔渣的铸铁之国，或者另一些什么地方。然而埋怨何用之有？治安官又该怎样处理这档事？是啊，搅扰罹难者居住的那些个天堂何用之有？难道那些个天堂从来不插手此类事件，否则它们将无法生成？

好个悲惨世界！我们不知道自己能活多久，毕竟全世界有成千上万的无赖和蠢货在运营铁路、轮船和无数其他重要的东西，既然如此，谁还会大费周章去发财致富？若他们让我短暂成为北美的独裁者，我会判他们绞刑！我会把他们吊死，拖尸，然后大卸八块；我会油炸他们，烹煮他们；我会炖了他们，烤了他们，煎了他们，好比处置数量众多的火鸡腿。至于那帮顽劣的笨蛋司炉，我要打发他们去塔尔塔洛斯 ② 当司炉，说到做到！

时代的伟大进步！岂有此理！把促成死亡和谋杀称为进步！

---

① 卡戎（Charon），希腊神话中在冥河摆渡的船夫，即冥河渡神。
② 塔尔塔洛斯（Tartarus），希腊神话中地狱的代名词，用于囚禁战败的泰坦神以及罪恶的灵魂。

谁想这么快赶路啊？我祖父可不想，他又不是傻瓜。听！那条老龙又来了——摩洛神[1]的巨大牛虻——吭哧吭哧！呼嚏呼嚏！呜噜呜噜！[2]——他忽而直冲，忽而绕弯，穿越一片片葱茏的树林，如同亚细亚霍乱骑着匹骆驼一路小跑。闪开！他来了，特许杀人犯！夺命的主宰！法官、陪审团和刽子手的集合体，令受戮者死无葬身之地。这列铁魔大吵大嚷，驶过两百五十英里的路程，高喊"更多！更多！更多！"但愿五十座同仇敌忾的大山一起砸到他脑袋上！而且，当它们落下时，但愿还可以砸到那名身材更小的催账恶魔的脑袋上！此人正是我的债主。他比任何火车头更让我惊魂不定，这个鞋拔子脸的混蛋似乎也在铁轨上奔突，甚至星期天仍来讨债，不惜去教堂兜一圈，在我身旁坐下，假装彬彬有礼，准确翻开祈祷书递给我，在我祈祷的当儿把他可恶的账单往我鼻子底下一推，以便将他本人塞到我和救赎之间。面对这等情形，试问有谁能忍住不发火？

我无法向这个讨厌的汉子付款。然而大伙说，金钱从未如此充裕，简直泛滥成灾[3]。如果我没能捞到一星半点，活该挨骂，毕竟我比任何患者更需要此种特殊的药剂。那是一句谎言。金钱并不充裕——不信摸摸我的口袋。哈！倒是有包药粉，我准备把它

---

[1] 摩洛神（Moloch），古代迦南人信奉的神祇。信徒往往将儿童烧死，向该神明献祭。

[2] "吭哧吭哧！呼嚏呼嚏！呜噜呜噜！"原文为"snort！puff！scream！"。

[3] "泛滥成灾"是意译，对应的原文为"a drug on the market"，本意为"滞销货"，比喻量多。因此后面叙述者才说他比任何病人"更需要此种特殊的药剂"（more in need of that particular sort of medicine）。

送给一名生病的婴儿，为此需前往那间爱尔兰挖掘工居住的破屋子。该婴儿染上了猩红热。大伙说，麻疹也在国内横行，还有变异的天花、水痘，它们对出牙期的孩子危害颇大。总而言之，我估计这些麻烦会使得许多可怜的小家伙很快夭折，他们忍受了麻疹、腮腺炎、哮吼、猩红热、水痘、霍乱、痢疾和其余各种病症，可是尽皆枉然！啊！我右肩因为风湿而刺痛。某天夜里在北河①上落下的病根。当时，我乘坐一艘拥挤的小船，将铺位让给了一名犯晕的女士，自己站在细雨蒙蒙的甲板上挨到天亮。这就是好心肠的回报！刺痛！连续不断，老风湿！即使我是个恶棍，把那位女士谋杀了，而非友善相待，情况也不至于这么糟糕。另外，我还受到消化不良的困扰。

哈罗！来了一群牛儿。它们两岁上下，吃了六个月冰冷的存料，眼下刚离开畜棚，涌进牧场。诚然，这队牲口看上去十足凄惨！严酷的冬季无疑结束了。它们尖锐的骨头向外顶戳，好像一个个肘关节，侧腹全缀有奇特的脱水物，犹如层层烙饼。躯体各处的畜毛剥落得相当厉害。那些不像烙饼或不掉毛的部位，则如同肮脏、陈旧的皮毛大箱子磨平的侧面。事实上，它们不是六头两岁大的牲口，而是六只可憎的旧皮毛大箱子，在牧场里徘徊游荡。

听！天啊，什么动静？看！那队皮毛大箱子竖起了它们的耳朵，凝立不动，并久久俯视远方起伏的乡野。再听！多么清晰！

---

① 北河（North River），美国哈德逊河下游的旧称，位于纽约州和新泽西州。

多么优美！多么悠长！多么欢欣鼓舞、感恩满满的鸡啼！"荣耀
归于至高无上的天主！"它这通发言之朴实，不输古往今来的所
有公鸡。为什么，为什么，我再度感觉有点儿五味杂陈。雾气并
不浓重。太阳开始在远处露头，我身体暖和些了。

听！又一声！从前大地上可曾有过这般无忧无虑的鸡啼！清
晰，锐利，充满勇气，充满激情，充满乐趣，充满欢愉。那含义
明白无误："永不言败！"朋友们，非同凡响，对不对？

不知不觉间，我一直在向两岁大的牛儿们满腔热忱地发表演
讲。这说明一个人的真实本性，会不时以最无意的方式流露。对
一头两岁的小牛而言，我始终闷闷不乐，在山顶亦然，而山脚下
有只公鸡，它满脑子糨糊，于世上不名一文，来自饥饿主人的死
亡威胁时时刻刻悬在其头顶，它打了个鸣，恰如一位桂冠诗人庆
贺新奥尔良的光荣胜利 ①。

听！啼声再一次传来！朋友们，这一定是只交趾鸡 ②，没有哪
只在国内孵育的公鸡能以如此狂热的惊人力度打鸣。毋庸置疑，
朋友们，这是只中国皇帝喂养的交趾鸡。

然而，我那些皮毛大箱子朋友，最终被这种既聒噪又昂扬的
调子搞得惶恐无措，急忙奔逃，尾巴在空中甩动，其四蹄腾跃的
姿势极为笨拙，足以证明此前六个月它们从未无拘无束地撒过欢。

---

① 美国独立战争期间，英美两军于 1815 年 1 月在新奥尔良交战，史称新奥尔良
战役（Battle of New Orleans）。结果美军大获全胜。
② "交趾鸡"原文为"Shanghai"。交趾鸡在英国曾被称为"越南的上海家禽"
（Vietnamese Shanghai fowl）。

听！又一声！那是谁的公鸡？本地有谁买得起这么非凡的交趾鸡？天啊——我血液凝固了——我如痴如狂。什么？跳上这根腐烂的老原木，扑动自己的两条胳膊，也来啼两声？刚才我还深陷于忧郁的垃圾堆里，而这一切全仰赖一只鸡打鸣所赐。神奇的公鸡！嘘——那家伙叫得正欢。不过此刻还是大清早，且让我们瞧瞧它中午和黄昏会怎么个叫法。你想啊，公鸡总在一天的开头叫得最欢。它们的热情毕竟没办法长久保持。没错，即便是公鸡也不得不屈从于放之四海而皆准的苦难咒语：兴致勃勃开场，垂头丧气收场。

美好的清晨，我们漂亮强壮的公鸡引颈欢鸣。可是夜幕低垂时，啼声不再高亢嘹亮，因为沮丧和疯狂已然降临。

诗人写下以上句子时，必定想到了交趾鸡。等一等，啼鸣再次传来，比先前强烈、饱满、绵长、快活吵闹百倍！啊，简直堪比圣保罗大教堂^①的巨钟在加冕典礼上敲响！其实，应该把那口钟从塔顶取下来，把这只交趾鸡换上去。它的啼叫足以使整个伦敦——从麦尔安德^②（此地并无尽头）到樱草山^③（那儿并无樱草）——欢腾不已，更可驱散浓雾。

---

① 圣保罗大教堂（St. Paul's Cathedral），英国第一大教堂，位于伦敦。
② 麦尔安德（Mile-End）是伦敦东部的一个地区，其字面意思是"英里尽头"，所以作者会在括号里说"此地并无尽头"。
③ 樱草山（Primrose Hill）位于伦敦的中心区域。

今天的早饭我想大吃一顿，这是一个星期以来的头一回。我本该只喝点儿茶，吃点儿烤面包，但我打算喝咖啡，吃鸡蛋——不，换成黑啤酒和牛排。我要弄点儿带劲的。哦，下行的火车来了：白色车厢，好像银亮的脉管在树木间闪耀。汽笛的鸣声多么欢快！乘客们满怀欣喜。有块餐巾在飘扬——进城吃牡蛎去，再去探望探望朋友，再顺道去看一场马戏。瞧瞧远处的雾霭，萦绕山丘，所形成的螺旋和波浪是那么轻柔，而太阳的光芒将其穿透。瞧瞧村庄的蔚蓝炊烟，好似婚床上方的蔚蓝华盖。乡野是如此明亮，河水漫过草甸。新草已将旧草遮没。唔，这次散步让我感觉很不错。现在，该打道回府了，去好好吃他一块牛排，开他一瓶黑啤。大口喝酒——整整一夸脱黑啤——到那时，我将感觉自己像参孙①一样强壮②。你想啊，得让讨债人见识见识嘛。我会走到树林里，砍下一根木棍。我会拿木棍狠狠揍他，他娘的，假如他今天敢来讨债。

听！交趾鸡又叫唤了。交趾鸡说，"好哇！"交趾鸡说，"狠狠揍他！"

哦，勇猛的公鸡！

整个上午我罕见地情绪高涨。讨债人十一点左右来了。我让小伙子杰克打发他滚蛋。我正在读《项狄传》③，因此没法下楼。

---

① 参孙（Samson），《圣经》人物，拥有上帝赐予的超凡气力。
② "强壮"原文为"stout"，而"黑啤"原文为"brown stout"，故有文字游戏意味。
③ 《项狄传》（*Tristram Shandy*），十八世纪英国文学大师劳伦斯·斯特恩的代表作之一。

这个瘦不拉几的无赖（一个瘦不拉几的农夫，想想看！）走进房间，发现我坐在一张椅子上，脚搁在桌子上，手中攥着第二瓶黑啤酒，眼睛盯着书本。

"坐吧，"我说，"我得先看完这一章，再料理你。早上好。哈哈！这是一段托比叔叔和沃德曼寡妇 ① 的笑料！哈哈哈！我读给你听。"

"我没时间。我中午还有家务活要干。"

"去你的家务活！"我说，"别乱弹烟灰，否则我要把你攆走。"

"遵命，先生！"

"我给你读一个沃德曼寡妇的段落。沃德曼寡妇说……"

"这是账单，先生。"

"非常好。劳驾，把它扔一边儿去——眼下正是我的吸烟时间。劳驾，从那边的壁炉里拿块炭给我！"

"账单，先生！"该无赖说，脸色因愤怒和讶异而苍白，氛围让我很不习惯（过去我总是躲开他苍白的面孔），但他太过谨慎，所以仍未泄露其惊诧莫名的窘境。"账单，先生。"他生硬地用这句话戳我。

"朋友，"我说，"多么迷人的早晨！多么美好的乡间！请问，今天早上你听到那非凡的鸡啼了吗？喝一杯我的啤酒吧！"

"你的？请大伙喝你的啤酒之前，先把你欠的债还清！"

---

① 托比叔叔（Uncle Toby）和沃德曼寡妇（Widow Wadman）均为《项狄传》中的人物。

"那么，你看，准确来讲，我没有啤酒，"我说，故意升高了嗓门，"我会让你一清二楚。我会给你看看比巴克莱和帕金斯更高档的啤酒。"

我不再东拉西扯，揪住这个傲慢催债鬼的宽松外衣——作为一个瘦不拉几、穿燕尾套装的混蛋，此人的衣服非常宽松——我揪住他，用一个水手结将他绑好，把账单塞到他牙齿之间，再把他弄到室外的开阔地，把他放倒在我家房子附近。

"杰克，"我说，"你会看到一袋正经八百的马铃薯横在棚子下面。拖过来，使劲教训这个穷光蛋。他一直在向我讨钱。我知道他可以干活，却是个懒汉。杰克，使劲教训他！"

老天保佑，好一通打鸣！交趾鸡唱响了如此完美的凯歌和赞歌，如此意气风发的一阵号角，以致我的灵魂在体内激荡无已。讨债者！他们凑成一支军队也休想击垮我！交趾鸡显然认为，讨债者生下来就该被踢飞，被打残，被殴伤，被砸扁，被锤烂，被狠揍，被掐死，被吊死，被淹死！

回到屋内，当战胜讨债人的亢奋稍稍减退，我开始沉思那只神秘的交趾鸡。我完全没想到能在自家门外听见它打鸣。我很好奇这啼声究竟是从哪位富绅的院子里传来的。我本以为，它会轻易中断啼叫，然而并非如此。这只交趾鸡少说也一直打鸣到中午。它会叫唤一天吗？我决定搞清楚。我又一次爬上山顶。整个地区此时正沐浴在怡人的阳光下。暖意融融的青翠草木在我周围蓬勃生长。畜群在田野上漫步。刚从南方飞来的鸟儿在空中欢鸣。连交趾鸡的啼叫也颇为甜腻，有那么几道阴影也似乎比往常更为浅淡。

听！公鸡又打鸣了！我该怎样描述正午时分一只交趾鸡的啼声！与之相较，它拂晓的啼声不过是阵阵耳语。此乃迄今为止最让凡人惊异而又最响亮、最悠长、最古怪的优美啼声。以往我听过很多鸡叫，其中不少也非常精彩。但是这一回！如此流畅，每一次发声皆有似笛音，每一轮欢悦狂喜均如此克制，如此浩大、振奋、高傲、巍然，仿佛从一副金嗓子里喷涌而出，传扬悠远。这不像一些半吊子的年轻公鸡愚蠢、虚荣的啼叫，它们不谙世故，全然不知未来会发生什么事情，于是以胆大妄为的愉快情绪开启其生涯。而这只打鸣的公鸡接受过高人指点。它有真才实学。这只打鸣的公鸡曾与世界争锋并获得胜利，它决心要好好啼唱一番，哪怕陆地将抬升而天堂将坠落。这啼声蕴含着智慧。这啼声攻无不克，充满哲理，乃是鸡啼之最。

我又一次返回家中，再度感到精神振作，无所畏惧。我深入思考自己的债务和其他麻烦，思考海外的苦难民族不走运的造反活动，思考铁路和轮船的事故，甚至是思考好友的丧生，内心涌起沉静、温厚的叛逆狂热，这让我本人也惊讶不已。我感觉自己似乎能碰见死神，邀请他共进晚餐，同他一起为累累的墓穴而举杯祝酒，沉浸在纯粹的自足与无所不包的安全感之中。

傍晚，我再次上山，想确认那只卓越的公鸡会否从旭日东升到夕阳西下始终激情四射。谈谈夜间的祷告或钟声吧！——黄昏时分的啼鸣迸发自它强有力的嗓子，传遍整片地区，而且驻留下

来，犹如远征希腊的薛西斯和他那生有双翼的东道主①。堪称奇
迹。天啊，多么了不起的打鸣！我敢肯定，那只公鸡当晚在鸡窝
里依然很兴奋，它一整天斗志昂扬，并将其成百上千声啼叫的回
响奉献给黑夜。

　　我结结实实睡了一个不同寻常的好觉，然后起个大早，像是
一根马车弹簧——轻松，清爽，愉悦，轻盈似鲟鱼的尖吻；又像
是一颗橄榄球，三蹦两跳上了山。听！交趾鸡比我起得还要早。
早起的鸟儿有虫吃——它使劲叫唤，如同一只大喇叭，由引擎所
催动——清脆，嘹亮，喜气洋洋。散落各处的农舍中传来众多其
余公鸡的打鸣，彼此呼应，然而它们不过是长号面前的一支支竖
笛。交趾鸡会突然扯开嗓子，以其傲视群伦的响亮啼鸣压倒所有
叫声。它似乎与周遭毫无瓜葛。它不回应任何啼叫，总在自鸣自
唱，对旁人不屑一顾，大有绝世而独立之概。

　　哦，勇敢的公鸡！哦，高贵的交趾鸡！由不可征服的苏格拉
底所献上的鸟儿，作为他最终战胜尘世的证明。

　　我思忖，在如此幸福的一天里，是否该去寻找那只交趾鸡，
把它买回来，假如我必须在自己的土地上再押下一笔财富。

　　此刻，我凝神倾听，努力想确定啼叫传来的方向。但它是那
么感情饱满，那么生机盎然，以致充溢于整个空间，很难推测这
股热烈的喜悦到底源自何处。我仅能断定：啼声是从东边，而不

----

① 薛西斯（Xerxes，约前 519 年—前 465 年），波斯国王，曾统领大军征伐希
腊。生有双翼的东道主（double-winged host）应指希腊神话中的北风神玻瑞阿斯
（Boreas），他帮助雅典人摧毁了薛西斯的舰队。

是从西边飘到这儿的。接下来，我开始思考，鸡鸣究竟可以传多远。在这宁静的乡间，且有大山环绕，声响可传至极远的地方。再者，起起伏伏的地形，那波流般跌宕的丘陵低谷与山脉相接的区域，会造成奇异的回音及混响，阵阵声浪不断累积、增强，非常容易听到，也非常令人困惑。那只沉勇的交趾鸡潜伏于何处？那只快乐苏格拉底的家禽，洒然赴死的希腊斗鸡者的家禽，它到底潜伏于何处？哦，高贵的公鸡，你在哪儿？再叫一次啊，我的好小鸡！我王子般、皇帝般的交趾鸡！我的中国天子的禽鸟！太阳的兄弟！老宙斯的表亲！你在哪儿？再叫一次啊，并把住址告诉我！

听！犹如一支所有国家的公鸡组成的交响乐队，啼鸣滚滚涌至，但声从何来？它回响于耳边，但源头在什么地方？我一无所悉，只知道它来自东边。

吃过早饭，我拿上手杖，沿着公路散步。邻近乡村散落着许多士绅的住所，我毫不怀疑，这帮富裕的士绅之中有人花钱买下了尊贵的交趾鸡，它是"信风号"商船，或"巨浪号"商船，或者"海洋君主号"商船新近运回来的。因为如此勇敢的公鸡，肯定需要一艘拥有勇敢名字的勇敢商船，方可搭载。我决心走遍整个地区，把这位高贵的外来者找到。我认为，沿途向那些家徒四壁的居民打听情况并不失礼，没准儿他们凑巧听说过，某位从城里下乡长住的先生买了只刚刚舶来的交趾鸡。显而易见，任何一名穷苦的农夫，任何一个贫民，都不可能拥有这么一份东方战利品——那口在公鸡喉咙里晃荡的圣保罗大教堂的巨钟。

我遇到一名老汉，他在路边围栏附近的田间耕作。

"朋友，最近你有没有听见过一轮顶呱呱的鸡啼？"

"哦，哦，"他慢吞吞说道，"我不大清楚——克罗福特[①]寡妇有只公鸡——斯奎尔透斯[②]老爷也有只公鸡——我也有只公鸡，它们全都打鸣。但我没觉得它们的叫声有什么了不起。"

"好吧，"我说话简单扼要，"显然你从未听到中国皇帝的雄鸡打鸣。"

我又遇到另一名老汉，他正在修补倒塌的旧栅栏。栅条已经朽烂，老汉一动手，它们就碎裂成黄褐色粉末。他最好别碰这栅栏，要么换上新栅条。不得不说，农民比其他阶层的大众更愚蠢，导致这可悲的事实的原因之一就是他们在春季温暖、舒适的天气里修补朽烂的栅栏。根本是沙上建塔。白费力气。纯属徒劳。这番豪情壮志令人伤心欲绝。将巨大辛劳抛掷在无聊事物之中。你如何使朽败的栅栏依靠它们朽败的支柱屹立不倒？要用什么魔法，才能把沥青注入那堆连续经历了六十个严冬酷暑的棍子里头？正是这一凄惨的奋力挣扎，企图修补朽败栅栏的朽败栅条，让许多农民进了精神病院。

我们所谈论的这个老头子，脸上明显带有痴呆症初期的神色。因为他身前约六十竿[③]远的地方，延展着一条我此生见过的最令

---

① "克罗福特"原文为"Crowfoot"，有"鸟足"之意。而"Crow"又有"啼鸣"之意。

② "斯奎尔透斯"原文为"Squaretoes"，有"方脚趾"之意，并引申为"老古板"等意。

③ 竿（rod），长度单位，1 竿等于 5.03 米。

人悲哀、沮丧、心碎的弗吉尼亚栅栏。而他身后的场地上，有一队阉牛，似乎中了邪，不断抵撞这道绝望的旧栅栏，并将多处顶破，迫使老汉放下手头的活计，把它们赶回界内。他拿着一根足有歌利亚①的屁股那么宽大却又轻如软木塞的栅条追逐牲畜。第一次挥舞，它便碎成了粉末。

"朋友，"我向这个不幸的凡人致敬，说道，"最近你有没有听见过一轮顶呱呱的鸡啼？"

我本该再问问他，是否听到了死亡走近的步点。老头子盯着我，眼神困惑、哀伤而难以言喻，他没有回答，重新埋首于悲惨的工作。

我想到，向这么一个既不快乐也无法快乐的家伙打听一只快乐的公鸡，真是愚不可及！

我继续前行。我此时已走下自己家房舍所在的那片高地，身处一块低地之中，无法听到交趾鸡的啼鸣，声音肯定会从我头顶掠过。再说，交趾鸡可能在吃玉米掺燕麦的午饭，或者在打盹，因此它的欢叫要中断一会儿。

终于，我遇到了一位骑马赶路的胖子先生——不，应该说这人十分肥硕——他非常有钱，近来购置了一些高贵的土地，为自己修建了一座高贵的宅邸，顺便还造了一间很棒的鸡舍，此事在整个地区老少皆知。我觉得，眼前这位正是交趾鸡的主人。

"先生，"我说，"不好意思，我是您的邻居，请问，您是不

---

① 歌利亚（Goliath），《圣经》中非利士族的巨人，被大卫击败并杀死。

是凑巧养了些交趾鸡？"

"哦，没错，我有十只交趾鸡。"

"十只！"我惊奇地高呼，"那么它们统统打鸣啰？"

"热情无比。它们以灵魂在打鸣。我可不会养一只不打鸣的公鸡。"

"您能否掉头回家，带我看看那些交趾鸡？"

"很荣幸：我为它们而骄傲。它们总共花了我六百美元。"

走在他的马儿旁边，我寻思自己是不是搞错了，将十只交趾鸡的无间协作，错当成单独某只交趾鸡的美妙啼音。

"先生，"我说，"您的交趾鸡当中是否有一只，打起鸣来远比同伴更热情，更有韵味，更激动人心？"

"我认为它们叫得没什么两样，"他礼貌作答，"它们的声音我还真分不清。"

"我开始觉得，那只高贵的雄鸡到头来可能并不是这位富翁的财产。不管怎样，我们走进了他的鸡舍，观摩了他的交趾鸡。必须承认这是我第一次目睹这种来自海外的家禽。我听说其价格极为高昂，同时其个头也极为巨大，而且不难想象，它们的绚丽辉煌，完全配得上它们的价格和个头。但此时我相当惊讶，眼前是十只胡萝卜色的怪物，看不到丝毫羽毛鲜亮的迹象。我立刻断定，我高贵的公鸡绝不在它们中间，也根本不可能是只交趾鸡，如果这些个绞刑架似的家禽与真正的交趾鸡属于同一物种。

我走了一整天，在一座农宅吃饭并休息，探访各色鸡舍，询问多名养家禽的男女，聆听各式啼叫，然而并未找到那只神秘的雄鸡。实际上，我已经远离住处，来路迂绕，所以没法再听到它打鸣。我开始怀疑，这只公鸡仅仅是到此一游，业已乘坐十一点钟开往南方的火车离开，如今正在长岛湾的某段葱茏海岸上欢啼脆鸣。

然而第二天清晨，我又一次听见振奋人心的声响，感觉血液又一次在体内滚涌，感觉自己又一次凌驾于生活的全体灾祸之上，感觉似乎又一次将讨债人轰出门外。上次来访所受的接待，让他很不高兴，该讨债人至今没再露面，毫无疑问仍怒火中烧。这个笨蛋，他把一个无伤大雅的笑话当真了。

几天过去了，其间我在周边地区多次巡游，徒然寻找那只公鸡。我依旧能听见它的啼声从山中传来，有时候是在家里，有时候是在宁谧的夜晚。当我不时陷入可悲的抑郁，欢欣而豪迈的鸡鸣会让我的灵魂也立即变为雄鸡，扑动翅膀并大展返祖的歌喉，以愉悦的啼音向全世界的悲戚苦闷发起挑战。

最终，几个星期后，我不得不再抵押一部分自己的房产，以支付某些债务，其中有一笔是拖欠那位讨债人的，他不久前刚上法院把我给告了。接到传票非常让人丢脸。当时我在乡村酒馆的包间里快快活活喝着费城啤酒，吃着赫基默[1]奶酪和面包卷，店主——本人的朋友——跑来告诉我，下次收到钱得跟他结清账款。我走向酒吧间挂衣帽的柱子，去拿一根留在那儿的上等雪茄。天啊！我发现雪茄被一张传票裹着。我给雪茄拆封，同时就展开了

---

[1] 赫基默县（Herkimer County），位于美国纽约州中部。

传票，旁边还有一名大舌头警员在说个不停^①。"注意！"他又低声补充，"放进你烟斗里，抽掉它！"

我转过身来，面对分散在酒吧各处的男士们，说道："先生们，这是一份荣誉？——难道这是送达传票的正确方式？请看！"

大伙都认为，警员趁一位绅士吃奶酪喝黑啤酒进午餐时这样做很不礼貌，将传票塞进他的帽子很不文明。此乃小人所为，残忍无情。因为午餐时搞突然袭击，会妨碍奶酪正常消化，众所周知，奶酪可不像奶冻那么容易消化。

回到家，我读了传票，心中泛起一阵忧愁。世事艰难啊！世事艰难！我，古今无双的大好人，待客殷勤，胸襟开阔，过分豪爽。命运女神禁止我发家致富，禁止我以自己的慷慨造福乡梓。更有甚者，当许多吝啬的守财奴钱钞滚滚而来时，我，如此高尚之人，居然收到了传票！我垂下脑袋，深感绝望，深感世道不公、横遭侮辱、无人赏识，总之，际遇很是悲惨。

听！有如号角！是的，有如挂满铃铛的雷霆——这卓绝而大胆的啼叫！众神啊，是它使我重新振作！我活蹦乱跳！没错，我正在云中漫步！^②

哦，高贵的公鸡！

---

① "我给雪茄拆封，同时就展开了传票，旁边还有一位大舌头警员在说个不停"原句为"When I unrolled the cigar, I unrolled the civil-process, and the constable standing by rolled out, with a thick tongue"，麦尔维尔在此用了两个"unrolled"和一个"rolled"，有文字游戏意味。
② "没错，我正在云中漫步！"为意译。原文为"Yes, verily on stilts!"字面意思是"没错，（我）确实在踩高跷！"但在中文语境中，"踩高跷"似乎很少用来比喻陶醉，而更多用来比喻冒险。

以公鸡的简单明了，它说："让这个世界和世界上的所有人统统完蛋吧。你要快活，你要永不言败！这世界跟你相比算得了什么？归根结底，它不过是一颗土块！你要快活！"

哦，高贵的公鸡！

"但是，我亲爱的了不起的公鸡，"我左思右想，"你无法随随便便就让这个世界完蛋。你无法随随便便就觉得快活，如果手里或帽子里有张传票。"

听！啼声再现。以公鸡的简单明了，它说："让传票去死吧，让签发传票的家伙也去死吧！你若没土地也没现金，去把那家伙痛打一顿，告诉他，你绝对不会给他钱。要快活！"

眼下，我已走上这条路——通过那只公鸡命令式的公开宣言——把自己的房产再拿去抵押。我偿还了所有债务，将它们并入一纸新增的协议书和抵押凭据。本人又一次悠然自在，重新去寻找那只高贵公鸡。然而我这是枉费心机，尽管天天听见它啼叫。我开始思考这一神秘事件之中究竟有什么蹊跷：是不是某位神奇的口技表演者徘徊于我屋舍四周，或者藏在地窖里，或者躲到房顶上，并且故意搞一场欢快的恶作剧。不可能——哪位口技表演者有本事模仿如此气吞山河、天花乱坠的叫声？

终于在一天早晨，有个奇特的男人来找我。三月份他又劈又锯，帮我伐了差不多三十五垛①木材，现在他来讨要工钱。我得说，

---

① "垛"（cord）为木材计量单位，一译为"考得"，1 垛等于 128 立方英尺，或者 3.6246 立方米。

这是个奇特的男子。他高高瘦瘦，有张神情哀戚的马脸，眼睛却不知何故潜藏着欢乐，形成强烈反差。他似乎一贯沉稳严肃，但并不压抑。他身穿一件长长的灰色破外套，戴一顶旧帽子。此人为我锯好的木材，垛数非常之多。暴风雪猛烈的时节，他能站着拉锯一整天，眼睛眨都不眨。你若不主动说话，他绝对不会吭声。他埋头锯木。锯呀，锯呀，锯呀——雪花，雪花，雪花。[1] 锯和雪好像天生是一对儿。来干活的第一天，他带了自己的晚饭，并且情愿待在暴风雪下，坐在锯架上吃。我阅读伯顿[2] 的《忧郁的解剖》时，从窗户里看到他这样进餐。我光着脑袋冲出门外。"老天爷！"我喊道，"你在干什么？进来，这儿有你的晚饭！"

他有一块陈面包和一块腌牛肉，用一张湿报纸裹着，新雪在他嘴里融化成水，将食物送入肠胃。我领着这个精力充沛的男人走进房间，让他在壁炉边坐下，给了他一盘热猪肉和豆子，外加一杯苹果酒。

"往后，"我说，"你不必带上任何湿乎乎的食物。你的工作固然是按件计价，但我会提供饭菜。"

他表达谢意的方式平静、骄傲，却并不缺乏感恩，他满意地吃光了自己晚餐，我也一样。我很高兴看到，他像个男人一样把苹果酒一饮而尽。我尊重他。站在锯架前，以谈生意的方式跟他

---

① "锯呀，锯呀，锯呀——雪花，雪花，雪花"原文为"Saw, saw, saw—snow, snow, snow"。原文发音有谐音效果，故译者这样翻译。
② 罗伯特·伯顿（Robert Burton，1577—1640），英国作家和教士。代表作《忧郁的解剖》（Anatomy of Melancholy）对英国文学产生了很大影响。

说话时，我态度恭谦，不乏审慎的敬意。他独特的本领让我颇感兴趣，他使用锯子的惊人频度让我印象深刻——对大多数人而言，这是一份极其劳累、讨厌的活计——我从未试图搞清楚他是谁，怎样过活，生于何地，以及诸如此类的问题。他什么也不说。他来为我锯木头，吃我供应的晚餐——假如我当天准备了饭菜——但绝不胡侃闲聊。起初，我对他始终保持阴郁的沉默有点儿不满。可是考虑到这一点，我更加尊重他了。我跟他打招呼时愈发恭而敬之。我推断这男人尝过生活的艰辛，在世间受过许多磨难，因此形成了不苟言笑的个性，他拥有所罗门的智慧，沉静、庄重、节制地度日，他虽然贫穷，但是，无论如何非常值得尊敬。有时候我会想象他可能是某座乡村小教堂的长老或执事。我认为这个优秀的男人去竞选美国总统应该不赖，他将成为一名促进公正的伟大改革者。

他名叫梅利马斯克①。我经常感慨一个不快活的男人竟有一个如此快活的名字。我询问大伙是否认识梅利马斯克。经过一段时间相处，我才知道他更多的情况。他生于马里兰，似乎长期住在乡下。他到处游荡。十年以前，他从不存钱，可也从未犯罪。他艰苦工作一个月，完全不苟言笑，然后在一个狂暴之夜晚挥霍掉所有的工资。年轻时他当过水手，在巴达维亚②逃离自己的商船，险些高烧而死。但他卷土重来，再度登船，回到家乡，发现自己

---

① "梅利马斯克"原文为"Merrymusk"，有"快活的香猫"之意，所以后文说"有一个快活的名字"。
② "巴达维亚"（Batavia）是印度尼西亚首都雅加达的旧称。

的朋友全过世了，便离开北方的内陆地区，原本他一直在那儿过日子。他结婚九年，膝下四个儿女，妻子病得很厉害，有个孩子患上了白色水肿①，其余三个则受到佝偻症侵袭。他和家人栖身的小木屋，位于一块贫瘠的荒地上，靠近从山脚下通过的铁路。他买了一头挺棒的奶牛，好让孩子们有充足的牛奶可喝。然而这头奶牛难产死了，他又没钱再买一头。不过，这家人一直有米下锅。他努力干活，把食物带给妻子儿女。

此刻，正如上面提过的，这位梅利马斯克为我锯了很长时间木头，来要工钱。

"朋友，"我说，"你可知道，附近的哪位先生拥有一只非凡的公鸡？"

锯木人的眸子里真切地闪烁着光芒。

"我不认识任何一位先生，"他回答，"饲养的公鸡可以称得上非凡二字。"

哦，我想，这位梅利马斯克帮不到我了。恐怕我永远也发现不了这只非凡的公鸡。

我无法将工钱一次付清，只能尽量多付，并且告诉梅利马斯克，我会在一两天内拜访他家，把剩余的数目交给他。于是某个美好的早晨，我动身去办这件事。要找到通往那座小木屋的路径绝非轻而易举。似乎没人知道其确切的位置。它坐落在一个很荒僻的地方，一侧是林木繁茂的大山（我称之为十月大山，因为这

---

① 白色水肿（white-swelling），一种骨关节结核病，患者多为儿童、青少年。

个月它尤其壮美），另一侧是一片灌木丛密布的沼泽，铁路横贯其间，把它笔直切开。每天有很多次，那座贫穷的小屋受到种种美景的折磨，等级、时尚、健康、身体、金子和银子、干货和杂食、新郎和新娘、快乐的妻子和丈夫，纷纷从孤独的屋门前掠过——无暇停留——眼睛一眨！他们来了——他们又走了！两端皆看不到尽头——似乎世界的这一部分仅仅是用来一掠而过的，而不是用来居住的。这几乎就是小木屋看到的一切，人们称之为生活。

虽然有点儿犯晕，我还算知道小木屋的大体方位，于是奋力跋涉。前行时，我惊讶地听到神秘的鸡鸣越来越清晰。一位拥有交趾鸡的绅士，我想，会住在这么个隔绝、孤寂的地区吗？雄壮昂扬的号角声越来越响，越来越近。尽管有可能偏离我那位锯木人的住所，我对自己说，但谢天谢地，我似乎正在走向那只非凡的公鸡。遇到这等好事我自然非常高兴。我不断迈进。鸡啼时时传来，极为悦耳，极为愉快且华美，而后一声又比前一声离我更近。终于，我看到一只绚烂无比的生物在前方的灌木丛中显现，它使人类的视野充满幸福。

一只公鸡，与其说是一只公鸡，不如说是一只金鹰。一只公鸡，与其说是一只公鸡，不如说是陆军元帅。一只公鸡，与其说是一只公鸡，不如说是全身盔铠锃亮的纳尔逊勋爵 [①]，站在先锋号的后甲板上投入战斗。一只公鸡，与其说是一只公鸡，不如说是

[①] 纳尔逊勋爵（Lord Nelson，1758—1805），英国海军中将，被誉为"英国皇家海军之魂"。

身穿皇袍、君临艾拉沙佩勒 [1] 的查理曼大帝。

好一只公鸡!

它是高傲的大个头,以高傲的双足傲然兀立。它身体各处呈现红色、金色和白色。红色是鸡冠的颜色,那是个强有力而又匀称的鸡冠,犹似赫克托耳 [2] 的头盔,跟古代盾牌上描画的一样。它浑身的羽毛为白色,掺以少量金色。它在小木屋前面踱来踱去,活像一位领主。它鸡冠直立,胸脯隆起,刺绣般的饰羽在阳光下闪烁。它步姿极佳。它看上去如同某部辉煌意大利歌剧中的某位东方国君。

梅利马斯克从门里走出来。

"请问那难道不是贝内文塔诺先生吗?"

"没错,先生!"

"就是这只公鸡。"我说,神情有点儿尴尬。事实上,本人被自己的狂热所蒙蔽,才造成愚蠢的疏失。这个没受过什么教育的汉子,其言谈举止早已向我传递了某种暗示。如今,在他诚实无欺的注视下,我不免感到自己很白痴,为了掩饰窘态,只好称言"就是这只公鸡"。

去年秋天进城,我凑巧看过一场意大利歌剧表演。戏中有个颇为尊贵的角色,贝内文塔诺先生,此人身材魁梧,威风凛凛,

---

[1] 艾拉沙佩勒(Aix la Chapelle),德国城市亚琛(Aachen)的旧称,查理曼大帝皇宫所在地。

[2] 赫克托耳(Hector),希腊神话中特洛伊城的王子和头号英雄,国王普里阿摩斯的长子。

衣物华丽，喜欢拿羽毛做装饰，他走路大步流星，昂首挺胸，不可一世。这位贝内文塔诺先生如果再高傲一分，或许就会仰面跌倒。反正，那只自豪的公鸡迈步子的姿势，跟贝内文塔诺先生舞台上的步态一模一样。

听！公鸡突然停下来，把头高高抬起，不住抖动羽毛，像是受到了激励，放开喉咙猛啼一声。十月大山回音阵阵。其他大山也纷纷将这道打鸣反射开去。它们旋荡于群山之间，遍布整个地区。此刻我总算明白，为什么能在自家遥远的山坡上听到这令人开怀的鸡啼声。

"老天啊！是你养的公鸡？那只公鸡是你的？"

"是我的公鸡！"梅利马斯克说，他严肃的马脸隐隐流露狡黠的欢愉之色。

"你从哪里弄来的？"

"它就是在这儿破壳的。我养大了它。"

"你？"

听。又一声打鸣。它没准儿唤醒了这个地区砍掉的所有松树和铁杉的鬼魂。神乎其技的公鸡！它一边啼叫一边再次踱步，身旁围着一群钦慕不已的母鸡。

"你想要什么来换贝内文塔诺先生？"

"您说什么？"

"这只神奇的公鸡——你想要什么来换？"

"它我才不卖。"

"我出五十美元。"

"哈！"

"一百美元！"

"哼！"

"五百美元！"

"呸！"

"看来你不是个穷汉。"

"当然。难道我不是这只公鸡的主人？难道我没有为了它而拒绝五百美元？"

"这不假，"我深思道，"确实如此。你真不卖它？"

"不卖。"

"你会白送吗？"

"不会。"

"那么你会留着它！"我大喊道，相当恼怒。

"是的。"

我站了一会儿，以便欣赏公鸡，并惊讶于那个男人的做法。最终，我对前者加倍渴望，对后者加倍敬重。

"您不进来吗？"梅利马斯克问道。

"那只公鸡可以跟我们一块儿进来吗？"

"可以。大喇叭！到这儿来！孩子，到这儿来！"

公鸡转过身，奔向梅利马斯克。

"来吧！"

公鸡随我们走进小木屋。

"喔喔喔！"

房顶震动。

哦，高贵的公鸡！

我一言不发，转身面向屋子主人。他坐在一只破破烂烂的老旧箱子上，穿着他破破烂烂的老旧灰外套，膝部和肘部打了补丁，戴着一顶破旧磨损的帽子。我偷偷扫视这个房间。头顶是裸露的椽子，大条大条硬邦邦的牛肉干从上面垂下来。泥土地板，有个角落搁着一堆马铃薯，另一个角落则放着一袋玉米粉。屋子的远端，有张毯子挂在横贯的长绳上，病妇和病小孩的呻吟咳嗽从那边传来。但不知为何这些病人的声音里似乎毫无怨尤。

"梅利马斯克夫人和孩子们？"

"是的。"

我盯着公鸡看。它姿态庄严地立于屋子中央。它很像一位西班牙大贵族，正站在某个贫农的棚子下躲雨。其样貌与周围事物形成了不可思议的反差。它令小木屋四壁发光，它使卑陋的房间大为增色。它使破旧的木箱、破旧的灰外套，以及破帽子熠熠生辉。它使帘子后面传出的咳喘之声变得动听悦耳。

"哦，父亲，"某个病歪歪的孩子喊道，"让大喇叭再叫一次吧。"

"叫吧。"梅利马斯克喊道。

公鸡摆好架势。屋顶震动。

"这不会打扰梅利马斯夫人，还有生病的孩子们？"

"大喇叭，再来一次！

屋顶震动。

"那么说，不会打扰他们啰？"

"你刚才也听见了，他们要求它这样。"

"你害病的家人怎么会喜欢这鸡啼声？"我说，"公鸡倒是只很棒的公鸡，有很棒的嗓门，不过我们会想，它未必适合一屋子病人。他们真喜欢它吗？"

"你不喜欢？难道它没让你快活？令人振奋对吧？你听了有没有胆气倍增？有没有摆脱绝望？"

"都有。"我说。在贫穷外套遮挡的勇敢精神面前，我抱着深深的谦卑，摘下帽子。

"可是，"我仍略带疑虑地说，"这么响亮，这么吵闹的优美鸡啼，我认为可能对病人并无助益，会阻碍他们康复。"

"尽情叫吧，大喇叭！"

我从椅子上跃起。这只公鸡犹如《启示录》中某位强大的天使，让我感到害怕。它仿佛在邪恶巴比伦的毁灭之上啼叫，仿佛在义人约书亚那次亚实基伦①谷地的胜利之上啼叫。当我多多少少恢复了镇定，脑海中冷不丁跳出一个渴望寻根究底的想法。我决定满足这份好奇。

"梅利马斯克，能否为我介绍你的妻子和孩子？"

"好的。太太，这位先生想进来。"

"非常欢迎。"一个虚弱的声音回答道。

---

① "亚实基伦"原文为"Askelon"，通常作"Ashkelon"，位于加沙地带以北，是迦南最古老和最大的海港。

走到帘子后面，我看到一张憔悴不堪却又欢欣莫名的面孔。而这差不多就是全部了。身体被一条毯子和一件旧外套所覆盖，经由此番遮挡，它似乎因为缩得太小而无从显露。床边坐着个苍白的女孩，正在照料病人。另一张床上，并排着三张更加苍白的脸庞。

"哦，父亲，我们并非不喜欢这位先生，但也让我们看看大喇叭吧。"

公鸡立即穿过帘子，来到孩子们的床上歇息。所有疲累的眼睛纷纷盯住它，目光透着狂热和欣喜。他们俨然沐浴在公鸡羽毛散发的光辉之下。

"比一座药房还顶用，是吧？"梅利马斯克说，"这位便是公鸡博士本尊。"

离开病人的房间，我又坐回自己原先的位子，陷入沉思，琢磨这个奇怪的家庭。

"你应该是个特立独行的好家伙。"我说。

"我不认为您是个傻瓜，从来不这么认为。先生，您是个好人。"

"你妻子有没有希望康复？"我说，谨慎地试图转换话题。

"希望不大。"

"孩子们呢？"

"机会也很小。"

"那么你可真够苦的，换谁都顶不住。这份孤独——这座小木屋——劳累的活计——难熬的日子。"

"我还有大喇叭对吧？它是个开心果。它一直在叫，在最黑的黑暗中打鸣。荣耀归于至高无上的天主！它叫个不停。"

"最初我在自家的山坡上听到鸡啼时，梅利马斯克，认为这正是它可贵之处。我原以为，某个富翁花大价钱买下了一只交趾鸡，却根本没想到是你这样的穷汉，养了一只本国品种的健壮大公鸡。"

"我这样的穷汉？为什么说我穷？难道我养的公鸡没给这片原本可悲、贫瘠、奄奄一息的土地增添了光彩？难道我的公鸡没激励过您？而我为您提供的所有荣耀，分文不取。我是一位伟大的慈善家。我是个富翁——非常富裕，也非常快乐。叫吧，大喇叭。"

屋顶震动。

我意绪深沉地返回住处。梅利马斯克令人钦佩不已，他无懈可击的观点一直在我脑海中翻腾。我站在自家门前，思考他今天的诘问，结果又一次听到那只公鸡的啼声。梅利马斯克说得对。

哦，高贵的公鸡！哦，高贵的男人！

那次拜访之后，我好几个星期没见着梅利马斯克。可是听到美妙欢快的鸡鸣，我想他大概一切如常。我心情一直不错。那只公鸡仍在给本人加油鼓劲。我的种植园又增加了一份抵押，但仅仅买回一打黑啤酒，以及好多费城啤酒。有几个亲戚死了，我并未穿上丧服，倒是喝了三天的黑啤酒，而非费城啤酒，毕竟黑啤

酒的颜色更深些 ①。接到噩耗时，我正好也听见公鸡啼叫。

"为你的健康干杯，哦，高贵的公鸡！"

既然眼下没有梅利马斯克的消息，我觉得应该再次去他家拜访。走到小木屋附近，发现它静悄悄的。我产生了不祥的预感。然而公鸡在房子里连声打鸣，将疑虑驱散。我敲了敲门。有个虚弱的声音让我进去。帘子没拉，如今整座屋舍都变成了病房。梅利马斯克躺在一堆旧衣服上。他妻子和孩子统统卧床不起。公鸡则高栖于一只陈年大桶的铁箍上，这玩意儿挂在屋梁中间，摆荡不已。

"你病了，梅利马斯克。"我伤心道。

"不，我挺好。"他气息奄奄地回答，"叫吧，大喇叭。"

我浑身一颤。这个虚弱的躯体之中的强健灵魂令我惊诧。

公鸡引颈长啼。

屋顶震动。

"梅利马斯克夫人怎么样？"

"挺好。"

"孩子们呢？"

"挺好。都挺好。"

以一股战胜病魔的狂野欢乐，他吼出了末尾的两个字眼。这已大大超过极限。他脑袋往后耷拉。有一条白色的餐巾落到他脸

---

① 黑啤酒的颜色更深，与丧服的颜色更接近，"我"不喝费城啤酒而喝黑啤酒，权当举哀。

上。梅利马斯克死了。

极度的恐惧将我攫住。

然而，那只公鸡啼叫不已。

公鸡抖动它全身的羽毛，似乎每一根均为一面旗帜。公鸡挂在小木屋的横梁上摇晃，犹如不久前圣保罗大教堂的穹顶悬挂的各色旌旆。公鸡以非凡的奇迹使我深感震怖。

我凑近女人和几个孩子的床边。看到我怪异的可怕表情，他们很清楚发生了什么。

"我的好人儿刚刚死了，"女人呼吸微弱，"是不是？"

"死了。"我说。

公鸡啼叫不已。

她瘫在床上，未发一叹，怀着长久爱情的怜悯，死了。

公鸡啼叫不已。

它抖动金色的羽毛，使之闪闪发光。这只公鸡好像处于一种仁爱的强烈欢悦之中。它从铁箍上跳下来，雄赳赳气昂昂走向那堆旧衣服，锯木人正躺在那儿。公鸡窝在他身旁，犹如一尊纹章雕像。随即响起一道绵长、优美、激越而终极的啼声，鸡脖子后仰的幅度极大，仿佛要将锯木人的灵魂径直送往极乐世界。接下来，它帝王般迈起大步，走到女人的床头。另一道直冲霄汉的高亢啼鸣随即迸发，与前者不分伯仲。

几个孩子苍白的面孔开始显现光彩。这些满是油污和尘灰的脸庞闪耀着天国之辉。他们如同乔装打扮的儿童皇帝、国王。公鸡跳到他们床上，抖动身体，并且一次又一次打鸣，无休无止。

它似乎想用啼叫，把孩子的魂魄从他们病弱的躯体中召唤出来。它似乎想让这一家人立即在高远的天上重聚。几个孩子似乎认同它的努力。他们对解脱的渴望是如此执着、深刻、强烈，使之在我眼前纷纷化为魂灵。我看见了天使。

他们死了。

公鸡在他们上方抖翎振羽，啼声不绝。这番鸣叫堪比喝彩！堪比欢呼！堪比大喊万岁！哦耶！哦耶！它走到小木屋外。我紧随其后。它飞上房顶，舒展双翅，发出一道超凡绝伦的高音，然后停落在我脚边。

这只公鸡死了。

如今，你若前往那个丘陵地区，会看到十月大山脚下的铁路旁，沼泽另一边，有一座坟，埋葬的并不是骷髅头和骨架，而是一只啼声激昂的公鸡，墓碑文字如下：

哦，死亡，汝之毒刺何在？哦，死亡，汝之胜绩何在？

锯木人及其家人，与贝内文塔诺先生同眠于此。我埋葬了他们，定做了墓碑。打那时起，我再也不曾沮丧失志，而且无论清晨或傍晚，始终从不间断地啼叫欢鸣。

"喔喔喔！喔喔！喔喔！喔喔！喔喔！"

小提琴手 [1]

我的诗歌糟透了，不朽的诗誉与我无缘。我永远永远别指望成名。不堪忍受的命运！

我抓起帽子，把那篇评论使劲扔到地上，冲到街头，奔入百老汇，看见不远处一条小街上，热烈的人群将一座马戏场层层包围，它最近才开始搭台演出，并因为一个非常出色的小丑而声名鹊起。

本人的老朋友斯坦达德 [2]，正大喊大叫走过来跟我打招呼。

"真巧啊，赫尔姆斯通，伙计！哦！怎么啦？你是不是杀了人啊？你在逃亡？你这样子真够疯的！"

"好吧，你看到了！"我说。当然，是指那篇评论。

---

① 此篇原题 "The Fiddler"，1854 年 9 月首刊于《哈泼斯新月刊》。
② "斯坦达德"原文为 "Standard"，有"标准"之意。

"哦，没错，早上的表演我在场。伟大的小丑，我敢向你保证。瞧，霍特博伊①来了。霍特博伊，这位是赫尔姆斯通。"

我一没工夫二没心情去厌恨一个如此伤人的错误，很快平复下来，盯着新朋友的面孔，我们的相识是那么唐突随意。他身材矮胖，朝气蓬勃。他皮肤红润如乡下汉子，目光真挚、愉快，眼珠子呈灰色。唯有头发显示他并不是一个大男孩。从发色来看，此人差不多四十岁或者更老。

"快来，斯坦达德，"他欢快地冲我朋友喊道，"你不是要看马戏吗？他们说那小丑简直绝了。你也来吧，赫尔姆斯通先生。你们一起来。等马戏演完，我们去泰勒餐厅好好吃他一桌炖菜，再喝上几杯潘趣酒。"

可贵的自足，诙谐幽默，满面红光，神情恳切，这个最为独特的新朋友好像给我施了魔法。这番邀请出自一颗如此显而易见的淳朴真诚之心，似乎只有接受它才不违反人性。

马戏表演期间，我更关注霍特博伊，而不是那个街知巷闻的小丑。霍特博伊让我觉得非常顺眼。这是由衷的喜悦，他用看得见摸得着的幸福观触动了我的灵魂。那名小丑所说的笑话，似乎在他舌头下面滚动，犹如熟透的、甜美多汁的李子②。他忽而拍手，忽而跺脚，以此表达自己的激赏之情。每次精彩绝伦的搞笑上演时，他会扭过头来，瞧瞧斯坦达德和我是否跟他一样乐不可支。

---

① "霍特博伊"原文为"Hautboy"，有"高音双簧管"之意。
② "甜美多汁的李子"原文为拉丁语"magnum bonums"，又有"非常好"之意。

在这个四十岁汉子的身上我看见了一个十二岁的男孩，而这丝毫不减损本人对他的敬意。因为一切是那么坦诚、自然，每一个表情和姿态是那么得体，源于真正的优良品性，霍特博伊不可思议的少年活力具有一种神圣而恒久的气息，它仿佛散发自一位青春永驻的希腊神灵。

然而，尽管我注视着霍特博伊，尽管我喜欢他的气息，那股先前促使我冲出房门的绝望情绪既没有彻底消散，也并未以它短暂的回潮让我重陷忧愁。可是在一次次反复之中，我会鼓励自己，会迅速扫视宽阔的圆形马戏场周围兴致盎然、无比沉醉的诸多面孔。你听！掌声、敲打声、震耳欲聋的欢呼声，黑压压一大群观众疯狂喝彩，我思忖，是什么造成了这一切？要知道，那名小丑只不过滑稽夸张地咧嘴大笑而已。

当时，我脑子里不断重复自己诗中那个庄严的段落，阿戈斯的克利奥希姆斯①在此为战争的正当性而辩护。是啊，是啊，我思索道，如果本人跳进马戏场，重复那个相同的段落，不，是将整篇哀歌演给观众看，他们会为诗人鼓掌吗，就像他们为小丑鼓掌一样？不！他们会把我轰走，骂我是个老糊涂蛋或者疯子。这又证明了什么？你的执迷不悟或他们的无动于衷？也许兼而有之。当然证明了前者是毫无疑问的。但何故悲痛垂泣？你打算从

---

① "阿戈斯"（Argos）为古希腊城邦名。"克利奥希姆斯"（Cleothemes）不知是何人物，或为作者虚构。

一群小丑的崇拜者这儿收获崇拜？听听那个雅典人 ① 怎么说的。看到大伙在集会上吵吵闹闹地鼓掌欢叫，此公低声问朋友，他刚才究竟讲了什么蠢话。

我的目光又一次扫过马戏场，继而落到霍特博伊容光焕发的脸庞上。他真切、诚挚的欢乐对本人的轻蔑不屑一顾。我胸襟狭隘的傲慢备受谴责。而霍特博伊却并不盼望我那鞭挞灵魂的戏法来阻止他开怀一乐。正当批判的投枪朝我飞来之际，不知疲倦的小丑又说了个笑话，于是霍特博伊眼睛放光，手舞足蹈，因欢畅欣喜而高声叫喊。

马戏结束，我们前往泰勒餐厅。周围人头攒动，我们在一张大理石的小桌子旁落座，享用炖菜和潘趣酒。霍特博伊坐我对面。虽然较先前的欢闹已大为收敛，他依旧一脸愉快之色。不过其中又增添了原本不太突出的一种特质，那是从容、深刻的理智所呈现的安详神情。理智与风趣在他身上相得益彰。随着闲聊在霍特博伊和活跃的斯坦达德之间展开——我很少搭腔甚至一言不发——我越来越惊诧于他卓越的判断力。谈论五花八门的话题时，他似乎凭直觉精确游走于热忱与冷淡之间。很显然，霍特博伊既大抵看清了世界的真实状况，又从不诉诸理论，以赞成它光明或黑暗的一面。他摒弃一切纾困的方案，而仅仅体认事实。他并未肤浅地否认世间的种种悲苦，也并未冷嘲热讽其欢乐。大凡给他

---

① "那个雅典人"（the Athenian）应指福基翁（Phocion，前 402—前 318），古希腊雅典政治家和军事将领。麦尔维尔提到的这一场景，普鲁塔克在《福基翁传》（*Life of Phocion*）中有记载。

个人送去愉悦的事物，他无不满怀感激，铭记于心。很显然——至少当时看来是如此——他异乎寻常的快乐绝非源于麻木不仁或者缺乏思想。

突然，他想起自己还有个约会，于是拎上帽子，高高兴兴鞠了个躬，告辞离开。

"赫尔姆斯通，"斯坦达德说，无声无息地敲击着桌板，"你怎么评价这位刚认识的朋友？"

最后两个词饱含独特而新奇的意义。

"确实是刚认识，"我回应道，"斯坦达德，我万分感谢你介绍了一位极其与众不同的先生，让我大开眼界。你得专门为他这类人配副瞄准镜，否则无法相信他有存在的可能。"

"看来你非常喜欢他。"斯坦达德说，调子不无嘲笑取乐。

"我太爱他了，我仰慕他，斯坦达德。我真希望自己就是霍特博伊。"

"哦？很可惜。世界上只有一个霍特博伊。"

结尾的这句话使我再度陷入沉思，不知何故，它唤醒了我的阴郁情绪。

"我猜想，他奇妙的欢快愉悦，"我恼火地讥讽道，"来自一副好脾气，更来自一份好家财。显而易见，他智识超群，但智识超群不一定伴随着令人赞叹的才华。不，我倒认为，在某些情况下，智识恰恰源于禀赋不足。至于欢快愉悦，更不在话下。霍特博伊永远无忧无虑，因为他不是个天才。"

"哦？这么说你不认为他是个非凡的天才？"

"天才？哈！那个矮冬瓜是天才！天才，好比卡西乌斯，是瘦高个儿①。"

"哦？但你能想象吗？霍特博伊以前才华横溢，只不过已经幸运地将它摆脱，最终变成了一个胖子。"

"让一个天才摆脱其天才，如同让一个患了奔马痨②的男子摆脱自己的症疾一样，根本不可能。"

"哦？你说得很肯定。"

"没错，斯坦达德，"我喊道，怒火愈发旺盛，"你那个快活的霍特博伊，他终归不是你我的榜样，谈不上什么教益。他资质平庸，见解清晰明白，因为天分所限。他脾气不大，因为缺少激情。他性子欢闹，因为生来如此——你这位霍特博伊怎么可能让你我效法？你是个顽固不化的家伙，而我是个雄心勃勃的梦想家。任何事物都别想诱使他逾越日常的界限。此人内心没有什么可压抑的东西。他从天性上对所有的道德侵害免疫。志存高远只会将他刺痛。假如你这位霍特博伊哪怕收获过一次掌声，或忍受过一次蔑视，他将变得大为不同。终其一生，他顺从、沉静，完全无人关注。"

"哦？"

---

① "天才，比如卡西乌斯，是瘦高个儿。"（Genius, like Cassius, is lank.）参照了莎士比亚《裘力斯·凯撒》（*Julius Caesar*）的一句话："那个凯歇斯有一张消瘦憔悴的脸；他用心思太多；这种人是危险的。"（Yond' Cassius has a lean and hungry look, He thinks too much; such men are dangerous.）译文来自朱生豪译本。凯歇斯，即卡西乌斯，古罗马将军，刺杀凯撒的主谋者之一。
② 奔马痨（galloping consumption），干酪样肺炎的别称。

"为什么我讲话时，你总要奇奇怪怪'哦'个没完？"

"你听说过贝蒂大师①吗？"

"那个了不起的英国神童？他曾让整座镇子的居民陷于疯狂，欢呼尖叫，不过很久以前就从特鲁里街②的西登斯剧团③和肯布尔剧团④退出了。"

"情况相同。"斯坦达德说，再次无声无息地敲击桌板。

我满脸困惑。在他神秘莫测的仓储之中，斯坦达德似乎握有一根我们这个话题的万能钥匙，他似乎仅仅是为了让我更为不解，才扯到那位贝蒂大师。

"贝蒂大师与霍特博伊究竟有什么关系？前者是位神童和超凡的天才，一名十二岁的英国男孩，而后者是个普普通通的可怜庸汉，一个四十岁的美国人。"

"哦，没有丝毫关系。难以设想一度他们碰过面。再说，贝蒂大师肯定早就咽气长眠了。"

"那你何苦漂洋过海，把他从坟墓里拖出来，丢到我们活生生的讨论当中？"

---

① 贝蒂大师（Master Betty），即威廉·亨利·维斯特·贝蒂（William Henry West Betty，1791—1874），十九世纪初期著名的话剧童星。1803 年至 1808 年间他在英伦三岛登台表演。《小提琴手》发表时他仍在世。
② 特鲁里街（Drury Lane），英国伦敦的一条街，有不少剧院坐落其间，尤以皇家大剧院（Theatre Royal）而闻名。
③ "西登斯剧团"原文为"the Siddons"，应指以著名女演员萨拉·西登斯（Sarah Siddons，1755—1831）命名的剧团。
④ "肯布尔剧团"原文为"the Kembles"，应指英国著名演艺世家肯布尔家族的剧团。罗杰·肯布尔（Roger Kemble，1721—1802）曾任剧团经理和演员，其 12 个孩子均在剧团演出，萨拉·西登斯也是罗杰·肯布尔的女儿。

"大约是由于走神了吧。我诚恳道歉。请继续谈谈你对霍特博伊的看法。你认为他一向没什么天赋，知足常乐得过头，并因此心广体胖，是吧？你认为他无法成为世人的典范？对于被忽略的功绩、遭无视的才华，或者备受责难的重大设想，他本人的经历不可能提供有价值的教训？它们其实是一回事。你钦佩他快快活活，同时又蔑视他平庸的灵魂。可怜的霍特博伊，真悲惨，你受到鄙夷恰恰是因为你快活，无妄之灾！"

"我可没说我蔑视他。你有失公允。我只是表明他并非我效仿的对象。"

突如其来的一阵声响吸引了我的注意。我转过头去，结果再次看见霍特博伊，他高高兴兴地坐到自己先前的位子上。

"我没赶上那场约会，"霍特博伊说，"于是我认为应该跑回来跟你们再聚。不过，你们在这儿也待得够久了。去我家吧。只用走五分钟。"

"如果你答应为我们拉小提琴，我们就去。"斯坦达德说。

小提琴！我琢磨，那么说他是个能胡乱折腾几下 ① 的小提琴手？难怪天赋的高低没办法仅凭一根小提琴手的弓子来衡量。此刻我简直怒不可遏。

"我很乐意满足你的要求，"霍特博伊回答斯坦达德，"走吧。"

几分钟后，我们来到一栋仓库式建筑的第五层。楼房位于

---

① "能胡乱折腾几下"为意译，对应的原文"jiggumbob"为非正式词汇，词义近于"trinket""knick-knack"等词，指小饰物或价值不大的琐屑杂物。

百老汇的一条侧街上。屋内的摆设全是些古怪的家具，它们似乎是从旧货拍卖行一件接一件买回来的，但无不洁净、温馨，令人着迷。

受到斯坦达德的催促，霍特博伊很快取出他凹陷变形的老提琴，坐在一张快散架的高脚凳上，立即开始愉快地演奏《扬基小调》①和其他即兴、华丽、欢乐轻佻的曲子。然而尽管旋律很普通，我却被某种奇迹般无比孤傲的风格所深深吸引。霍特博伊端坐于陈旧的高脚凳之上，歪戴着他的破帽子，悬空的那只脚晃来晃去，拉动他灌注了魔法的弓弦，我所有的阴郁愤懑、残余的牢骚怨怒统统消散一空。我整个暴躁的灵魂已驯服于那把妙不可言的小提琴。

"怎样，有点儿俄耳甫斯②的意思吧？"斯坦达德说，顽皮地用胳膊肘轻戳我左肋。

"而我，就是那头陶醉的大狗熊。"我喃喃道。

琴声止息。又一次，怀揣双倍的好奇心，我盯着从容、淡然的霍特博伊。但他完完全全是深不可测。

离开霍特博伊的住所后，斯坦达德和我再度走上街头。我热切地恳求他，真实透彻地告诉我，这个神奇的霍特博伊究竟是什么来头。

"嘿，难道你没跟他见过面？在泰勒餐厅，你自己不是已经

---

① 《扬基小调》（*Yankee Doodle*），美国独立战争时开始流行的一首歌曲。
② 俄耳甫斯（*Orpheus*），希腊神话中的人物，善于弹奏七弦琴，奏出的音乐能使野兽驯服，使木石含悲，死后成为天琴座。

把他从头至脚全部剖开，摊到大理石桌板上了吗？我何德何能再介绍更多情况？毫无疑问，你深刻的洞察力已经使你掌握了所有信息。"

"你在挖苦我，斯坦达德。这里头大有文章。揭晓谜底吧，求你了，霍特博伊到底是谁？"

"他是个超凡的天才，赫尔姆斯通，"斯坦达德说，忽然间语调十分狂热，"此人在童年获得过无数荣誉，前往一座又一座城市，拿下一次又一次胜利。他一直是最智慧之人的探究对象，也一直是最可爱之人的怀中常客，受到成千上万观众的大肆追捧。然而今天他走过百老汇，已经没人认得他。他与你我结伴同行，行色匆匆的办事员用手肘推他，无情的大众用杆子顶他。此人成百次戴上桂冠，眼下，正如你看到的，穿着臃肿的水獭皮。幸运之神曾往他大腿上抛撒大堆大堆的金子，而大堆大堆的桂冠积压在他头顶。如今，他快步走过一栋又一栋房子，靠教人拉小提琴为生。他一度名满天下，现在很高兴自己默默无闻，天赋出众而不为人知。他快乐更胜君王，才华更胜往昔。"

"他的真名是？"

"把耳朵凑过来，我小声告诉你。"

"什么！哦，斯坦达德，我自己还是个孩子时，就在剧场高喊过这个名字，嗓子都喊哑了。"

"我听说，你的诗歌不是很受欢迎。"斯坦达德冷不丁转换话题。

"这事一个字也不要再提了，看在老天的分上！"我嚷道，"如果西塞罗到东方旅行期间，获得过一份满含同情的慰藉，抚平了他目睹一座曾经美轮美奂的城市遭受冷酷征服而引发的悲痛 [1]，那么，当我看见藤蔓和蔷薇爬上霍特博伊声望殿堂的颓垣断壁时，难道我还会为自己的小事耿耿于怀？"

第二天，我撕碎了全部手稿，买了把小提琴，按时去上霍特博伊开设的音乐课。

---

[1] 西塞罗（Cicero）似乎从未前往东方旅行。倒是他蒙受丧女之痛时，有位朋友来信安慰。

穷人的布丁与富人的菜渣①

画面一
穷人的布丁

"你瞧，"诗人布兰德摩尔说道，语气热情洋溢——大约四十年前，在三月末，我们冒着轻柔而湿润的飞雪，沿公路步行——"你瞧，我的朋友，那位神圣的施与者，大自然，她无限仁爱，而且不仅如此，她的善行还经过深思熟虑，堪比任何一位人类慈善家。眼下，这场雪，看上去是那么不合天时，其实恰好是一位贫苦的农夫急需的。这场三月的小雪赶在播种之前降临，真可谓'穷人的粪肥'。这些仁慈天国的精华，纷纷扬扬降落到大地上，滋养每一寸泥土、每一道山梁、每一条犁沟。对贫农来说，它就

①　此篇原题"Poor Man's Pudding and Rich Man's Crumbs"，1854年6月首刊于《哈波斯新月刊》。

好比富农的沃壤。穷人毫不介意拿它与大伙共享，而富人也不得不共享他自己那一份。"

"兴许是这样，"我拍去落在前襟的湿雪，情绪并没有他那么高涨，说道，"可能正如你所言，亲爱的布兰德摩尔。但请你告诉我，风儿为何把'穷人的粪肥'从穷人库尔特那巴掌大的两英亩土地上吹走，让它们堆在富人斯奎尔·提姆斯特的二十英亩农田上？"

"啊！肯定是——没错——好吧。库尔特的田地，我想已经足够湿润，不需要进一步增加水分了。你知道，过犹不及嘛。"

"是啊，"我说，"也差不多够湿润了。"我抖掉了身上的另外一大片雪，"正如你所言，这场温润的春雪没准儿非常善解人意。但请你告诉我，本地漫长冬季降下的寒冷大雪，又是怎么回事呢？"

"咦，难道你忘记了赞美诗里的句子？——'上帝降雪如羊毛'①，意思不仅仅是雪像羊毛一样白，而且也像羊毛一样温暖。我认为，羊毛让人感觉舒适的唯一理由是，它充满了空气，因此它的纤维可以保暖。不妨在十二月找一块覆满积雪的农田，测量一下温度，你必然会发现它比气温要高几度。所以，你瞧，冬雪本身就有益，它犹如一位冷淡的慈善家，伪装成严寒，实际上在给大地保温。此后，三月的轻柔飞雪又将滋润土壤，使之更加

---

① "上帝降雪如羊毛"（The Lord giveth snow like wool），出自《圣经》中的《诗篇》，原句为"He giveth snow like wool"（他降雪如羊毛）。

肥沃。"

"我喜欢听你说话，亲爱的布兰德摩尔。但愿在你仁慈心灵的引导下，这些'穷人的粪肥'能往穷人库尔特的农田里多落一些。"

"不止于此，"布兰德摩尔热切说道，"你是不是从来没有听说过'穷人的眼药水'？"

"从来没有。"

"往瓶子里装一些松软的三月雪，让它们融化，让它们保持酒精般的纯净。这是天底下首屈一指的眼药水。我自己存有一坛子。而最贫苦的老百姓犯了眼病，照样可以拿它来医治，这药水取之不尽，用之不竭。啊，多么美好的物质！"

"那么说'穷人的粪肥'同时也是'穷人的眼药水'啰？"

"完全正确。还有什么人造的东西可以比它更好使？一物二用，而且成效卓著！"

"确实，非常卓著。"

"唉！你又来了。认真点儿好不好。不过没关系。我们一直在谈雪，但普通的雨水，常年从天而降的雨水，其实更妙。且不提它对农田众所周知的滋养效果，单说它的某个小用处。请问，你听说过'穷人的鸡蛋'吗？"

"从来没有。那是什么意思？"

"厨艺书籍推荐我们用鸡蛋清来处理即将下锅的生肉和面粉，而一杯冷雨水也可以代替鸡蛋清，充当酵素。于是这样一杯冷雨水就被家庭主妇们称作'穷人的鸡蛋'。许多富户的女主人有时候也用它。”

“我估计，亲爱的布兰德摩尔，除非她们用完了母鸡下的鸡蛋。不过你刚才讲的——我真心这么觉得——非常令人愉快。继续呀。”

“雨水还被称为‘穷人的药膏’，可用于受创和其他身体损伤。它具有缓解疼痛和治愈病痛之功效，并由简单、自然的物质组成。正因为如此，它非常便宜，最贫困的患者也负担得起。富家子弟经常使用这种‘穷人的药膏’。”

“但是，还应该听从执业医生的明智建议，亲爱的布兰德摩尔。”

“毫无疑问，他们首先会咨询医生。不过此举有可能并无必要。”

“可能吧。我没什么好反驳的。请继续。”

“嗯。你吃过‘穷人的布丁’吗？”

“我既没吃过，也没听说过。”

“不出所料！那你还真应该尝一尝。而且应该尝一尝贫家主妇平时制作的，你应该走进穷人的屋子，坐在穷人的餐桌旁尝一尝。来吧，如果你吃过之后，不觉得‘穷人的布丁’跟富人的一样美味可口，我也将放弃这么一个观点，简略而言就是：穷人虽穷，但仁慈的大自然向他们伸出了援手。”

我们关于这个话题的交谈不必再述（上文已有不少内容——当时为了休息疗养，我去布兰德摩尔的乡间住所做客），在一个湿漉漉的星期一中午（因为积雪融化），我根据布兰德摩尔先前的提示，动身去拜访库尔特一家，并假装自己是个想歇歇脚的赶路人，希望能休息一两个钟头。

我受到欢迎，场面挺尴尬——我猜是因为本人的衣着——但主人的好客既真诚又自然。库尔特太太刚洗完衣服，正在准备一点钟的午餐，她丈夫到时会从一英里之外的山林中返回，他白天在那儿伐木——每日赚七十五美分，自得其乐。洗衣服的场地在屋子外头，位于一个看起来不大牢靠的棚子下面。库尔特太太站在一块破破烂烂的湿木板上，大概是为了不让又潮又冷的地面刺痛双脚。她脸色苍白，身体发抖。但她之所以脸色苍白，还有一个更为隐秘的原因——这是一位孕妇的苍白。此外，某种悄无声息、不可捉摸的心脏病，潜伏在她温良柔顺、贤妻良母的淡蓝色眼睛下方。她冲我微笑，抱歉说星期一是洗衣服的日子，混乱在所难免。她把我领入厨房，请我坐到最好的椅子上——那是一张快散架的老式座椅。

我向她致谢，然后坐在一个没什么作用的小炉子前搓手取暖，不时偷偷扫一眼屋内的摆设。善良的妇人朝炉子里丢进更多枝条，说房间这么冷她很过意不去。她还说——当然，言语间未含抱怨——柴火又陈又湿，是从斯奎尔·提姆斯特的林子里拾来的，她丈夫在那儿大量砍树，以供应斯奎尔家的壁炉。无论如何，我根本不必听她解释，就很清楚这些枝条多差劲，其中不少在无数个秋季所积累的层层枯叶之间躺了很久很久，因此覆满苔藓，遍生毒菌。它们伤感地嘶嘶作响，噼噼啪啪的声音十分空洞。

"您起码得休息到午餐时间，"库尔特太太说，"我诚心诚意邀您留下吃午饭。"

我再次向她致谢，请她绝不要为我张罗，去忙活她日常的事务就好。

屋子的面貌令我惊异。房间很旧，潮到了骨子里。窗台潮得渗出了水珠。破败的窗框在木架子上晃荡，绿色的窗玻璃一片模糊，上面全是融雪的长长印迹。女主人因为一些琐碎的事情去了隔壁房间，房门半开半掩。屋内没有铺地毯，像厨室一样。我周围只有最不可或缺的器物，而且档次一般。墙上没有一张画，烟囱架上搁着一卷老旧的多德里奇[①]。

"您想必走了很长一段路，先生，您的叹气声听上去很疲惫。"

"不，我敢说，我的叹气声不像你的那么疲惫。"

"哦，但我习惯了。而您，我觉得，却不是这样。"她温婉、哀伤的蓝眼睛扫视着我的衣饰，"我必须把这些木屑清理干净。我丈夫今早天不亮时给自己做了一根新斧柄，而我一直忙着洗衣服，没工夫收拾。眼下这堆木屑刚好可以用来烧火。如果它们再干燥些，就更好了。"

倘若布兰德摩尔在这儿，我思忖，他会把这些青绿的木屑称作"穷人的火柴"或"穷人的引火棍"，抑或诸如此类的动听名字。

"我拿不准，"女人再次朝我转过身来，同时搅拌着炖锅，它下方的炉子腾腾冒烟，"拿不准您会不会喜欢我们的布丁。它是

---

① 多德里奇（Doddridge），应指菲利普·多德里奇（Philip Doddridge，1701—1751），英国新教徒领袖，赞美诗作者。

用牛奶、大米和盐一块儿煮成的。"

"哦，他们把它叫作'穷人的布丁'，你是指这东西吗？"

她脸上飞快掠过一道红晕，有点儿厌恶。

"先生，我们不用这个名字。"她说，随即沉默不语。

我一个劲儿责备自己口无遮拦，又忍不住想到，假如布兰德摩尔看见那道红晕，听见那句话，他会怎么回应。

这时传来一阵缓慢、沉重的脚步声，继而房门吱嘎作响，有个男人开腔说道："嗨，老婆。嗨——我必须抽空回来一趟——如果你要我在家里把饭吃完，你就必须快一点儿。因为斯奎尔家——你好，先生。"他大声说，进门后第一次注意到我。他转向自己的妻子，面露探寻之色，一动不动站着，雪水从他打了补丁的靴子上缓缓渗出，滴向地板。

"这位先生在这儿休息一阵子，恢复恢复体力。他还会跟我们一起吃午饭。很快就好。坐到凳子上，老公，耐心等一等。您瞧，先生，"她转向我，继续说道，"早上威廉想把一顿冰冷的午餐带到林子里，好节省一个钟头的来回时间。我可不准他这么干。为了一顿热乎乎的午餐，走一趟远路完全值得。"

"我不这么认为，"威廉摇摇头说，"我常常在想，是不是真值得。干完累活之后走一轮湿了吧唧的路，跟之前吃一顿湿了吧唧的饭，依我看差别不大。但我很乐意听从一位像玛莎这样的好妻子。您也知道，先生，女人有她们的奇怪想法。"

"我希望她们都像你妻子一样，有这么好的奇怪想法。"我说。

"哦，据说女人并非个个是枫糖。不过，因为很满意亲爱的玛莎，我对其他女人没什么了解。"

"你在树林里找到了世间罕有的智慧。"我低声说。

"好了，老公，如果你还有力气，动手铺个桌布吧。"

"不，"我说，"让他休息，我来帮忙。"

"我不累。"威廉站起来说。

"您坐。"他妻子对我说。

收拾好桌子，餐盘很快摆在了我们面前。

"请看我们都有什么，"库尔特说，"腌猪肉、黑麦面包和布丁。我来帮你。我从斯奎尔家搞到的猪肉。去年剩下的，他允许我赊账。当然比不上今年的新鲜猪肉，但我发现这猪肉的营养足够我干活了，而我之所以要吃喝，就是为了能干活嘛。只要不得风湿，也不犯其他什么毛病，我不向任何人乞求恩惠施舍。你怎么不吃猪肉？"

"我知道了，"女主人说道，语气又轻柔又沉重，"这位先生能分辨出今年的猪肉和去年的猪肉。或许他喜欢吃布丁。"

我竭力控制自己，微笑着同意她关于布丁的提议，没有再看腌猪肉一眼。但是，说实话，我不太可能（这时候我尚不至于饥肠辘辘，仅仅有一点儿饿）去吃后者。布丁表面有一层浅黄色的硬皮，我觉得应该很不好吃。而且我也注意到，女主人并没有吃布丁，尽管当库尔特看过来时，她不得不往自己的盘子里盛上少许，并假装忙着吃它们。不过她吃了黑麦面包，于是我也照做不误。

"来，吃些布丁，"库尔特说，"快动叉子，太太。斯奎尔正坐在他起居室的窗户前，远远近近望个通透。他真在计时。"

"他不会监视你吧？"我问道。

"哦，不！——我可没这么说。他人挺好。他雇我干活。但他很特别。太太，帮客人盛一些布丁。你瞧，先生，如果我丢掉斯奎尔的活计，就得变成……"这时候，他撇了妻子一眼，我察觉这道目光里满是关怀体贴。随后，他腔调稍改，继续说，"变成我准备买回来的那匹好马？"

"我估计，"妇人说，语气奇特而克制，含着某种徒劳的假正经，"我估计，你隔三差五就想得要死的那匹好马，会长久待在斯奎尔的马厩里。不过有时候我可以在星期天骑一趟。"

"在星期天骑一趟？"我问道。

"是这么回事，"库尔特继续说，"我妻子喜欢上教堂，可最近的一座在四英里开外，得翻过那些积雪的山丘，所以她没法走路去。而我也不能抱着她去，虽然我可以抱着她上楼。不过正像她说的，斯奎尔家的人有时候会让她骑马走一程。因此我才说，有朝一日我要买下那匹马。不过在买下它之前，我已经给它起了个名字，就叫'玛莎'。啊，我在干什么？赶快吃，赶快，太太！吃布丁！帮客人盛一些，快啊！斯奎尔！斯奎尔！想想斯奎尔！把布丁分了。好，一口，两口，三口，我吃完了。再见，太太。再见，先生，我走了。"

抓起他湿乎乎的帽子，这名高尚的穷汉急匆匆步入潮湿和泥泞之中。

我想，布兰德摩尔会诗意地说，此刻他要去作一次穷人的悠闲漫步。

"你有一个好丈夫。"只剩下我们两个时，我对女人说。

"威廉依然向婚礼当天那样爱我，先生。有时他讲话很急，但从不难听。为了他，我真希望自己更好，更有力气。哦！先生，既为了他，也为了我自己。"她温柔、美丽的蓝色双眸变成了两眼清泉，"我多希望小威廉和小玛莎还活着——现在的日子太寂寞了。威廉用了他的名字，而玛莎用了我的名字。"

当同伴向你吐露心曲，最好什么也别做。我坐下来，望着还未品尝的布丁。

"要是你见过小威廉就好了，先生。这孩子又聪明又刚强，只有六岁——真冷，真冷啊！"

我赶紧用勺子舀起布丁，送进嘴里，防止自己说话。

"还有小玛莎——哦！先生，她很美！苦啊，真苦啊！却又不得不承受！"

这一口布丁让我尝出了味道，它透着一股咸咸的霉味儿。我知道它所用的烂大米价钱很便宜，而食盐来自去年的腌猪肉桶。

"啊，先生，真希望那些还没生下来的小孩子，就是那些悲惨地离开这个世界的小孩子。真希望他们是重返人间的朋友，而不是陌生人，陌生人，永远是陌生人！不过一位母亲很快能学会爱他们。先生，其他人去的地方，必然是他们来的地方。先生，难道您不相信？没错，我晓得所有大好人一定是这样。但我依然，依然——而且我害怕这想法很邪恶，是十足的坏心肠——依然极力想象小威廉和小玛莎生活在天堂里，读着多德里奇博士的赞美诗，这让我非常开心——可是黑暗的悲伤依然渗进来，就像雨水渗进我们的屋顶。如今我过得很寂寞。一天又一天，时日那么漫长，亲爱的威廉又不在。悲伤在潮湿的漫长时日一点一点滴落到我心间。我祈求上帝原谅我悲伤欲绝。至于其他事情，我尽量做好。"

"穷人的布丁"真是又霉又苦，我喃喃自语，几乎被一小口这玩意儿呛到，而且难以下咽。

我再也没法忍受女主人的悲泣诉怨，最真挚的同情怜悯皆不足以安慰她这份哀伤。圆融的信仰除了已有的证据，不需要更多证据来支持。同样，繁冗的言辞多多少少将损害这种信仰。面对无缘无故的自责，任何劝慰都不能打消的自责，我并未像一位王子那样，付出无偿而可贵的热忱。我很清楚这么做不仅会遭到拒绝，还会适得其反，招致怨恨。

美国的贫苦大众始终没有丧失其敏锐或骄傲。因此，虽然他们跟欧洲的穷人一样窘困饥乏，可是他们遭受的精神折磨更甚于任何外邦异国的贫寒百姓。这独特的敏感由我们独特的政治原则所滋养，此类原则提升了一个富裕美国人的真正尊严，却也使不幸者越发悲惨。首先，它们阻止穷人接受偶然发生的、数目不大的施舍救济；其次，穷人普世大同的理想，与他们胼手胝足的艰辛劳作、恶名昭彰的贫困生活之间的痛苦区隔，恰恰是那些原则最积极向他们倡导的，而这艰辛与恶名，自古一直如此，且将永远如此，无论是在印度、在英国还是在美国，情况并没有什么不同。

我假装还得继续赶路，起身向女主人告别，握了握她冷冰冰的手，最后一次看了看她柔顺的蓝眼睛，朝屋外的泥泞走去。然而世界是如此阴郁，处处潮湿，万物无不潮湿，沉重的大气充斥着各种各样的清新意象。突如其来的反差使我意识到，身后那座屋子的空气饱含特殊的毒素，其浓度之高——对某些访客而言根本无法忍受——与济贫院房间的状况相去无几。

穷人的屋舍在冬季通风不畅——这同样是一个顽症——往往会归咎于他们忽视了保持身体健康的最简单手段。但穷人的本能比我们料想的更高明。使空气流通，即意味着让它降低温度。而对于一个瑟瑟发抖的人来说，通风不良的温暖胜过通风良好的寒冷。在所有我们关于别人的可笑臆断当中，最可笑的莫过于那帮锦衣玉食、身居华屋之辈针对穷人习惯的大部分批评。

———————————

"布兰德摩尔，"那天夜里，躺在他舒适的沙发上，靠近烧得正旺的炉火，膝头坐着他脸蛋红扑扑的两个小孩，我说道，"你并不是通常意义上的富人，你有一技之长，再无其他。这样讲没错吧？那么，当我说曾有个富人喋喋不休地谈论穷人时，即便如此，我也并不是指你。我该给自己定一条规矩，再也不去提及这个字眼。"

画面二
富人的菜渣

一八一四年，我第一次尝到"穷人的布丁"之后接踵而至的那个夏天，我的医生推荐了一次海上航行。滑铁卢战役使拿破仑漫长的战争大戏落下了帷幕，许多异邦人纷纷造访欧洲。我抵达伦敦时，获胜的巨头们正聚集在那里，享受着《天方夜谭》般尊荣而奢华的礼遇，以及众多绅士和君主——摄政王乔治[①]——的热情赞颂。

我拒收全部信件，除了有一封要转给我的银行经理。我随意闲逛，想发现一个探险家的最佳去处。这样一个所谓去处，是指你在冒险旅途中碰到的出乎意料的机缘和从天而降的际遇。

我省略了其他所有情节，以便好好讲述一位友善的男士陪我周游的一小时奇遇。我在齐普赛街[②]结识了此人。他穿着制服，隶属于某个市政部门，具体什么部门我没记住。那天他不用上班。他主要在谈论伦敦城高尚的慈善机构，领我去参观了其中两三家，并且令人赞赏地介绍了更多情况。

"但是，"我们再度走过齐普赛街时，他说，"如果你对这些事情好奇，让我带你，先生——假如时间还来得及——去一个最有意思的地方——本城的市长慈善会。当然，它不是市长一个人

---

① 摄政王乔治（George the Prince Regent），即乔治四世（George IV，1762—1830），他于1811年至1820年期间因父亲乔治三世精神失常而担任摄政王，1820年1月29日正式继任英国国王。
② 齐普赛街（Cheapside），伦敦的金融中心。

开办的慈善机构，准确地说，以此为例，它也是诸位皇帝、摄政王和国君开办的。你还记得昨天的那件事情吧？"

"你是指发生在河边的悲惨大火？让许多穷人无家可归。"

"不，我是说在市政厅为王公勋贵们举办的盛宴。谁能够忘记？先生，晚宴使用的餐盘全是银质或金质的，价值二十万英镑，亦即一百万美元。而仅仅是肉食、葡萄酒、服务人员和桌椅装饰等等的开销，已不低于两万五千英镑，换算成你们的货币也就是十二万美元。"

"可是，朋友，你当然不会说这是一场慈善活动——那么奢华的王公晚宴。"

"不，昨天的盛宴是打头阵，今天才是慈善活动。不这样你如何做慈善，王公大人该关注什么地方？我想我们肯定还赶得上。你瞧，我们眼下在国王街，再往前就是市政厅。你要去吗？"

"非常乐意，我的朋友。带我上哪儿都行。我来旅游不过是想到处走走看看。"

绕过已禁止出入的大厅正门，他领着我走进一条私人通道，抵达一个高墙环绕的天井。我惊奇地四下张望。这里十分肮脏，犹如五角地①的一座后院，挤满了枯瘦、饥饿、狂暴的人群，他们你推我搡，彼此争斗，抢夺某种神秘的优先位置，手上都拿着脏污的蓝色票券。

---

① 五角地（Five Points），美国纽约下曼哈顿的一个街区，从十九世纪开始成为贫民窟和帮派分子寄身之所，如今有市政中心、哥伦布公园等设施坐落其间。

"没有其他通道了，"我的向导说，"我们只好跟这群人一块儿进去。要试试吗？我希望你没把起居服穿在身上。你说什么？待会儿很值得一看。如此高尚的慈善活动可不是经常遇得到的。这回紧接着市长日的年度餐宴——所以必然是一次很棒的慈善活动——精彩的场面肯定不会少，对吧？"

说话间，远处一扇地下室的大门打开了，污秽不堪的人群立即拥入那个黑暗的拱顶。

我冲自己的向导点了点头，与他一起从旁加入了队伍。不久我们便发现退路已经被身后喧嚷的乌合之众阻断，本人只能庆幸自己有一位先生相伴，他是个文质彬彬的向导，同时，他的制服清楚表明了他的权威。

这简直像是身处蛮荒的海滩上被一伙食人生番推挤一样。我周围的男女因饥馁而咆哮。毕竟在这座强盛的伦敦城里，穷困使人发疯发狂。在乡间就没那么严重。我注视这帮瘦弱、凶残的家伙时，想起了穷汉库尔特家中那位温柔妻子的蓝眼睛。我的向导腰带上原本挂着个弯曲、闪光的钢制物件（并非佩剑，我不知道是什么），此刻他把它举过头顶，不停挥动，吓唬身边的众人，防止他们的暴力升级。

我们缓缓前进，保持楔形队列，步入昏暗的拱顶，大伙的呼吼声阵阵回荡。我似乎跟随迷失的人们在坑洞中沸腾。队伍一点一点穿过黑暗和潮湿，走过一条石阶，来到一个宽大的入口。这时候，散播瘟疫的群氓拥向一片光明，置身于壁画之间，站在彩绘的穹顶之下。我想起了混乱中遭到洗劫的凡尔赛宫。

又过了一会儿，我不知所措地混在乞丐当中，来到著名的市政大厅。

我站立的地方，这群贱民站立的地方，不到十二小时之前还端坐着至高无上的俄罗斯沙皇亚历山大陛下、尊贵的普鲁士国王弗雷德里克·威廉陛下、尊贵的英格兰摄政王乔治殿下、名扬四海的大公爵威灵顿阁下，连同一帮贵族，包括战功卓著的陆军元帅、英国的伯爵、欧洲大陆的伯爵①，以及其他无数的知名贵族。

波状起伏的墙壁，犹如插满征服者旌旗的一片森林。墙外事物一无可见。窗户的位置统统高于二十四英尺。由于什么也看不到，我陷入了唯一的恢宏景致之中——所谓恢宏，是指当我的目光朝地面扫去，这番景致无所不在。它散发着臭味，像是搁在低矮的小木屋或狗窝里一样。光秃秃的板子上铺满了晚宴残留的肉屑饼渣，而纵贯大厅的两条平行长桌上，台布已经撤走，破旧、肮脏的松木桌面上堆着稍稍完整的剩菜剩饭。彩色绦带与昨夜的君王们相配，地板则适合今天的叫花子。绦带之于地板，恰似阳台上的戴福斯之于拉撒路②。一排穿制服的男子手持棍棒，阻止不耐烦的暴民往前冲，若非如此，他们会立即把一场慈善活动变成

① "英国的伯爵、欧洲大陆的伯爵"原文为"earls, counts"。"earl"为英国的爵位，位阶在侯爵（marquess）之下，子爵（viscount）之上。"count"是欧洲大陆沿用的一个爵位，该词从法语单词"comte"演变而来，在英国和爱尔兰，"count"的位阶与"earl"相当。因此，权将这两个爵位译作"英国的伯爵"和"欧洲大陆的伯爵"。
② 戴福斯（Dives）和拉撒路（Lazarus），出自《圣经》中的寓言故事"有钱人和拉撒路"（The rich man and Lazarus），又称为"戴福斯和拉撒路"（Dives and Lazarus）。

一轮劫掠。另一队服装华丽的官员负责分发剩肉——君主们的残
羹冷炙。乞丐们一个接一个上缴各自污迹斑斑的蓝票子，你拿到
一只野鸡的狼藉残骸，我收获一块肉馅饼的硬边——如同没了顶
的旧帽子——精华部分已经被吃掉。

"多么高尚的慈善活动。"我的向导低声说，"瞧瞧那只肉馅
饼，那个苍白的姑娘攥住了它。我敢打包票，那是俄罗斯沙皇昨
晚吃过的。"

"很有可能，"我喃喃道，"似乎是某位无所不吃的皇帝动过
那只馅饼。"

"再瞧瞧那只野鸡——那边——那一只——那个穿破汗衫的
男孩拿到了——看啊！摄政王可能吃过它。"

两块胸脯肉被无情地挖掉了，露出白骨，配上原封不动的鸡
翅和鸡腿。

"没错，天知道！"我的向导说，"尊贵的摄政王殿下很可能
吃过同一只野鸡。"

"我相信，"我喃喃道，"据说他对胸脯的兴趣非比寻常。但
箩筐里的拿破仑脑袋在哪儿？我猜这应该是主菜才对。"

"你可真风趣，先生。在市政大厅里，即使是哥萨克人也能
获得宽恕。看啊！著名的普拉托夫[1]，哥萨克的首领——（他昨晚
也跟诸位大人物一样在场）——毫无疑问，他用长矛刺穿了那只

---

[1] 普拉托夫（Matvey Ivanovich Platov，1753—1818），顿河哥萨克首领，伯爵，
俄国骑兵上将。

猪肉馅饼。看啊！那个光膀子的老头分到了它。他吃得满嘴是油，既没有想到、也没有感谢那位留下食物的好心哥萨克！哦！另一个更强壮的家伙来抢了。馅饼掉地上了。老天爷啊！——餐盘上空无一物——只有一丁点儿撕碎的面包皮。"

"朋友，据说哥萨克极其喜欢肥肉，"我评论道，"他们的首领根本不像你想的那么好心肠。"

"尽管如此，总体上，这还是一场高尚的慈善活动。瞧，那边，甚至大厅另一端的歌革和玛各 ①，看到此情此景也开心得哈哈大笑。"

"可是，难道你不认为，"我暗示道，"那位雕刻家，无论他是谁，将这笑容塑造得过于龇牙咧嘴，以致变成了某种狞笑？"

"唔，先生，你说什么就是什么吧。不过你瞧——我赌一个畿尼，市长夫人用她的金匙子舀过那块金灿灿的果冻。瞧啊，那个眼睛像果冻似的老家伙，偷偷摸摸把它塞进了嘴巴，好个狼吞虎咽，直奔喉咙。"

"但愿果冻别噎到他！"我低呼道。

"多么豪爽、高尚、慷慨的慈善活动！把金灿灿的果冻分给本国的乞丐吃，除了英格兰，在其他任何国家还闻所未闻。"

"可并不是一天三顿，朋友。而且你真认为果冻是你们能给乞丐提供的最佳救济品？来些普通的牛肉和面包，让他们干点儿

---

① 歌革和玛各（Gog and Magog），《圣经》中将在世界末日时进攻以色列的敌军首领。十九世纪，某些犹太教哈西德派的拉比将拿破仑率领法国军队入侵俄罗斯称为"歌革和玛各的战争"。在本文里，歌革和玛各应指两尊雕像。

活再发放，岂不更好？"

"但这里不上普通的牛肉和面包。诸位皇帝、摄政王、国君以及陆军元帅很少吃普通的牛肉和面包，所以剩余的食物相应地不是它们。请问，你能指望国王的食物残渣与松鼠的一样吗？"

"你！我说你！靠边站，要么就把你弄走！过来，拿个肉馅饼，感谢上天吧，你和德文郡的女公爵殿下尝了同一道菜。听到没有，你这个一身破烂的叫花子！"

站在桌子附近的一名红衣官员大喊大叫，吼声穿过一片喧杂朝我涌来。

"他肯定不是冲我嚷，"我对向导说，"他并没有把我和其他人搞混。"

"我们为世人所识，往往要凭借身边的同伴，"我的向导微笑道，"瞧！你头上的帽子戴得歪歪斜斜，不仅如此，你的外套也又脏又破。不，"他对红衣官员喊道，"这是一位没交上好运的朋友，我向你保证，他纯粹是个旁观者。"

"啊，老伙计，是你呀！"红衣官员回答，认出了我的向导是老熟人——估计私交还可以。"好吧，立即送你的朋友出去。提防大乱子，它近在眼前。听着，快走！你们一起走！"

太迟了。最后一道菜已瓜分完毕。还没吃够的众多饿鬼爆发出一阵激烈的叫嚷，犹如疾风扫过那些绦带，令空气中充满了仿佛是来自阴沟的恶臭。他们扑向桌子，冲破一切阻碍，在大厅里涌动——他们裸露的胳膊挥舞摆荡，好像一堆船骸的破烂肋拱。我认为他们是被一股突如其来的、由凶残的嫉妒所引发的虚弱狂怒冲昏了头脑。这群人觊觎君王盛筵的余晖已足足一个半小时；他们满嘴是掏空的肉馅饼、支离破碎的野鸡，以及吮掉一半的果冻，心中很不痛快，体验到这些救济物蕴含着深刻蔑视。在此等情绪的主导下，又或者是在什么神秘之物的操控下，这帮拉撒路似乎已准备好翻脸大骂，唾弃戴福斯那使人备受侮辱的残汤剩饭。

"走这边，这边！务必跟紧我，"向导语气强烈地低声说，"我的朋友答应帮忙，给咱俩打开那个私人通道。挤啊——挤过来——快，拿上你的破帽子，千万别为了保住燕尾服停下来——揍那个家伙——把他摞倒！顶住！推啊！赶紧啊！要活命就得使劲挣！哈！这下子我们舒坦了，谢天谢地！哟，你可别晕倒！"

"不用担心，来点儿新鲜空气就好。"

我连连深呼吸，觉得又可以前进了。

"好吧，带我离开吧，朋友，马上找一条路去齐普赛街。我得回家。"

"但不能走人行道。看看你的衣裳。得给你叫辆马车。"

"没错，我想也是，"我忧伤地注视着自己的烂外套，再羡慕地瞟了一眼向导紧紧扣好的大衣和鸭舌帽，所有揉搓和撕扯根本奈何不得它们。

"那么，先生，"这个诚实的家伙弄来马车，把我和我的破衣烂衫塞进去，说道，"等你回到贵国，可以自称见识过全英国最伟大的慈善活动。当然了，拥挤是难免的，你得适当忍耐。再见。

当心点儿，耶户^①，"他对马车夫说，"你的乘客是位绅士。刚参加过市政大厅的慈善活动，所以落得这副模样。现在，驾车去舰队街的伦敦酒馆^②，记住这个地址。"

————————

"终于，好心的老天爷让我从伦敦高尚的慈善活动中捡回一条命，"那一晚我满身青肿淤伤，躺在床上感叹道，"老天爷既让我从'穷人的布丁'那儿捡回一条命，也让我从'富人的菜渣'那儿捡回一条命。"

————————

① 耶户（Jehu），《圣经》人物，是一位先知，这个名字的希伯来语含义是"生存"。耶户斥责过两位国王，很受世人敬重。另有一名耶户，是以色列王国的第十一任君主。
② 伦敦酒馆（London Tavern），十八、十九世纪伦敦城内非常著名的一处聚会场所。

快乐的失败者 [①]
—— 一个哈德逊河的故事

　　我要去河边跟我年迈的叔叔碰头，时间定在上午九点整。我将小艇靠岸，机器会由他头发花白的老黑仆抬下来。到目前为止，除了设计者本人，谁也不知道这场美妙实验的真实意图。

　　我先一步抵达约定地点。村庄高踞于河流上方，而内陆地区的夏季骄阳已灼热逼人。此刻我看见叔叔打树下走来，正脱掉帽子，擦去额头的汗水，可怜的老约皮远远落在他身后，费力追赶，似乎背着一扇加沙的城门。

　　"快，加油，迈步子，约皮！"我叔叔频繁转过身去，不耐烦地喊道。

　　老黑人朝小艇蹒跚前行时，我发觉那扇加沙的城门变成了一个巨大、陈旧的长方形箱子，密封得严严实实。箱子如斯芬克斯

----

① 此篇原题"The Happy Failure"，1854 年 7 月首刊于《哈泼斯新月刊》。

般难以猜透，使我心中的疑团成倍增长。

"这玩意儿是台妙不可言的机器？"我惊叹道，"可它更像一只钉死的、装布料的破烂老箱子。叔叔，就是这东西让你在一年内花掉了一百万美元？看上去够烂的，没什么光泽，简直是个旧骨灰盒。"

"把它搁到小艇上！"我叔叔冲约皮咆哮，并未留意我孩子气的轻蔑鄙夷，"把它搁在那儿，你这花白脑袋的小天使——小心点儿，小心！如果箱子爆炸了，我永恒的财富就灰飞烟灭了。"

"爆炸？灰飞烟灭？"我警惕地大叫，"难道里面装满了易燃物？快，让我换到小船另一头！"

"坐好，你这呆瓜！"我叔叔再度嚷道，"跳下去，约皮，我来递箱子，你得死死抱住！小心！小心！你这蠢黑人！我说，注意箱子另一边！你是不是要把箱子给毁了？"

"泥来拿箱儿！"老约皮嘟嘟囔囔，他是个所谓的荷兰黑人。"这倒霉的箱儿我扛了整整习年。"[①]

"现在，我们放手——拿上一支桨，年轻人。你，约皮，牢牢抱着箱子。开始。小心！小心！你，约皮，别再晃来晃去！稳住！那有个绊子。用力拽。加油！最后加把劲儿！好了，可以撤了，年轻人，划到岛上去。"

"岛？"我说，"附近可没有岛。"

———————————

① 老约皮的英语发音不准。他这两句话原文为 "Duyvel take te pox!" 和 "De pox has been my cuss for de ten long 'ear"。汉语译文用一些别字表示他发音不准，下文老约皮的言语，同样也如此处理。

"这座桥往上十英里就有。"我叔叔说，相当肯定。

"十英里！要在那么大的太阳底下，拖着这个装布料的旧箱子逆流而上十英里？"

"你听到我说的了，"我叔叔语气坚定，"我们必须前往夸虚岛①。"

"叔叔，行行好！如果我早知道得在这么猛烈的太阳底下，划船走完要命的漫长十英里，你可没法随随便便把我弄上小艇。箱子里装了什么？铺路石？再看看它下面的小艇。我不会拉一箱铺路石划上十英里。凭什么要拉它们？"

"你瞧瞧你，呆瓜，"我叔叔收起桨道，"别划了，停下！好吧，如果你无意共享我这次实验的光荣，如果你对平分这一不朽声誉完全没兴趣，就是说，先生，如果你不想亲眼见证我伟大的液压静水装置②的首度测试，我将来要用这玩意儿排干沼泽和湿地，并以每小时一英亩的速度把它们转变成农田，比杰纳西③的农田还要肥沃。再说一遍，如果你不想把那么一件值得夸耀的事件——在今后很长时间，当我这个可怜的老头已告别人世多年，小伙子——告诉你的孩子们，以及你孩子们的孩子们，如果是那样，先生，你可以自个儿上岸了。"

"哦，叔叔！我不是这个意思……"

---

① 夸虚岛（Quash Island），按原文可意译为"无效之岛"，是作者虚构的小岛。
② "液压静水装置"原文为"Hydraulic-Hydrostatic Apparatus"，英文的发音相当缠绕，听上去很滑稽。
③ 杰纳西（Genesee），美国密歇根州的一个县。

"别再说了，先生！约皮，拿上他的桨，送他上岸。"

"可是亲爱的叔叔，我向你发誓……"

"别再说一个字，先生。你公然藐视伟大的液压静水装置。约皮，送他上岸，约皮。这儿水浅。跳，约皮，蹚水送他上岸。"

"啊，我亲爱的叔叔，大好人叔叔，你原谅我一次，往后我绝不多嘴。"

"绝不多嘴！可是我已经把话说完，而它注定会铭传后世！送他上岸，约皮。"

"没门儿，叔叔，我不会交出船桨。在这件事情上我有一支船桨，我要保住它。你不该瞒骗我，让我无法分享荣耀。"

"看，这才明智。你可以留下，年轻人。继续挥桨吧。"

有一阵子，我们谁也不吭声，埋头划船。最终我再一次冒险打破沉默：

"我真高兴，亲爱的叔叔，你终归向我透露了你那伟大实验的本质和目的，旨在高效排干沼泽。这次尝试，亲爱的叔叔，你一旦成功——据我所知你会成功的——将收获连罗马皇帝也没得到的荣耀。他企图排干彭甸沼地 ①，但失败了。"

"打那时起，地球的直径就飞速延伸，"我叔叔无不骄傲地说，"如果那位罗马皇帝在场，我会为他展示一下，当今这个开化时代可以干点儿什么。"

---

① 彭甸沼地（Pontine marsh），古时位于意大利中部拉齐奥地区的一片沼泽，现已消失。文中所说的罗马皇帝，应指尤利乌斯·凯撒（Julius Caesar）。据普鲁塔克（Plutarch）记载，凯撒曾有计划将彭甸沼地排干。

看到我叔叔眼下如此和颜悦色，志得意满，我又冒昧地说了一句：

"亲爱的叔叔，划船是个苦差，真热。"

"年轻人，荣耀来自奋力挥桨，也来自逆水行舟，这正是我们在做的事情。总体来说，人类的秉性是随波逐浪，直至大水没顶。"

"可是，亲爱的叔叔，这一趟为什么要划那么远？为什么得走十英里？你的计划是，据我理解，是想实地测试一下你这个绝妙的发明。难道就不能随便找个地方测试？"

"天真的小伙子，"我叔叔说道，"你晓不晓得有一些可恶的密探，想从我这儿偷走漫漫十年间百折不挠、锲而不舍的辛劳成果？我计划独自去一个没人的地方搞测试。如果我失败了——毕竟万事皆有可能——除了这一家子谁也不知道。如果我成功了，在保证该发明安全的前提下，我会大胆要求高价发表。"

"请原谅我，亲爱的叔叔，你比我更聪明。"

"正可谓智慧随年岁增长，小伙子。"

"看看约皮，亲爱的叔叔，你认为他灰白的头发下面是一颗因年长而越来越机灵的脑袋瓜？"

"小伙子，我是约皮吗？划你的船！"

于是再度沉寂无声。我一言不发，直到小艇搁浅，距浓林密树的小岛大约二十码。

"嘘！"我叔叔紧张地小声说，"千万别吱声！"他一动不动坐着，缓缓扫视周围的所有地区，甚至包括了整个水流宽阔的大河两岸。

"等等那个骑手。在那边，过去！"他再次低声说，指着一个沿着兀然高耸的河滨路移动的小点，那条路相当险峻，破败不堪，沿途穿过一长串断开的悬崖峭壁，"他在那儿，在小树林后面，看不见了。快，约皮！不过要当心！跳下船，扛上箱子——接好！"

我们重新陷入沉默，一动不动。

"那边是不是有个小伙子，像撒该 [①] 一样，坐在岸边果园的一棵树下？快看看，年轻人——你们的眼睛比老头子的好使——你看见他了吧？"

"亲爱的叔叔，我看到了果园，但我没看到什么小伙子。"

"他是个探子——我就知道，"我叔叔突然说，他全然无视我的回答，把手掌伸平，支在眼睛上面遮挡阳光，"别碰箱子，约皮。蹲下！统统蹲下！"

"怎么啦，叔叔——那儿——快看——那个小伙子不过是一截白色枯枝。这会儿我瞧得清清楚楚。"

"你没看我指的那棵树，"我叔叔说，语气坚定而如释重负，"不过没关系。我蔑视这个小伙子。约皮，跳下船，扛上箱子。你呢，年轻人，脱下鞋子和袜子，卷起裤腿，跟着我。小心，约皮，小心。千万注意，这可比一箱金子更贵重。"

---

① 撒该（Zaccheus），《圣经》中耶利哥城的一名税吏，身材矮小。为了看一眼途经耶利哥城的耶稣，他爬到了一棵桑树上。耶稣抬头看见撒该，便称呼他名字，表示要到他家夜宿。

"反正跟金儿一样重。"约皮嘟哝道，他踉踉跄跄，身下的浅水激溅不已。

"停在那儿，在矮树丛下边，待在菖蒲里面，这样，轻点儿，轻点儿。那儿，就搁在那儿。喂，年轻人，你准备好了吗？跟上。踮脚，踮脚走！"

"叔叔，我没法踮着脚涉水，走过这些烂泥。而且我觉得根本不必要。"

"上岸，先生，立刻！"

"唉，叔叔，我就在岸上。"

"安静！跟着我，别再说话。"

我叔叔蹲在水里，极其隐秘，身处矮树丛之下、高大的菖蒲之中，偷偷摸摸从他巨大的口袋内掏出一把锤子和一支扳手，轻轻敲打箱子。但这响动令他悚然一惊。

"约皮，"他低声说，"你绕去右边，到矮树丛后面望风。如果看见任何人走近，轻轻吹个口哨。年轻人，你去左边。"

我们遵命照办。不久，经过好一阵子敲打和修修补补，我叔叔的呼喊在一片空荡荡的寂静中回荡，大声召唤我们回去。

又一次，我们遵命照办，随即发现箱子的盖板已经卸掉。我急不可待地探头张望，看到一堆惊人复杂的金属管道和圆筒，五花八门，尺寸各异，紧密地互相缠绕成一团。它看上去很像一座长蛇巨蟒的庞大巢穴。

"现在，约皮，"我叔叔说，因成功在即而十分激动，兴奋难抑，"你站到这边来，准备好，我一发令你就倾斜箱子。年轻人，你到另一边同样准备好。注意，我不发令，你们绝不能移动一分一毫。成败全在于调试是否正确。”

“别担心，叔叔。我会像女人的拔眉镊子一样仔细。”

“我会抬着介个死沉的箱儿，”老约皮嘟哝道，“级到你发令。别担心老爷。”

“哦，小伙子，”这时我叔叔虔诚地仰面说道，他灰色的双眼、头发以及皱纹散发着尤其高贵的光芒，“哦，小伙子！正是这令人期待的一刻，支撑我在漫长的十年间埋头苦干。名望会因为其姗姗来迟而更加甜美，会因为降临在我这样的老头子身上而更加真实，降临在你这样的小伙子身上则不然。持之以恒者！我赞美你。”

他垂下自己可敬的头颅鞠了一躬，而我真切感受到，什么东西从脸上滑下来，犹如一滴雨水落入河滩。

“倾斜！”

我们倾斜了箱子。

“再来一点儿！”

我们再倾斜多一点儿。

“再来一点儿！”

我们再倾斜多一点儿。

“还差一点儿，再来那么一丁点儿。”

我们大费周章，使箱子再倾斜多一点儿，很少一点儿。

从始至终，我叔叔不辞辛劳地弯腰低头，竭力往盘绕着长蛇巨蟒的箱子内部上下窥探。但机器此时还缩在深处，这番尝试纯属徒劳。

他直起身子，在箱子四周慢悠悠蹚水。他神情坚定，自信满满，没有丝毫担忧和烦恼。

显然什么地方出了岔子。可是我对这台神秘的仪器一无所知，因此既说不上问题何在，也不清楚该怎样补救。

再一次，我叔叔更为缓慢、焦虑地绕着箱子蹚水，不满情绪逐渐增长，不过仍然可控，也仍然保有希望。

眼下已完全可以确定，某些预期的效应并未产生。同样，我也敢打包票，淹过本人双腿的水位并没有降低。

"再倾斜一点点——很少很少一点点。"

"亲爱的叔叔，没法再倾斜了。你没看到箱子的底部已经垂直地面了吗？"

"你，约皮，把你的黑脚从箱子下面挪开！"

我叔叔这一股猛烈的狂躁似乎让事情越发可疑和阴暗。这是个坏兆头，我思忖。

"再倾斜多一点儿，你们一定办得到！"

"不可能更倾斜了，叔叔。"

"那么就把这个该死的箱子大卸八块！"我叔叔吼道，嗓音恐怖，疾如风雷。他绕着箱子奔跑，抬起光脚丫朝它猛踹，以令人惊叹的力量踢破侧板。接着，他抢过整个箱子，把其中所有的长蛇巨蟒统统拽出来，再把它们扯裂，扭断，丢到周围的水面上。

"停下，停下，亲爱的叔叔，好叔叔！看在老天爷的分上，快停下！别让一瞬间的疯狂，毁了你在长久的平淡岁月中为一个迷人计划所做的全部努力。我请求你停下！"

我激越的喊声和无法控制的泪水打动了叔叔，使他终止了破坏活动，呆呆站在水中看我，或者坦率说像个白痴一样瞪着我。

"亲爱的叔叔，这机器还没彻底烂掉，赶快装好它。你有锤子和扳手，重新装好它，再试一次。所谓一息若存，希望不灭嘛。"

"是一息若存，绝望紧随！"他咆哮道。

"来吧，立即动手，亲爱的叔叔——这儿，这儿，把那些部件装上。如果手头的工具不够用，无法全都装上，试着先装一部分。——这样也挺管用。叔叔，再试一次，试试吧。"

我持续不断的劝说对他产生了作用。希望原本已横遭砍伐并连根拔除，其顽固的残桩在最后时刻却又奇迹般萌发了新绿。

我叔叔从残骸之中坚定而谨慎地扯出一些更加奇形怪状的碎块，神秘地把它们连接到一起，随后清理箱子，把机器慢慢放进去，再让约皮和我像先前一样站好，命令我们再一次倾斜箱子。

我们照办无误，可依然不见成效。我每回都遵照指令，让箱子再倾斜多一点儿，这时我瞟了叔叔一眼，结果大为惊骇。他似乎衰败、皱缩成一坨白色的腐烂物，像一颗发霉的葡萄。我抛下箱子，及时朝他冲去，防止他跌倒。

约皮和我丢下无人照管的破烂箱子，把老人抬上小艇，无声无息地撤离夸虚岛。

我们此刻的顺流而下是何等神速！我们早先的逆流而上又是何等吃力！我想到不足一个小时之前可怜的叔叔说过，大多数人随波逐流，直至完全没顶。

"小伙子！"最终，我叔叔抬起头说。我热切地望着他，很欣喜看到他脸上骇人的颓丧之色已近乎消失。

"小伙子，在一个旧世界里，留待一个老头去发明的东西可不多了。"

我没吭声。

"小伙子，听我一句，永远不要去尝试发明任何东西，除了幸福。"

我没吭声。

"小伙子，掉转船头，把那个箱子找回来。"

"亲爱的叔叔！"

"它是一个挺好的木箱，小伙子。而忠实的老约皮可以把那堆破铜烂铁卖了，抵点儿烟草钱。"

"亲爱的主人！亲爱的老主人！介系你在长长的习年里第一气提到好心的老约皮。我多斜你，亲爱的老主人，我多斜你那么好心。经过介长长的习年你又一气变回原样了。"

"唉，这年头可真够长的，"我叔叔叹道，"伊索的耳朵①。不过都结束了。小伙子，我很高兴自己失败了。我说，小伙子，失败令我变成一个好老头。刚开始挺可怕，但我很高兴自己失败了。为失败赞美上帝！"

他脸上奇异、迷狂的真挚熠熠生辉，那副神情我永生难忘。

————————

① 英文中"年"（year）和"耳朵"（ear）同音，长长的年头让老人想到了长长的耳朵，而之所以用"伊索的耳朵"（Esopian ears）指代长耳朵，是因为在《伊索寓言》中有一个故事，主角是一位长着驴耳朵的国王。

若这起事件确如我叔叔所言，让他变成一个好老头，那么它也让我变成一个聪明的年轻人。前车之鉴使我免于重蹈覆辙。

时隔多年，度过平静的桑榆晚景之后，我亲爱的老叔叔开始衰竭，缓缓走向祖先们的行列。忠实的老约皮替他合上了眼皮。当我最后一次望着叔叔可敬的面容，他那苍白无力的嘴唇似乎在嚅动。我似乎又一次听见他深沉、狂热的呼喊："为失败赞美上帝！"

葡佬 [1]

在我记述友人的许多篇航海文章里，总是有意无意出现一个名叫"葡佬"的奇特种族，他们有时是走过场的熟人，有时作为船员亮相。这类闲笔十分自然且随性。例如，我说过"两个葡佬"，正如别人会说"两个荷兰人"，或者"两个印第安人"。事实上，我自己很熟悉葡佬，似乎全世界都应该熟悉他们。但情况并非如此。听众会瞪大眼睛问道："葡佬到底是些什么家伙？"为了让他们弄明白，我不得不中断叙述，不得不伤害故事的流畅。而为了消除这种不便，有位朋友建议我不妨谈一谈葡佬，写成文字拿去发表。于是以下简述应运而生，它恰恰来源于这个令人愉快的提议。

"葡佬"是个海员使用的缩略词，亦即"葡萄牙佬"，后者实

① 此篇原题"The'Gees"，1856 年 3 月首刊于《哈泼斯新月刊》。

为"葡萄牙人"的错误写法[1]。既然名字是一个省语，可见该种族之低下。大约三百年前，不少葡萄牙囚犯被发配到殖民地福戈岛，它是佛得角群岛之中的一座岛屿，位于非洲西北部沿岸的外海，上边原本就生活着一个黑人原始部落，开化程度颇高，不过身材很矮，道德水准也很低。随着时间推移，岛上那些混血儿大凡能派上点儿用场的，统统被征召去当了炮灰，而葡佬——当时已有此称呼——其祖先则作为残渣[2]，或者忧郁的废料，留了下来。

所有海员都抱有强烈的偏见，尤其是涉及种族问题时。他们在这方面心胸特别狭隘。然而，当一个低贱种族的成员走进海员的生活圈子，成为一名低贱的水手，大伙倒觉得似乎没必要蔑视他了。回到葡佬。正如我刚才所暗示，此人虽生具水性，但以更高的标准来看，他并不是最好的水手。简言之，海员们使用"葡佬"这一缩略词，完全是出于鄙夷，其鄙夷的程度你可以从原初词汇"葡萄牙佬"的用法上得知一二：船员们给这个字眼赋予了责骂之意。因此，"葡佬"作为该词的精巧提炼物，色彩也更为浓烈，它与前者相较，就好比玫瑰油之于玫瑰水。有时候，某个坏脾气的老资格海员会火冒三丈，把怒气撒在某个马虎大意的倒霉福戈岛水手头上，而为了延宕奚落的效果，他会不可思议地拖

---

[1] "葡佬"的原文为"'Gee"，"葡萄牙佬"的原文为"Portugee"，"葡萄牙人"的原文为"Portuguese"。

[2] "残渣"原文为拉丁文词组"Caput mortuum"，对应英文可以是"worthless remains"，直译为"无用的剩余物"。

长那个表达惊叹的简短词儿①: "葡——佬——!"

福戈岛,意为"火岛",因其火山而得名,它没完没了地喷出许多熔岩和烟灰之后,终于偃旗息鼓,彻底停止了东抛西掷的行径。但火山最初的频频爆发,已令福戈岛的土地落满尘埃,灰霾弥天的日子里,新铺设的简易公路正是这番面貌。岛上并无农场或菜园,居民以鱼为主食,他们个个是撒网海钓的高手。不过他们也喜欢吃船上的硬饼,其实,这玩意儿被大多数未开化或半开化的岛民当成一种止咳片。

即使在他身体最棒的时候,葡佬仍相当瘦小(他承认这一点),但除了几次例外,他一直挺壮实,能忍受极艰苦的工作、极差的伙食,或者,如有必要,从事高强度的劳动。实际上,以科学的眼光来看,葡佬似乎天生擅长于适应种种恶劣的环境。这是一条来自他本人的经验而尚待证明的推测。再者,大自然的优待使他不惧风雨,有点儿像贵格会的福克斯②在这个冷酷无情的人世间泰然面对艰辛磨难,从头到脚皮糙肉厚。换言之,葡佬绝不是个敏感脆弱的家伙,与薄脸皮一词所比喻的那类人迥乎有别。他的身体和精神形成了奇异的反差。葡佬胃口极好,可是想象力低下。他眼睛很大,洞察力却很弱。他嘎嚓嘎嚓大嚼饼干,但从

---

① "简短词儿"对应原文中的单词"monosyllable",意为"单音节词",指"葡佬"的原文('Gee)是一个单音节词。但因中文"葡佬"二字并非单音节词,所以将"monosyllable"译为"简短词儿"。
② 贵格会的福克斯(Fox the Quaker),指乔治·福克斯(George Fox,1624—1691),英国人,贵格会的创立者。贵格会,又称教友派、公谊会,十七世纪中期兴起于英国以及北美的基督教派别,主张直接依靠圣灵的启示,具有神秘主义色彩。

不跟你谈感情。

他的皮肤呈现混血的色泽，头发也是如此。跟他的肚子相比，他的嘴巴大得不合比例。他脖子很短，可头颅很圆，很紧凑，而且标志着坚实的理解力。

像黑人一样，葡佬有一道特殊的气味，但与前者的气味不同——是一股子粗野的、海洋的、兽类的气味，跟一种叫作小女巫的水鸟气味相仿。他的肉如鹿肉一般，坚韧而劲瘦。

他的牙齿是所谓的黄油齿，坚固，耐磨，粗大，颜色发黄。航行于大西洋的无风带期间，赶上阴雨绵绵的天气，船长们缺少谈资，彼此争论葡佬的牙齿是食肉动物的牙齿，还是食草动物的牙齿，抑或是两者之结合。但葡佬的小岛上，他既不吃肉也不吃草，这番探讨似乎多此一举。

葡佬的本族服装，跟他的名字一样简洁。他的脑袋天生毛发浓密，从不戴帽子。他惯于涉水，从不穿鞋子。他的硬脚板十分管用。结结实实挨上他一脚，几乎等同于被一匹斑马踢一脚，是相当危险的。

尽管长久以来，葡萄牙水手并不令人陌生，然而，直到相对较晚的时期，美国水手仍几乎没听说过葡佬。大约四十年前，他

们才第一次被楠塔基特^①的船主所知，正是这些人首先在海外航
线上与福戈岛打交道，以补充水手的岗位空缺，应对国内劳动力
供给不足的状况。这一做法越来越常见，如今差不多三分之一的
捕鲸船上有葡佬。招募他们的一个原因是：技术不熟练的葡佬在
一艘外国船舶上从不提工资的事儿。他只为硬饼而来。他不知道
什么是工资，除非手铐和伙食就是工资。他拿到一点儿小钱，严
格遵守作息时间，隔三差五还要挨个几拳。因为上述种种，连某
些对他并无偏袒的人都说，葡佬从未获得他应得的东西。

他任劳任怨的服务就这么贱卖了，有的船长努力使他们的葡
佬水手在各个方面，包括身体上和精神上，比美国水手更优越。
这些船长们不无公正地抱怨，美国水手若不好好对待，很容易造
成严重的麻烦。

但即便是最欣赏他们的人，也认为整艘船如果只雇用葡佬水
手，将不够慎重，搞不好他们恰巧全是新手，而一个新手葡佬是
所有新手之中最新手的家伙。另外，由于他们的双脚没有在舷绳
桅索间历练过，十分笨拙，新手葡佬很容易在第一个风浪大作的
黑夜跌落水中，而且还为数不少。因此之故，当蛮不讲理的船主
无视船长的反对，坚持只雇用葡佬新手，那么船长会载上大量葡
佬以备万全，其人数将比只雇用美国水手时整整多一倍。

葡佬一向随时准备登船。你随便哪一天前往他们的小岛，在
围栏外展示一块硬饼，就可以带着一大帮人回到海边。

---

① 楠塔基特（Nantucket），美国马萨诸塞州南部的一座岛屿。

不过，尽管任何一名葡佬在任何时候都乐于上船，你绝不能来一个收一个。即使在葡佬中间仍应善加挑选。

除了拥有共同的特征，葡佬当然也个性分明。要了解这些葡佬——成为一个甄别葡佬的行家——你必须研究他们，正如想成为一个相马高手你必须研究马匹。显而易见，在大多数情况下，马匹和葡佬皆无法凭直觉去认知。那么，倘若无知的年轻船长第一次航行时便驶向福戈岛招募葡佬，事先不做任何功课，甚至不听一听葡佬专家实用的建议，是非常愚蠢的。成为一名葡佬专家，意味着关于葡佬他所知甚多。许多年轻的船长被他自己挑拣的葡佬掼倒在地，严重受伤。尽管新手葡佬很听话，等他变成了老油条却又另当别论。谨慎的船长不会选这样一名葡佬。"离老油条的葡佬远点儿！"他们大喊，"提防聪明的葡佬，油滑世故的葡佬！我喜欢新手葡佬！"

没经验的船长想去福戈岛，最好按下述方法鉴别一个葡佬：要他往前走个三四步，借此机会，你可以将这名葡佬从头到脚扫视一番，大致瞧瞧他全身上下的情况——他的脑袋长什么样，会不会过于沉重？他的耳朵是否太长？他的肩胛骨能不能承重？这个葡佬的双脚是不是够强健？他的膝盖，有没有伯沙撒①那样的毛病？他的胸腔情况如何？等等，等等。

再就是骨骼和臀部。至于其余部位，不妨凑近了端详，用你

---

① 伯沙撒（Belshazzar，？—约前 539），新巴比伦王国的末代统治者。波斯人攻陷巴比伦城后，伯沙撒被杀。下文说伯沙撒膝盖有毛病，是指《圣经》写道，伯沙撒饮宴时看见天主在他的宫墙上写字，十分惊惶，双膝彼此碰撞。

的眸子抵住葡佬的眼睛，从某种意义上说，是挤进他的瞳孔，就像眼石①一样，轻柔而坚定地挤进去，并留意是不是看到了什么毒光邪焰，若有隐秘，这时肯定会泄露出来。

你必须不折不扣地照办。即便如此，目光最犀利的鉴定者仍可能被瞒骗。但船家要雇用葡佬，切勿找一名本身就是葡佬的中介人代为交涉。因为这么一个葡佬，必然是个油滑世故的葡佬，他肯定会告诉新手葡佬该隐藏什么，显露什么，以便打动船长。当然，油滑世故的葡佬深知，应尽可能展现身体之强健和品格之优秀。有过一个非常生动的例子，某位新贝德福德②的船长轻率行事，信任一名中介人，后者推荐了一个葡佬，说他是全福戈岛最灵活敏捷的葡佬。那家伙站得笔直，相当强壮，穿着线条流畅的男式水兵长裤，非常合身。的确，他并没有好好走上几步。可这只是因为不自信。很不错。这个葡佬上船了。然而第一次航行他就很不利索。大伙围上来一瞧，他穿长裤的两条腿患了严重的象皮病。那是一次猎捕抹香鲸的漫长航程。这么个大废物，所有海港都禁止他登岸，于是乎，往后令人疲惫不堪的三年里，象皮病葡佬嘎吧嘎吧嚼着硬饼，坐船游遍全球。

类似的几个例子让大伙吸取了教训。如今，楠塔基特的老船长霍齐亚·基恩招募葡佬时，会用以下方式处理。他在夜间登上福戈岛，设法搞到情报，弄清楚最想出海的葡佬在哪儿。然后他

---

① 眼石（eye-stone），一种用于去除眼中异物的小贝壳。
② 新贝德福德（New Bedford），美国马萨诸塞州东南部海港城市。

带上足够的人手，向这个葡佬的所有亲朋好友实施突袭，把他们看牢，用枪顶着他们的脑袋。接着偷偷摸到该葡佬的住处，此时那家伙躺在自己的小屋子里，毫无防备，完全放松，不可能装模作样装神弄鬼。基恩船长就这么悄无声息、出其不意地闯进葡佬的房子，亦即闯进他温暖的家园，事先根本不打招呼。好多次，老船长凭借这一手段达到了超乎预想的效果。这个葡佬，以赫拉克勒斯[①]的力量和贝尔佛第的阿波罗[②]的美貌而名扬海外，突然在一堆破烂中抛头露面，七歪八扭的惨相如同拄着拐杖，两腿仿佛给马车轮子撞断了。据基恩船长的讲述，屋舍十分偏僻。在畜栏里，而非在大街上，他说，歇着一匹真正的赢马。

那些血统纯正的海员天生就鄙视葡佬，由此又产生一个额外的问题。葡佬为了硬饼工作，而其他水手是为了美元。所以，水手们针对葡佬的任何偏激言论都必须谨慎分辨。特别是关于紧身短衫的玩笑，它来源于一种起初只能在福戈岛上看见的粗糙衣服。他们经常把紧身短衫称为"葡佬短衫"[③]。无论如何，葡佬最乐于接受的称呼是："老兄！"

还有苦活累活要干，而葡佬们就闷闷不乐地站在旁边？"来啊，老兄！"大副喊道。他们连蹦带跳地跑过来。可活儿一旦干

① 赫拉克勒斯（Hercules），希腊神话中最强大的英雄，神勇无敌，力大无比。
② 贝尔佛第的阿波罗（Apollo Belvedere），又称为德尔斐的阿波罗，是指一座太阳神阿波罗的大理石雕像。它十五世纪时在意大利中部被发现，可能创作于公元二世纪。现收藏于梵蒂冈的比奥 - 克莱孟博物馆（Pio-Clementine Museum）。
③ "紧身短衫"原文为"monkey-jacket"，直译为"猴子短衫"。因此把紧身短衫称作"葡佬短衫"，等于将葡佬比为猴子。

完，他们十有八九得再次变成平时的葡佬。"来啊，葡佬，葡——佬——！"事实上，情况往往是，只有事态紧急、不得不激励他们更卖力地干活时，大伙才会像称呼普通人那样，称呼这些可怜的葡佬。

直至今日，葡佬的文化程度依然很低。我们从未试着好好教育一下他们。尽管如此，据说上世纪①有个年轻的葡佬被一位颇有远见的葡萄牙海军官员送去了萨拉曼卡大学②。同样，楠塔基特的贵格会成员之间流传着一个说法，曾有五名长相机灵的葡佬，年满十六岁，去了达特茅斯学院③读书。尽人皆知，当初之所以要建立这个声誉崇高的机构，部分原因是想让印第安人摆脱野蛮状态，掌握基础数学和高等数学。葡佬性情温顺，而且身具两种特质，被公正地认为是他们有望完成智识训练的本钱，首先葡佬的记忆力很好，其次他们很容易接受新事物。

以上叙述，兴许可以在人种学家之中激起一些对葡佬的兴趣。不过，想见一见葡佬没必要跑到福戈岛去，正如想见一见中国人没必要跑到中国去。在我们的海港不时能遇到葡佬，尤其是在楠塔基特和新贝德福德。但这些葡佬跟福戈岛的葡佬不同，因为他们不再是新手葡佬了。他们是老油条葡佬，故而很容易被当作皮肤晒黑的归化公民。许多中国人在百老汇晃悠时，穿着新外套和

---

① 上世纪，指十八世纪。
② 萨拉曼卡大学（Salamanca University），西班牙最古老的顶尖公立大学，位于西班牙萨拉曼卡市，1218 年由莱昂王国的君主阿方索九世下令建立。
③ 达特茅斯学院（Dartmouth College），美国历史最悠久的世界顶尖学府，为八所常春藤盟校之一，位于新罕布什尔州的汉诺佛小镇，成立于 1769 年。

长裤，长辫子盘在毡帽里，往往会被当作古怪的佐治亚种植园主。葡佬亦然。陌生人即使遇见他，目光也必须够锐利，方能看出他是个葡佬。

　　关于葡佬的粗略讲解到此为止。要了解更详细、更全面的信息，可咨询任何一名睿智的美国捕鲸船长，尤其是前文提到的楠塔基特老船长霍齐亚·基恩，他如今的住址是——太平洋。

外三篇

避雷针商人 ^①

身处阿克劳瑟拉尼亚^②的群山之中，站在壁炉前，我想，这霹雳声如此巨大，真是非同寻常。天空布满狂暴的雷电，它们朝山谷劈落下来，锯齿状的闪光和倾斜而剧烈的疾雨紧随其后，震耳欲聋，犹如矛尖猛刺，砸在叠铺瓦片的低矮屋顶上。但我估计，是因为附近的大山将雷霆撞破并搅碎，所以相比在平原上，它们在这儿才越发炫目。听！——有人敲门。谁会选择一个天雷滚滚的时刻前来造访？他为什么不文明地使用门环，而是拿自己的拳头捶打空心门板，折腾出送葬者呱哒呱哒的阴郁声响？不过，让他进来吧。哦，他走到了房间里。"你好，先生，"这是个彻头彻

---

① 此篇原题 "The Lightning-Rod Man"，1854 年 8 月首刊于《普特南氏月刊》。
② 阿克劳瑟拉尼亚（Acroceraunian）山脉位于马其顿和希腊西北部的伊庇鲁斯地区之间，这一称谓源自古希腊语，意为"高处的雷霆"，此山脉今称基马拉（Kimara）山脉。麦尔维尔写到该山脉，似乎只是为了取它名称的原意。

尾的陌生人，"请坐。"他挂着一根形制十分奇特的手杖，"这场雷暴不赖，先生。"

"不赖？——简直可怕！"

"你淋湿了。到壁炉前烤烤火吧。"

"绝对不行！"

陌生人依旧站在小屋的正中央，他从一开始就杵在那里。此人古怪的举止让我很想凑近观察一番。他瘦削、阴沉，头发又黑又直，乱糟糟地盖住前额。他深陷的眼窝四周是两圈乌青，射出某种贫乏无味的目光：不含雷击的闪电。他整个人不停滴滴答答，伫立于光秃秃的橡木地板上的一摊水里，那根怪异的手杖直梗梗支在他身旁。

这是一根做工考究的铜棍，四英尺长，它穿过两枚以铜环箍紧的浅绿色玻璃球，与精致的木制手柄相连。这根金属棍的另一端是个三脚架，尖头锐利，镀金闪亮。他只捏着这东西的木质部分。

"先生，"我恭恭敬敬鞠了一躬说，"难道是全能之神朱庇特-托南① 光临寒舍？他那座古希腊雕像的姿势，也这样手握闪电。如果您就是他，或者您是他部下，我必须感谢您为这个山脉创造了如此高贵的暴风雨。请听：多么雄浑的轰鸣声啊！哦，对于一名宏伟事物的爱好者而言，雷神本尊能来到他屋子里做客，实在

---

① 朱庇特-托南（Jupiter Tonans）是罗马主神朱庇特（Jupiter）的一个形态，其拉丁文词义为"雷霆施放者朱庇特"，公元前 22 年，奥古斯都在卡比托利欧山建成朱庇特-托南神庙。

可喜可贺，雷声也因此更美妙动听了。您请坐。我得承认，这张老旧的编织垫扶手椅，仅仅是您在奥林匹斯山的常青藤王座的劣质替代品，但还请屈尊就座。"

我说得正欢，这个陌生人却瞪眼相向，半是惊诧，半是诡异的惶恐，然而他并未挪动步子。

"请坐，先生。您继续赶路之前，必须把自己弄干爽。"

我将椅子诱人地摆放在宽大的壁炉旁边，火是当天下午生的，以便驱散潮气，而非寒冷。毕竟眼下还只是九月初。

但陌生人不为所动，仍然站在屋子正中央，自命不凡地盯着我，开始答话。

"先生，"他说，"请原谅。我恐怕不能接受您的邀请，坐到炉子边上，本人郑重警告您，最好也像我这样，跟我一起站在房子中央。天啊！"他嚷道，扯开了嗓子，"又一次可怖的雷击。我警告您，先生，远离壁炉。"

"朱庇特 - 托南先生，"我不动声色，在炉边原地转了两圈，说，"我这儿非常安全。"

"你真是无知得骇人听闻，"他大吼，"你竟然不知道，自古以来，凡像今天这般暴风雨肆虐的天气，房间里最危险的地方就是炉子周围？"

"没听说过。"我下意识地踏上离壁炉最近的一块木地板。

陌生人这时候一派谆谆告诫的不愉快神情，而我再度不由自主地退到更接近炉子的地方，摆出最理直气壮、最桀骜不驯的姿态，但没有吭声。

"看在上帝的分上，"他高喊，语气奇特地混合以警告和威胁，"看在上帝的分上，离壁炉远些！莫非你不晓得热空气和煤灰可以导电？更不用说巨大的铁制炉架！赶快离开那儿——我恳求你，我命令你。"

"朱庇特-托南先生，我不习惯在自己的屋子里听从别人发号施令。"

"不要再拿那个异教名字称呼我。在恐怖的时刻你这么做是亵渎天父。"

"先生，行行好，请告诉我，你有何贵干？如果是来避雨，只要你讲礼数，我自然欢迎；如果你为其他事情上门，有话快说。你究竟是何方神圣？"

"我是个避雷针经销商，"陌生人说，语气缓和下来，"我特殊的生意就是……上帝仁慈！多么猛烈的一道霹雳！——你有没有挨过雷劈，我是说，你这座房子有没有挨过雷劈？没有？那么它最好来一根，"他用金属杆使劲戳撞地板，"实际上，电闪雷鸣的暴风雨可以摧毁所有城堡，不过，话说回来，我只消挥一挥棍子，就能把这座房舍变成直布罗陀①。你听，来自喜马拉雅山的震撼！"

"你没把话说完。刚才讲到，你特殊的生意。"

"我特殊的生意就是走遍各地，推销避雷针。这根是样品。"

---

① 应指直布罗陀（Gibraltar）海峡东端北岸那块名为直布罗陀的巨岩，以比喻坚不可摧。

陌生人轻轻敲打棍子,"我有最好的例证,"他在口袋里不停摸索,"上个月在克里甘,我往五幢房屋上安装了二三十根避雷针。"

"让我想想,上个星期不正是在克里甘,大约是周六的午夜,教堂的尖塔、大榆树,以及会议厅的圆顶都受到了雷击吗?你有没有在那些建筑上安装避雷针?"

"树上和尖塔上没装,但圆顶上装了。"

"那么你的避雷针又有什么作用?"

"攸关生死的作用。可我的工人太粗心大意。往尖塔顶部装避雷针时,他让一部分金属刮到了锡制护墙板上,酿成事故。不是我的错,是他的错。明白吗!"

"先不说这个。雷声那么响,不必有人指明,光凭耳朵听也能分辨它们的方位。你知道去年蒙特利尔发生的事情吧?一名女仆在自己床边惨遭雷殛,手里攥着一串金属念珠。你的推销活动有没有拓展到加拿大?"

"没有。我听说,那个地方只装了铁棒。他们本该使用我的产品,铜制的避雷针。铁更易熔化。其次,他们的避雷针过于细长,不足以承受全部电流。金属熔化了,建筑毁掉了。我的铜制避雷针绝不会这样。那帮加拿大佬真够蠢的。他们当中有些人把避雷针的尖端弄成球形,这会引发猛烈的爆炸,而不是把电流神不知鬼不觉导入地下,我的避雷针则恰好相反。我的避雷针是唯一真正的避雷针。你瞧瞧。一英尺只要一块钱。"

"如此滥用你登门到访的机会,将使你自己的尊严不受他人信任。"

"听啊！雷声越来越清晰了。它正逼近我们，逼近地面。听啊！好一个响雷！这些震动表明，它就在附近。又一道闪电。等等。"

"怎么了？"我说，看见他突然把自己的物件丢开，身体朝窗户专注地前倾，将右手的食指和中指压在左腕上。

然而，我话音未落，他又一次惊呼。

"轰雷！只隔三下脉搏……距离不足三分之一英里……在那边，在树林某处。我路过时，遇到三棵遭雷击的橡树，刚刚被劈开，仍火光闪闪。橡木比其他木材更吸引雷电，它的树液中富含铁质。你的地板似乎是用橡木做的。"

"是用橡树之心①做的。根据你造访的特殊时间，我猜阁下是刻意选择风雨大作的天气出行。你认为雷声隆隆有助于自己的生意给人留下好印象。"

"听啊！——真可怕！"

"你要帮助别人抵御恐惧，自己却不合时宜地胆小如鼠。常人选择晴天出门，你偏偏选择打雷下雨的时刻。而且……"

"我承认，我趁雷雨天周游推销，但并不缺少特殊的防护措施，诸如此类的手段只有一名避雷针商人才会清楚。听啊！快来看看我的样货。一英尺就一块钱。"

"兴许真是一款很棒的避雷针。不过你用上的特殊防护措施

---

① 橡树之心（Heart-of-oak）在英语中喻指勇敢的性格、勇敢之人。英国皇家海军的军歌即名为"橡树之心"。

究竟是什么？请允许我先关好那边的窗户，斜雨从窗框溅进来了。我把它闩上。"

"你疯了吗？你不知道这类铁条都是良导体？快住手。"

"我只不过想去关窗，然后叫男仆拿根木棍来。请你拉一下铃绳。"

"你发神经了吗？铃绳没准儿会将你轰死。雷雨天万万不可拉铃绳，或者敲打任何一种铃铛。"

"钟楼内的也不可以？请告诉我，这时候在哪儿才安全，怎样才安全？我屋子里到底还有什么东西，摸了也不至于命丧当场？"

"当然有，但不是你现在站立的位置。过来，远离墙壁。电流有时沿着墙壁往下跑，而且人比墙壁更容易导电。电流会从墙壁传导至身体上。猛地一家伙！它落到你眼皮子底下。那一定是个球状闪电。"

"很有可能。现在请立即告诉我，你认为，这座屋子最安全的地方是哪儿？"

"就是这个房间，就是我站的地方。快到这儿来。"

"先说说理由。"

"听啊！先是闪电和狂风……窗框颤抖……这房子，这房子！……快到我身边来！"

"还请你说个理由。"

"快到我身边来！"

"再次感谢，我想还是站在自己原本的位置上吧，站在壁炉旁边。避雷针商人先生，趁雷电停歇的片刻，恳请你告诉我，为什么这个房间是整座宅子中最安全的房间，而你老兄的落脚之处又是房间里最安全的地方。"

此刻暴风雨短暂平息下来。避雷针商人似乎松了一口气，回答道——

"府上是一座平房，有一个阁楼和一个地窖，这屋子处在两者之间，于是它相对安全一些。毕竟，闪电有时候从云层传向地面，有时候从地面传向云层。明白吗？而我之所以选择房间正中央，理由是倘若这宅子真受到雷劈，电流会顺着烟囱或墙体往下走。因此很明显，离它们越远越安全。现在，快到我身边来。"

"马上。你刚才这番讲解使我信心大增，你先前的警告则不然。"

"我说了什么？"

"你说闪电有时从地面传到云层。"

"没错，这叫回返闪流。顾名思义，当地面因降雨而充斥太多电量，它会将过剩的部分朝上放射。"

"回返闪流，就是说从地面传向天空。越发有趣了。不过还是请你到炉边来，把身子烘干。"

"我站在这儿更好，湿着也更好。"

"为什么？"

"这是最安全的方式——听，又一个响雷！——在一场暴风雨中让自己完全湿透。相比身体，湿衣服更容易导电，所以，如果遭到雷击，电流会从湿衣服上穿过而不接触身体。雨势更猛了。

你屋子里有没有地毯？地毯是绝缘体。找一块来，那样我就可以站在它上面，你也可以。天色越来越黑。白昼如夜啊。听！——地毯！地毯！"

我给了他一块。与此同时，乌云盖顶的群山似乎在迫近，并且朝屋子崩塌下来。

"现在，既然一声不吭也没什么帮助，"我回到原来的位置，说道，"你何不讲一讲雷雨天出行的防护措施？"

"先等这场雷雨结束。"

"不，谈谈防护措施。依照你自己的解释，你已经站在可能是最安全的地方。讲吧。"

"那么简单说说。我避开松树、大房子、独立的谷仓、高处的牧场、水流、牛群、羊群以及人群。如果是徒步旅行——就像今天这样——我不会走得太快；如果是乘坐轻便马车，我会避免触碰它的后沿或两侧；如果是骑马，我会下鞍牵着马匹赶路。但最为要紧的一点是，我远离高个子。"

"我难道在做梦？远离高个子，而且是在危险时段？"

"我避开雷雨天的高个子。你竟无知到如此地步，不了解六英尺的身高已足以让他头顶的雷云放电？那些独自耕作的肯塔基汉子，莫非从未在还没完工的犁沟里被雷打过？当然不乏其例。假如一个高六英尺的家伙站在流水旁，雷云有时会选他作为导体，把电荷传到水中。听啊！那个黑色的塔尖十有八九给劈开了。不错，人体很容易导电。闪电穿透我们的身体，却只让一棵树脱脱皮。可是，先生，你一直叫我回答问题，本人的生意倒没做成。

你要不要买我一根避雷针？看看样品？你瞧，用上好的黄铜制作的。铜是最佳导体。你的房屋低矮，不过因为建在山上，所以还是很高。你们这类山居者最不安全。在多山的国度，避雷针商人理当生意兴隆。先生，看看样品。这么个小房子，装一根足够。读一读我手头的推荐信。先生，只需一根，只花你二十块钱。听啊！是塔柯尼克①和胡希克②所有的花岗岩像鹅卵石一样在彼此碰撞。这动静，肯定又有什么东西挨了雷劈。屋顶上方五英尺的避雷针，能够保护半径二十英尺的区域。只需二十块钱，先生，一英尺一块钱。听啊！——真可怕！你要不要？买不买？我可否登记你的名字？想象一下，变成一堆烧焦的废料，好比一匹马套上了笼头，烧死在马厩里，而一道闪电就会导致这一切！"

"你假装自己是朱庇特 - 托南的特使和全权代表，"我笑道，"你只不过来到这儿，将你自己和你的棍子置于天地之间，你是不是觉得，因为你有本事用莱顿瓶③制造一点儿绿光，所以就能彻底逃过上苍的雷霆？你的棍子生锈、断裂时，你又在哪儿？是谁给了你权利，你这个台彻尔④，四处兜售你那沾神授的免罪符？我们脑袋上的头发是有定数的，寿命亦然。我就稳稳当当站在这里，站在上帝的掌控之下，雷雨天如此，大晴天也是如此。虚伪

---

① 塔柯尼克山脉（Taconic Mountains），位于美国康涅狄格州西北部。
② 胡希克山脉（Hoosic Range），即胡萨克山脉（Hoosac Range），位于美国马萨诸塞州西部和佛蒙特州南部。
③ 莱顿瓶（Leyden jar）为最初的电容器，发明于莱顿城，故名。
④ 约翰·台彻尔（Johann Tetzel，1465—1519），德国天主教士，因受教皇委派兜售所谓免罪符而闻名。

的商贩，滚开！看看吧，暴风雨的涡云正在翻卷退却，房子完好无损，我透过彩虹去解读湛蓝的苍穹，领悟到神明不会存心与地上的凡人开战。"

"可恶的混蛋！"陌生人唾沫狂喷，脸庞发黑，而彩虹正映照四方，"我会把你渎神的言论公之于众。"

"滚蛋吧！快滚！如果滚得够快，你还可以像虫子那样，趁着仍是阴雨天，赶紧亮一亮相。"

他狂怒的面孔越来越黑，眼眶周围的乌青不断扩展，犹如风暴环绕午夜的月亮。他冲我一跃而起，手中三叉戟似的玩意儿直指本人的心脏。

我抓住它，折断它，摔到地上，再踩在脚下。然后我把这个幽暗的闪电之王拽出大门，把他弯折的、铜制的权杖也一并扔到屋外。

可是，即便我这么对待他，即便我奉劝邻居们不要搭理他，这个卖避雷针的家伙依然在附近出没，依然在暴雨天周游，以人类的恐惧推动他那极具胆识的交易。

两座圣殿 ①
——献给谢里丹·诺斯

第一座圣殿

"这太糟糕了，"我说，"多么美好的星期天上午，我从巴特利 ② 一路走来，三英里，只为一件事。我来了，胳膊夹着祈祷书，可是，我却进不去。

"太糟糕了。那个牛高马大、脑满肠肥、脸相凶恶的男人应答我谦卑的请求时，表情是如此轻蔑。他说教堂里没有楼座。这跟他说教堂不接待穷人毫无区别。我打赌，本人的新外套昨晚上做不好，那个冒牌裁缝却保证能做好，同样，我打赌这个明媚的

---

① 此篇原题 "The Two Temples"，作者生前未发表，首刊于伦敦康斯特布尔出版公司（Constable & Co., Ltd.）1922 年至 1924 年间出版的《赫尔曼·麦尔维尔作品集》（*The Works of Herman Melville*）。
② 巴特利（Battery），美国纽约市的一个地区，位于曼哈顿岛南端，现为一座公园。

早晨假如我盛装前来，往这个脑满肠肥、脸相凶恶的汉子手里塞点儿钞票，那么不管有楼座没楼座，我都可以在这座大理石建造的、镶嵌彩色玻璃的崭新圣殿里搞到一个好位子。

"我站在大门前，站在教堂的正厅外恭恭敬敬鞠躬。我要么被革除了教籍，要么遭到了驱逐，大抵如此。沿路是一长溜金光闪闪的豪华马车，烦躁的马匹身姿骄纵，头颈油光锃亮。我猜想车子大概属于安坐其中的那些可怜罪人吧。如果说他们毫无保留地承认了这样的痛苦，我一点儿也不感到惊奇。——再瞧瞧附近那一群群说闲话的家伙，他们衣服光鲜、低声细语，帽子镶着金边，佩戴着精美的饰品。这一刻我若身处英国，会以为那是一帮子尊贵的公爵、荣显的男爵或诸如此类的人物，虽然他们只不过是些仆从罢了。——顺便插一句，我闪烁其词，好像很想混入他们派头十足的圈子。实际上，无所事事地站在一座华丽的圣殿外使你看上去跟个仆从差不多，似乎正利用主人去办事的空儿赶紧歇歇脚。要离开巴特利时，我扫了两眼祈祷书，觉得还是再回去比较好。——等等，有一道小门？就在那儿，在侧面，应该没错，是一道又低又窄的拱门。看不到人往里钻。十有八九，此门通向塔楼。这时我想起，在那么一座漂亮的新哥特式圣殿内，往往会有一扇窗子，位于底层的座位和其他事物之上，高居穹顶壁画的镀金云朵之间。依我看，如果一个人能攀到那扇小窗户旁，便可以悠然俯瞰下方的整个场景。我打算试一试。此刻门廊处空无一人。脸相凶恶的汉子肯定正忙着平整一些女士使用的靠垫，远在宽敞的过道当中。这下好办了。若小门没锁，我不难躲过满脸恶相的男人溜进去，在圣所内找个普普通通的位子，即使他不允许。太棒了！感谢这扇门！它并没有锁上。毫无疑问是敲钟人忘了锁上。现在，我像一只脚步极轻的老猫，偷偷摸摸向前走去。"

沿着一条非常逼仄的盘旋楼梯爬了大约五十个石阶，我登上一个空荡荡的平台，它构成了方形巨塔的第二层。

我仿佛置身于一部幻灯机内部。三面皆是宏大的哥特式玻璃彩窗，它们令相形之下贫乏无味的平台充满了各种日升日落、七色虹霓、流星以及璀璨的烟花焰火。然而，这不过是一座富丽堂皇的地牢，因为根本看不到外头的景象，假如我住在"坟墓"①的一间地下室里，情况将大致相同。中间的窗户上镶有一枚硕大的紫色星星，处于最显眼的位置，我忍着痛，刮了它两分钟，好看见一些东西，也不在乎造成什么严重的损害。透过玻璃一如透过眼镜窥望时，我惊骇得赶紧撇过头去。那个脸相凶恶的汉子光着脑袋，忙着把三名衣衫褴褛的小男孩轰向大街。只要一想到此人会发现我这个胆小鬼正从塔上偷窥他，又怎能不怕得发抖？我是擅自跑上来的，无视他至高的权威。他自以为干脆利落地赶走了某人，结果这家伙却窃贼似的潜入圣殿。有一刻，我几乎准备抓住时机，以最快速度跑回人行道上。然而另一条台阶高耸的雅各之梯②——这一次是木制的——引诱我再度往上攀登，只希望能找到一扇隐秘的窗子，在那里，我可以远远地参与圣事。

---

① "坟墓"（the Tombs）是纽约市曼哈顿拘留所（Manhattan Detention Complex）的别称，建成于 1838 年。
② 雅各之梯（Jacob's ladder），典出《旧约》，象征通往神圣和幸福的途径。

此时，我注意到有什么东西，因为这儿的第一道奇妙光辉而未显真容。两根粗大的绳索，从我上方天花板高高的孔洞中垂下来，直落六十英尺，正好从那个地方的中心穿过，继而盘绕在巨型幻灯机的地板上。这想必是钟绳，它们颤动不已。如果脸相凶恶的男人得知有只老猫躲在某处东抓西挠，他要敲钟报警简直轻而易举。听！——啊，不过是管风琴——没错，是《来吧，让我们向主歌唱》①。我一方面身处其间，另一方面又身处其外。不管怎样，我保住了自己与生俱来的权利。我摘下帽子，拿出祈祷书，直挺挺站在雅各之梯的半道上，犹如站在教众之中，以精神而不是以身体加入这一场虔诚的狂欢。在他们头顶，我继续自己的攀升旅程。穿过各种各样不规则的小平台一路上行，最终我欣喜地看到了一扇小圆窗，除它以外，整面墙全无孔隙，塔楼在此跟教堂的主体衔接。窗前是一条狭窄、简陋的走廊，作用类似于桥梁，将一侧较低的楼梯和另一侧较高的楼梯相连。

接近小窗时，能非常清楚地听见礼拜活动的声响，我于是知道它确实可俯览全部内景。然而出乎意料，我与远在下方的廊道以及圣坛之间，竟没有或脏污或洁净的窗玻璃阻隔。无疑是为了通风，这个洞眼并未装上任何窗框，仅以一张制作精细的金属薄网取而代之。当我手捧祈祷书，满怀渴望，首度来到这扇窗前，身体不由自主地发抖，犹如站在一道炉门前，突然感觉到一股强

---

① 《来吧，让我们向主歌唱》（*Venite, Exultemus Domine*），英国文艺复兴时期的作曲家威廉·伯德（William Byrd, 1539 或 1540—1623）的作品。

劲、奇异而灼热的气浪，伴随铁匠的呼吼朝我扑来，涌入胸肺。对，我琢磨，窗子一定是通风用的。我原以为此处十分怡人，可惜事与愿违。但叫花子哪有资格挑肥拣瘦。这座炉子让下边坐着软垫长椅的男女感觉舒适惬意，我站在上边光秃秃的走廊里，却由于它而受苦遭罪。此外，本人的脸膛已经被烤焦，脊背却很冰冷。不过我绝无怨言。将一只手放在耳后，离热烘烘的汹涌气流稍微远一点儿，我至少能够听清牧师的话音，并恰当回应。反正多亏有这么个地方。下面的信众根本想不到，他们头顶躲着一位信仰坚定的修士。这儿也极其适合虔诚的祷告，理由是我虽然视力正常，却看不见任何东西。可以断定，不会有法利赛人①来占我的位子。我喜欢这个地方，很欣赏这个地方，因为它够高。不知为何，高度蕴含着虔信真诚。天使的颂歌在高空回荡。所有美好的事物皆当升至高处。没错，天堂高高在上。

如是沉思之际，那台辉煌的管风琴几乎就在我脚底下爆发巨响，好像一场地震。随即听见祈求上帝的呼喊："引导他们，使他们永远上升！"我朝低处张望，许多人站在很远很远的下方，他们的脑袋在七彩斑斓的窗户中灼烁发光，形同古巴的太阳下熠熠生辉的鹅卵石河床。无论如何，假如我动手拆掉金属网，他们必然会朝这儿张望。金属网给我眼前的所有景物罩上了一层黑纱，唯有容忍其遮挡，我才可以继续观看下面发生的事情。

---

① 法利赛人（Pharisee），犹太人中的一个宗派，强调严格遵守摩西的律法，反对耶稣。

还有一个现象令人吃惊，极为令人吃惊。如前所述，窗子是圆形的。我位于塔楼某处，光线昏暗，距离下方地面上的信众不少于九十或一百英尺。整座圣殿内，除了黯淡的玻璃窗再无其他光源，可是却很明亮，充斥着各种所能想象到的缤纷色彩。本人的观摩方式虽古怪，隔绝于外界，并且一路走过粗糙简陋、布满灰尘的楼道，可这栋华美圣堂座无虚席的壮观景象，倒也因此更让人叹为观止。我手捧圣书，应答无误，保持虔诚的站姿，脑袋却忍不住想，透过一块巫术玻璃，我正在俯观一场魔法师的巧妙表演。

终于，诵经声、咏唱声相继响起。那位白袍牧师，仪态高贵，酷似无与伦比的塔尔玛①，布道前，他站在阅书台后朗读赞美诗，接着又走进一扇侧门，消失不见。过了一阵子，我看到这个塔尔玛似的高贵男人步出同一扇门，重新现身，白色服装全部换成了黑色。

发言者嗓音悦耳，举手投足无不感人肺腑，大伙无不心悦诚服，深受吸引，布道词也一定很雄辩，而且非常适合于一群富裕的听众。但因为牧师离开阅书台去了讲坛，我不像此前举行的仪式那样，听得相当真切。尽管如此，布道的主题从一开始就不断重复，随后又时时引经据典，以致我记得清清楚楚："你们是世

① 塔尔玛（Talma），应指弗朗索瓦–约瑟夫·塔尔玛（François-Joseph Talma，1763—1826），法国演员，是他那个时代首屈一指的悲剧明星。

上之盐。①"

最终大伙低下头，开始赐福祈祷。顿时一片寂静，所有人一动不动，仿佛他们全是些死者，没一个活着。突然间，这群信徒奇迹般苏醒，如同在审判日全体复活，同时咚咚声大作，犹如狂喜的沉重鼓点，盖过了管风琴的乐音。接下去，众人化为三股金光灿烂的洪流，涌向金光灿烂的通道，其中尽是欢快愉悦的点头和招手。

我朝这个令人印象深刻的场景投去最后一瞥，想到自己也该走了，于是合上祈祷书，把它放进口袋里。此刻我最好混在滚滚人潮之中，神不知鬼不觉地溜出门外。我沿着长长的楼梯飞速往下跑，很快便抵达石阶底部，却大为惊恐——楼门已锁！是敲钟人干的，或者更有可能是那个永远不停窥探、满腹狐疑、恶形恶相的男人干的。起初他根本不让我进来，现如今，他一百八十度大转弯，竟又不让我出去了。怎么办？我要不要敲敲门？绝对不行。这样做只会吓到从旁走过的人群，再说除了那个一脸恶相的汉子，谁也帮不上忙。而他一旦看见我，必定能认出我，没准儿要在大庭广众之下把我这个可怜、卑微的礼拜者狠狠责骂一番。不，我绝不敲门。可是要怎样做才好？

我束手无策，左思右想，直到周围归于沉寂。此时一阵咔哒声告诫我教堂正在关闭。突如其来的绝望之中，我连连拍门。但

---

① "你们是世上之盐"（Ye are the salt of the earth），典出《圣经》。耶稣曾对他的门徒说："你们是世上之盐。"喻指其为精英、中坚力量。

已经太迟，没人听见。我独自留了下来，孤零零置身于这座圣殿里，而仅仅是片刻之前，它还人多得胜过许多村庄。

沮丧和孤独引发的奇异恐惧缓缓将我笼罩。近乎身不由己，我重新踏上石阶，越爬越高，直至又一次感受到热风穿过金属网吹来才停住脚步。我再度朝下方的广阔厅堂瞥了一眼，领略它无声无息的死寂。长长的一行行柱子在大殿上排列，并在侧廊拐角处丛集汇聚，陈旧的玻璃窗朝它们投下柔和、昏暗的光柱，一切都沉浸于遁世绝俗、苍莽幽深的氛围之中。我仿佛是站在毗斯迦山①上眺望古老迦南的林野。某一扇较低的窗户上画着一幅皮由兹教派②的《圣母子像》，似乎在向我表明他们是这片多彩荒原的唯一主人——真正的夏甲和她的以实玛利③。

恐惧不断增长，我轻手轻脚返回幻灯机平台，透过刮缝往外看，望见没有被彩窗染色的明净天光，才重新振作了些许。但眼下该怎么办？我再次想到。

我下楼来到门前，侧耳倾听，什么也听不见。我第三次踏上石阶，又站在幻灯机里，整个人茫然无措，不知该如何是好。

---

① 毗斯迦山（Pisgah），位于死海东北方的一座山。据《圣经》所述，先知摩西曾在此山顶上，眺望迦南。

② 皮由兹教派（Puseyism），产生于十九世纪三十年代的英国国教会中的一个流派，因其创始人之一是牛津大学神学家皮由兹（Edward Bouverie Pusey, 1800—1882）而得名，又称崇礼派。

③ 夏甲（Hagar）和以实玛利（Ishmael）为《圣经》中的人物。先知亚伯拉罕的妻子撒拉年高无子，于是将自己的埃及女仆夏甲送予丈夫做妾，生下以实玛利。此后夏甲和以实玛利被逐，在前往埃及的途中迷路，终得天使指引居住于巴兰的旷野（Desert of Paran）。

最先重返圣殿的，我思忖，毋庸置疑是那个脸相凶恶的汉子和敲钟人。而最先上楼，到达我这儿的，铁定是后者。如果他看见一个来历不明的家伙溜了进来，将作何反应？所谓溜门的家伙，大多丧行败德。解释是白费唇舌。我处境不妙。没错，我可以躲起来，等他再度离开。然而我如何能确定，他会不锁门就走？另外，遇到这种情况，我觉得一般来说最好的做法是抢先一步，大大方方宣布自己受困在此，免得被人发现，脸上无光。但怎么样告诉他们？楼门紧锁，又没人应答。这时候，我心急火燎地四下搜索，目光落在了钟绳上头。平日敲钟，是为了通知当地居民有陌生人到来。可我并不是一位访客。唉，我是一个溜门的家伙。不过，只要轻轻拽一下钟绳，自然一了百了。我三点钟还要赴约。脸相凶恶的汉子想必住得离教堂很近。他对异常的钟鸣肯定很敏感。哪怕最轻微的响声也会让他飞奔前来。我到底该不该敲钟？或许我可以向周边的住户求援。哦，不。稍稍弄出点儿动静就好，没必要吵得震天动地。对吧？最好自自然然把脸相凶恶的汉子引来，而非相当不自然地被他从这个极其可疑的藏身之处拖出来。或迟或早，我总得面对那家伙。宜早不宜迟，对吧？

多说无益。我蹑手蹑脚走到钟绳旁，谨慎地拽了它一下。没动静。稍微用点儿劲。毫无声息。再加些力道。妈呀！我本能地捂住耳朵，这巨大的轰响非把人震聋不可。我也许激活了什么意想不到的装置。大钟准是在猛烈摇晃，它雷鸣般令人惊骇的咣咣声因此越发响亮。

我琢磨，这一拽可算把问题全解决了。现在，除了原本自认为清白无辜的轻率信念已转变成绝望，我心中再没有任何思虑。

不到五分钟，便听见下面传来奔跑的喧闹声。门锁一响，脸相凶恶的男人满头大汗，急急忙忙冲上塔楼。

"居然是你！就在今天早上，我刚把你轰走了。怎么溜进来的？还敢敲钟！好你个混蛋！"

他不由分说，凭两条强壮的胳膊蛮横地制住我，揪着我的领子往楼下拽，把我塞给三名警察，他们被钟声所吸引，正好奇地聚在大门前。

抗议纯属徒劳。脸相凶恶的男人非要跟我过不去。他们将我视作一名目无法纪的罪犯、破坏礼拜天安宁的恶棍，押送司法大厅。第二天上午，法官看我长得斯斯文文，批准我接受不公开的审判。脸相凶恶的汉子则必须在周日晚上来见他。尽管我冷静应讯，案件仍极其引人猜疑，所以我不得不支付一笔数额可观的罚款，并且受到严厉的申斥，这才无罪开释，而我在赔礼道歉时态度谦卑，竟也让公众大为赞赏。

第二座圣殿

星期六晚上，一个外国人在伦敦城内，而且身无分文！他能指望获得什么样的招待？这个疲惫的夜晚，我该怎么办？女房东不会让我进门。我还欠她房租。她瞪着我时满眼怒火。所以，在这无边人潮之中，我必须慢慢挨到差不多十点钟，然后偷偷溜进屋子，爬上我黑灯瞎火的床铺。

事情的始末如下。我十分丢脸地遭受大洋彼岸那座圣殿驱逐之后，便收拾好行囊连同自己受损的人格，前往友好、仁慈的费城。在那里我碰巧结识了一位有趣的年轻女士和她年长的保姆。姑娘自幼失去双亲，富裕的程度堪比克利奥佩特拉[①]，但美貌有所不及。保姆则可爱如夏米安[②]，但岁数更大些。出于健康考虑，年轻女士开始了历时长久的旅行。姑娘母亲的家族来自老英格兰，因此她将伦敦选作此行的第一站。为确保旅途安全，她俩正在寻找一名年轻的医生，他最好没什么急事要办，愿领取一份不多不少的报酬，担任姑娘私人的阿斯克勒庇俄斯[③]以及这位柔弱佳丽的护花使者。这么做非常必要，因为她们不仅要前往英国，接下来还要密集地巡游欧洲大陆，

闲话不提。我来了，看见了，成了幸福之人[④]。我们登船启航。我们在大西洋的另一边上岸。顶着大海的晃荡，我累死累活地照顾那位姑娘足足两个星期，随后却遭到傲慢无礼的解雇，原因是年轻女士的娘家人劝她在怀特岛[⑤]过冬，说它多雾的气候有益于健康，比爱奥尼亚群岛[⑥]美妙的蓝色天光更胜一筹。爱国导致的

---

① 克利奥佩特拉（Cleopatra），应指埃及托勒密王朝末代女王克利奥佩特拉七世（Cleopatra VII，前69—前30），她以美艳闻名于世。

② 夏米安（Charmian）是克利奥佩特拉七世的侍女，忠实而且善于给主人提建议。

③ "阿斯克勒庇俄斯"的原文为"Esculapius"，如今更多写作"Asclepius"，希腊神话人物，太阳神阿波罗之子，被尊为医神。

④ "我来了，看见了，成了幸福之人"（I came; I saw; I was made the happy man）是戏仿尤利乌斯·凯撒的名言"我来了，看见了，征服了"（Veni, vidi, vici）。

⑤ 怀特岛（Isle of Wight），英国南部近海的一座岛屿。

⑥ 爱奥尼亚群岛（Ionian Isles），希腊西岸沿海的长列岛屿群。

偏见竟至于此。

请注意[1]，那位女士正可悲地逐渐衰弱下去。

乘船之前，我已动用大约四分之一的薪水来购买服装，如今
囊空如洗，只好在舰队街游荡。我去典当行抵押了一些不太重要
的衣物，设法延缓了女房东更其凶残的进攻，同时努力寻找着可
能会遇到的任何挣钱营生。

为此，我漂流于难以形容的人群中间，他们每逢周末之夜便
在大马路上欢闹，将伦敦城这头庞然巨兽的长街短巷统统填满。
那天是星期六晚上。市场里，店铺内，每一个摊位每一张柜台都
受到永不停息的潮水冲击。整个星期日，供给三百万男女的食粮
源源不绝。他们之中很少有人像我这样饥肠辘辘。我已精疲力竭，
被大众的旋涡抛向角落，如同一根稻草在挪威海的大旋涡[2]内浮
浮沉沉。卷入这么一股回荡盘旋的激流，其恐怖可想而知。相较
不名一文地客死于巴比伦城般辉煌的伦敦，倒不如葬身于大西洋
无数鲨鱼的腹部。无依无靠，无亲无友，无家可归，我跌跌撞撞
穿行在三百万同类当中。险恶的煤气灯把它们来自阴间的光芒射
向潮湿泥泞的街道，照亮了既冷酷又凄凉的景象。

唔，好吧，如果是赶上星期天，我还可以求助某个好心肠的
圣殿女门房，让自己进入旅店般的礼拜堂歇息，坐在某张陌生的
长凳上。但眼下是周末之夜。这是劳累一周的尾声，是一切的尾

---

① "请注意"原文为拉丁语"Nota Bene"。
② 挪威海大旋涡（Norway Maelstrom），位于挪威西海岸的沃尔岛和莫斯科埃岛
附近，由潮汐造成。

声，却不是我备尝艰辛的尾声。

最终，我从混乱嘈杂的街巷间抽身离去，避开这舰队街与霍尔本①之间的都市喧嚣，来到一段安静、宽阔的马路上，它不是很长，没什么店铺，一头连接着斯特兰德大街②，另一头与某条干道交错。此处相当宁寂，说不出的畅快之感油然而生，仿佛走进了一座大教堂周边的绿荫里，神圣的氛围使万物静息。静谧的街道上，两束雅致、明亮的光芒吸引着我。大概是什么道德或宗教的集会吧，我心想，快步朝那个地方走去，却惊异地看到两块高悬的宣传海报，说当晚尊贵的麦克里迪③将登台饰演红衣主教黎塞留④。几乎没人在这儿游荡，时间已经很晚，票贩子差不多全走光了，剩下的也沉默不语。正如我事后认识到的那样，这座剧院的确极适合演出，同时也维护保养得最为体面，无论是外观还是内部装潢。我恍惚觉得，整个街区其实是喧嚣、拥挤的汹涌乱流所生成的，本人为了抵挡这乱流，或者说在它一路裹挟之下，长时间奋力游泳——整个街区，我是说，这条怡人的街道似乎是因为剧场的缘故，才养护得如此之好。

很高兴找到一座宁静的幸福剧场，我倚着门廊的柱子站了一会儿，跑过一张巨大的招贴海报时奋力摆脱自己的忧伤。没人打

---

① 霍尔本（Horborn），伦敦西区（West End of London）的一个地区。
② 斯特兰德大街（the Strand），伦敦中心区一条主要街道，从特拉法尔加广场向东一直延伸至圣殿酒吧，它位于伦敦城的部分即为舰队街。
③ 麦克里迪（William Macready，1793—1873），英国演员。
④ 红衣主教黎塞留（Cardinal de Richelieu，1585—1642），法国教士，贵族和政治家。他身兼红衣主教和波旁王朝第一任黎塞留公爵的头衔，并且是法王路易十三的首相。

搅我。哦，有个衣服破破烂烂的小姑娘走了过来，手里捏着一张挺长的单子，认认真真给我打分，然后离开。她相面术的独特本领很了得，马上断定我是个穷汉。招贴海报的尺寸巨大，呈现了公演剧目从头到尾每一场戏的详细情节，我读着读着，心中逐渐涌起一股强烈的渴望，想去瞧一瞧这位鼎鼎大名的麦克里迪如何扮演他那个鼎鼎大名的角色。看一出戏，休息一下疲累不堪的腿脚，以及更加疲累不堪的精神。要不然我该去哪儿休息，除非返回远在克拉文街的小阁楼，爬上自己冰冷、孤寂的床铺，望着稠黑如冥界大川的泰晤士河①。再者，我所欲所求并不仅仅是休息，还有愉悦。我希望融入快乐的海洋，与性情相近的人们欢聚一堂，举个最美好最崇高的例子，那就是置身于一场信念一致的虔诚集会之中。然而，即便穿大红袍挂镏金杖的考究绅士们受得了我孤单无友、破衣烂衫的样子，当晚也没有这样的活动可供参与。那些人把守着伦敦顶级礼拜堂的大门，不让我这种悲惨、衰疲的贫穷流浪汉前去亵渎神圣。这可不是小客栈，而是教会开设的旅馆，其中的座席实为按价租赁的一个个房间。

想再多也没用，我思忖，毕竟此时是星期六晚上，不是星期天，所以唯有剧院会接纳我。于是，渴盼走入这座建筑的欲念最终把本人征服，我几乎开始考虑典当自己的外套，买票进场。可是在迷离惝恍的最后一刻，天意使然，我被一道突如其来的愉快

---

① "冥界大川"原文为"Phlegethon"，可直译为"弗莱格桑河"或"火焰之河"，是希腊神话中的地狱五大河之一。

召唤留住了，这声音毫无疑问充满着仁慈。我转过身去，看到一个男子，似乎属于劳动阶层。

"拿着，"煤气灯下，他朝我直直走来，手里攥着一张红通通的门票，说道，"你想进去，我一清二楚。拿着。我有事得赶回家。拿上吧。希望你今晚愉快。再见。"

我茫然不知所措，呆呆地任他把门票塞到我手上，感到十分惊讶、困惑，同时又深为羞愧。事实明白无误，我生平第一次接受了施舍。本人在奇异的漫游之旅中常常需要施舍，但我从未向谁伸过手，当然在这个幸运的夜晚以前也从未获得过施舍。他是一名陌生人啊，而且还发生于喧嚣伦敦的腹地！下一秒钟，我那愚蠢的羞耻感消失了，觉得左眼有些怪怪的，跟大伙的情况相仿，我左眼比较脆弱，可能是因为心脏也生在左边吧。

我急切地四处张望。然而那位好心的赠予者已不知所踪。我注视着这张票。我懂了。这是一张发给入场者的条子，倘若你因为什么事想出来一趟，凭它便可以再次走进剧院。

该不该使用它？我思索道。——什么？这是施舍。——但如果施舍别人很对很光彩，接受施舍怎么就反倒不对不光彩了？没人认得出你，大胆往里走吧。——施舍。——为何顾虑重重？终其一生，我们不得不全靠施舍过活，世上之人概莫能外。施舍如母亲照料婴孩般照料你，如父亲养育幼童般养育你。友善的施舍之举助你找到信念。而你今晚在伦敦遇到的所有慈悲，无不使你未来的生活受惠。任何一把刀子，任何一只攥着刀的手，今晚，在伦敦，你将听凭它们摆布。你，以及全体凡人，唯有忍受你仁爱的同类方可生存，他们的仁爱源于疏忽大意，而非源于行事表现。——别再自怨自艾，丢掉你可怜、可悲而又低劣的骄傲，你这个无亲无友的穷光蛋。——往里走吧。

辩论结束。朝着那个陌生人前来的方向，我跨步走去，随即在大楼侧面看到一座低矮、破败的拱门。我穿门而入，不停往上爬，不停往上爬，走过各式弯折的楼梯，以及昏暗的楔形通道，它们光秃秃的墙壁让我想起自己在大洋另一边攀登哥特式塔楼的经历。终于，我来到一个高台上，看见一间似乎是哨亭或壁屋的建筑，开了扇神秘的窗户，里面有一张静止不动的人脸。如同神龛中的圣像，这张脸由两支青烟缭绕的蜡烛照亮了。我在此人面前小试牛刀。我向他展示戏票，他点了点头，允许我从远端的小门进入。这时一阵突如其来的管弦乐提示我，目的地已近在咫尺，并且也令我回忆起自己站在家乡高塔的楼梯上，聆听管风琴颂歌的情景。

下一刻，那座塔楼通风窗的金属薄网仿佛又一次魔幻地浮现在我眼前。窒息的热风再度灌入了我的胸肺。同样令人眩晕的高度，同样密沉沉、烟腾腾的空气。下方是寂静无声的人群，距离很远很远。我站在圣殿最高处的廊道内，谛听恢宏的乐音。但跟上次不同，我并不孤单沉闷。这一回我有伴儿。我并未身处池座的前排，自然也并未身处楼座的前排，不过却得到最为热情而恰当的欢迎，收获了愉快的陪伴，上次我可是孤家寡人一个。安静自适的劳工汉子，连同他们快活的妻子和姐妹，时不时有一个淘气鬼穿梭其间，他聚精会神、神采奕奕的脸庞由于亢奋和热气而发红，如画作上的小天使般徊翔于广阔凡尘的苍穹之下。廊道的高度实在令人震惊。扶栏低矮。我想到了深海探测，想到了锚链舱里的水手，他们排成一列，伴随着经久不息的音乐。犹如闪闪发光的珊瑚礁，透过深海的蓝烟，在下方很远的地方我看见半圆形剧场内坐满了女士，她们穿金戴银，胳膊熠熠生辉。可是，幕间休息时，管弦乐再度传来。此刻正在演奏鼓舞人心的国歌。乐声波动上升，撞到廊道的扶栏便破碎为阵阵浪花，化作旋律的泡沫，我不由自主地低下头，本能地把手伸进口袋里掏摸，这才发现我准是神经搭错线了。今天可没带着摩洛哥羊皮小书，再说此处也并非祈祷的场所。

一转眼，从荒寂的街道走入这片令人困惑的热烈景致，我恍惚的心神很快沉迷其间。我察觉自己的胳膊肘被人有意推了推，于是转过身去，看到一名衣衫破旧、样子非常友善的男孩，亲切地递来一个咖啡壶和一只白镴杯子。

"谢谢你，"我说，"但我不喝咖啡。"

"咖啡？我猜你是个美国佬吧？"

"没错，孩子，如假包换。"

"我老爸去了美国，去碰碰运气。来一杯麦芽酒吧，来吧，美国佬，为了我可怜的老爸。"

这个咖啡壶模样的罐子一斜，咖啡色的液体流注而出，我手里便有了一小杯不停冒泡的麦芽酒。

"我不需要这个，孩子。实际上，孩子，我没带钱。我把钱包忘在住处了。"

"没事儿，美国佬，为辛勤劳苦的老爸干一杯吧。"

"慷慨的少年，我真诚祝愿你父亲长命百岁！"

他望着我大放怪声，开心地笑了，随后他离开我，给周围的众人倒酒，收获了许多祝福。

穷人并非永远一无所有，我想道。你即使身无分文也可以过得挺好。一个破衣烂衫的男孩也可以是个王子般的施予者。

多亏那杯廉价却又没让我花钱的麦芽酒，我低落的精神才奇异地重新振作起来。这麦芽里准有好东西。那些美妙的啤酒花蕴含着极为甜蜜的苦涩。老天保佑这个了不起的孩子！

我越是在高高的廊道上观察身边的男男女女，越是感到开怀。这儿并不宽敞，或者应该说相当局促，位置也是最差劲的，没什么人会爬上来看戏。此处唯一的优点，是雄踞于这座半圆形剧场顶部的皇冠之上。所以，它居高临下，视野开阔，你可以君王般俯视整座剧院，尽管舞台在几百英尺下方，却正对着你的眼睛铺展开来。好比身处高塔之中，窥视着大西洋彼岸的圣殿，此时此刻，我站在这里，也恰恰位于所有楼内结构的主桅杆顶部。

这座独特的剧院十分严谨规整，四壁之内没有任何令你反感的事物。我静静坐在廊道上，目光澄澈，满含美好的爱意，注视着我周围以及我下方让人愉快的景致。另外，想到那天晚上的主演麦克里迪先生，是一位和蔼可亲的绅士，我同样非常满足。他远近闻名，声望崇高，造诣举世无双。他认认真真下足了功夫，千方百计完善、提升、改进自己的表演技艺。

这时候，幕布升起，红衣主教出场。这个角色的外貌是多么惟妙惟肖！跟黎塞留本人一模一样！从高远的楼座上，我看到，彩绘窗户透下的光束照亮了庄严的大主教。这位假扮的神仆熠熠生辉，周围的哥特式装饰似乎已将他点燃，而那些斑驳的墙壁和漂亮的长廊正映射着玫瑰色的光晕。——听啊！同样沉稳、优雅、高贵的语调。看啊！同样威严的身姿。他可真把黎塞留演活了！

　　他返回幕后。他肯定是进了演员休息室。他再度登场，戏服多多少少有所变化。我透过金属网望见的某些相似场景复苏了，这究竟是梦境，还是真实的记忆？

　　大幕落下。数以千计的观众起身站立，激动地欢呼不已，声响震耳欲聋。他们的热忱显而易见。他们的兴奋毋庸置疑。那场演出在我记忆中独一无二。说心里话，这第二座圣殿简直无可比拟。难道仅仅是模仿的功效？扮演一个角色又意味着什么？

　　此时音乐再次奏响，跌宕如滚滚波浪，我与所有情绪高涨的观众一起，欢欢喜喜走到了大街上。

　　我回到孤寂的住处，那一晚没睡多长时间，倒一直在想第一座圣殿和第二座圣殿，以及为什么我这个身处外邦的异乡客，能够在其中一座里得到最好的施与，而在本国，在自己的土地上，却被人轰出了另一座的大门。

丹尼尔·奥姆^①

深刻的肖像画家，例如提香^②或我们著名的同胞斯图尔特^③，这样一位观察者细致探究任何一张面孔时，本质上他看到的正是画中人之整体。将其真实经历与当今的传闻区分开纯属多余。我等比不上提香或斯图尔特，因此难免要那么做。有时候，人们遇到一副独特的相貌，立即大感兴趣。但这种兴趣包含着无知，充斥着平庸的好奇。我们设法从旁搜求某君的身世和过往，要么直接找他本人询问实情。不过你我听到的没准儿只是些蹊跷的谣传，而一旦与此公接触，则会发现他并不善于言辞。总之大多数情况

---

① 此篇原题 "Daniel Orme"，作者生前未发表，首刊于伦敦康斯特布尔出版公司（Constable & Co., Ltd.）1922 年至 1924 年间出版的《赫尔曼·麦尔维尔作品集》（*The Works of Herman Melville*）。

② 提香（Titian Vecellio，1490—1576），意大利文艺复兴时期画家。

③ 斯图尔特（Gilbert Stewart，1755—1828），美国画家。

下，他终归不过是一颗坠入原野的陨石。它就这么冒出来了。对此世人自有说法，十足古怪又不乏论证的说法。然而，它究竟是什么东西？它从哪儿来？它曾在怎样无法想象的环境下，形成了火成岩似的、金属般奇异的外观，任由牛儿们在周围啃食缀满露珠的青草？

试图勾画本文所展现的性格，势必做不到十全十美。无论如何，以下就是我对某个人的描绘，而他恰恰也是这篇简记打算叙述的主题。[①]

船员花名册上登记的名字，并非总是一位水手的真名，同样，它并非总能揭示他来自哪一个国家。作为本文标题的姓名可以印证这一说法，它长期跟随一个服役于战舰上的老水手，此人的早年生涯我们无从得悉，要去探寻那些旧事是枉费心机。他始终认真负责，恪尽职守，长官自然对他十分敬重。至于同船的水手，如果说谁都找不到理由喜欢一个如此另类的伙伴，那么也没有谁敢在他面前表现丝毫放肆。你若试图这么干，定将看到他警告劝诚、严加制止的眼神。

终于，他年纪大了，就从桅楼长的岗位退下来，换成一个较低的职衔，在主桅下面做事，任务也不过是协助同伴、施放船缆和挽牢绳索等等。可纵使如此，加上值夜，对于一个年届七旬的老水手而言，没过多久便不堪重负。于是乎，他拴好了自己最后一条帆缆，悄悄步入船舶停靠的朦胧码头。

---

① 本文前两段，出自 Harper Collins 版本，为 La Spiga-Meravigli 版本所无。

不论他原本性情如何，至少在往后的旅程里，老头子是以不爱交际而著称的。他并不像一些受腰痛折磨的老水兵那样冷淡生硬，也不像印第安人那样沉默奸猾。然而他十分阴郁，总是喃喃自语。他嘟嘟囔囔的低声独白往往辅以极端怪异的表情或姿势，在一位随船牧师的加尔文式想象当中，这无疑是他对昔年某些卑劣勾当的悔恨自责。

他脸孔给人粗犷、刚强之感，好比铁铸一般，但眼睛下方因受损于一颗霰弹爆炸而布满了密集的蓝黑色斑点。依照惯例，他身为主桅手，与舰上的值日军官谈话会脱下帽子，这时他久经曝晒的前额便如同十月份一弯棕色的新月，浮现在一团不祥的云朵上方。伴随他阴郁个性的，正是这可怕的面貌特征，它产生于一次纯粹的意外，并且变成谣传的源头，唯一的源头。有些卫兵说，他年轻时在基斯群岛①和墨西哥湾②当过海盗，是拉菲特③杀人团伙④的成员。可以肯定，他曾经在政府下令搜捕的船只上干过活。

身材方面，此人有点儿塌肩，很像那位迦特城的冠军⑤。他双

---

① 基斯（Keys）群岛，位于美国佛罗里达州南部海岸外的珊瑚礁群岛。
② "墨西哥湾"原文为"the Gulf"（海湾），译者根据上下文推测此处的海湾为墨西哥湾。
③ 拉菲特（Jean Lafitte，约 1780—约 1823），海盗首领，活动于美国路易斯安那州以及当时为墨西哥领土的德克萨斯州沿海。
④ "杀人团伙"对应的原文"murderous crew"出自 Harper Collins 版本。La Spiga-Meravigli 版本在此作"marauding crew"，即"抢劫团伙"。
⑤ "迦特城的冠军"（the champion of Gath）是指《圣经》记载的巨人歌利亚，他被称为"来自迦特城的非利士人冠军"（the Philistine champion from Gath）。

手又厚又硬，短指甲 ① 犹如皱巴巴的角质。头颅极为健硕，须发蓬乱，铁灰色的胡子宽似舰队司令的信号旗。整个航程中不停阴沉流淌的烟沫，朝他唇边画下难以磨灭的条痕。借着白天值守的当儿，他不声不响，独自躺在火器甲板一处由黑色大炮阻隔而成的湾洞里。他穿着破旧不堪的外套，仿佛是加利福尼亚山脉的大灰熊 ②，躲进自己唯一的洞穴中凄凉等死。

老头子在岸上的栖身之所——紧挨大海，离码头不远——可以让他整晚整晚待在屋内，舒心惬意，想找人做伴就招呼几个朋友。有时候，他甚至很大程度上摆脱了自己的阴郁冷漠，那是一个长年在主桅下风吹日晒、顿顿吃腌马肉的健壮老家伙的阴郁冷漠。

假如有陌生人走过沙滩，走近这个躺在一根旧桅杆上晒太阳的老头子，向他友善致意，会收获礼貌的回应。而你若要深入交谈，离开时会觉得，自己刚才是在跟一名风趣的怪客、一位机智的哲学家讲话，他并不缺乏冷酷无情的所谓常识。

上岸一段日子后，他有个奇特的习惯引起了人们注意。偶尔，当老头子自认为已完全独处时，会把他那件缝缝补补的格恩西长衫的衣襟拽开，久久凝视自己身上的什么东西。如果这一刻碰巧被人撞见，他会迅速掩盖一切并满含怨恨地嘟嘟囔囔。

---

① "短指甲"对应的原文"short nails"出自 Harper Collins 版本。La Spiga-Meravigli 版本在此作"thumbnails"，即"拇指指甲"。
② 加利福尼亚山脉的大灰熊（Great Grizzly of the California Sierras）应指加利福尼亚灰熊（California grizzly），这一灰熊亚种已灭绝。

老水手这诡异的行为唤起了某些无聊之辈的好奇心，同处一个屋檐下的寄宿者没人敢直接问他此举的缘由，或者问他身上到底有什么玩意儿。结果迷药也成了探究真相的手段之一，以谨慎的剂量悄悄落进他吃晚饭时使用的大茶碗。次日上午，几个衣服破破烂烂的男人低声对老汉说，昨晚很抱歉，为寻找答案他们来了一次破门而入。

老头子把这帮人拽到角落里，鬼鬼祟祟朝四周扫了一眼。"听着。"他说，随即讲述了一个可怕的故事。它伴以令人战栗的猜想，十分模糊，不过对迷信而无知的头脑来说弥足珍贵。他向大伙公开的，其实是一个靛蓝色和朱红色相间的十字架刺青图案，位于胸膛靠心脏一侧。一道发白的伤疤，又细又长，斜斜穿过十字架并使色彩黯淡，它似乎来源于一记利刃劈斩，因格挡或闪避而不够完整。受难十字架是水手中常见的文身[1]，往往刺在前臂上，刺在躯干上比较少见。至于伤疤，这位老主桅手曾在海军正式服役，据说他与登船的敌人交战时，挨了刀砍而留下创痕[2]。不无可能。然而，寄宿处的流言却对这一发现另作解读，最终传到女房东的耳朵里，令老水手沦为过街老鼠[3]，打上了邪魔的烙印，其下场恐怕将是横遭驱逐，以免钉在房门上的马蹄铁所带来的好运[4]受到

---

[1] "受难十字架是水手中常见的文身"对应的原文 "The cross of the Passion is often tattooed upon the sailor" 出自 Harper Collins 版本。Spiga-Meravigli 版本在此作 "Now, the Cross of the Passion is often found tattooed on the sailor"，意思大致相同。

[2] 关于这一创痕，Harper Collins 版本在此明确说"刀疤"（sabre mark），而 Spiga-Meravigli 版本则为"战斗留下的伤疤"（battle-mark）。

[3] "过街老鼠"原文为 *man forbid*。

[4] 英美社会相信在门上钉马蹄铁能带来好运。

抵消，化为乌有。幸亏那位女士通情达理，不迷信马蹄铁。她耐住了性子。再说老水手每周按时交房租，又从不吵吵闹闹或给人添麻烦，于是听到人们提议要收拾他，她一概装聋作哑。

大伙在他面前一贯不动声色，所以老海员根本不知道暗中发展的事态。他在船上从未说过自己被同伴们认为是海盗，因为他嘴边有一道不起眼的雄狮般的弧线，仿佛在说"别惹我"。现如今，他在岸上也并不清楚相同的谣言已如影随形。如果他生性合群，本可以从日常交往中有所察觉，并徒劳地探究原因。无论是否站得住脚，某些假消息已在不少场合冒头，就如同船员们所说的晴燥风暴①，它袭来时既没有雨水相伴，也不见电闪雷鸣，可这类无影无形的狂风同样能造成海难，然后人们会问——谁干的？

因此奥姆继续走他自己的孤独之路，不受外界的打扰。但重要的时刻一直无声无息逼近，不可阻挡。退休后，这个老迈的巨汉越来越与世无争，欲望日益衰减。对于天性粗犷之人，尤其是长年跟水打交道的船员和跟泥土打交道的农夫，这番欲望的衰减经常会使记忆蒙上一层轻纱，令人不再硬朗，兴许还多多少少令他们淳朴或不淳朴的本性陷于昏沉状态。

不过，且让我们给这篇注定不完美的简记画上句号吧。

晴朗的复活节之后，是一段足以引起风湿病的天气，大伙发现奥姆死在了一片高台上，独自一人，面朝大海，正俯瞰广阔的

---

① "晴燥风暴"原文为"*dry tempest*"。

港湾，他就是从这儿离船登岸，结束水手生涯的。高台很平坦，是兵家必争之地，但在和平时代谁也不多瞧一眼，任何人都可来此藏身避祸。它上面架了一排锈迹斑斑的旧式火枪。老头子倚着其中一杆，两腿在身前直直伸出。他的陶制烟斗断裂成两半，斗嘴里空空如也，毫无残留，说明他抽完了最后一点儿烟丝。老人脸冲着通向大海的水道，眼睛睁着，死后仍在凝望曚曚昽昽的海面，以及来来往往或于一旁下锚停泊的依稀可见的船舶。他断气前在想什么？如果关于他的流言之中潜伏着一星半点真实，那么这些念头里是否会有少许愧疚、忏悔？又或者两者皆无？毕竟，他的阴晴不定和嘟嘟囔囔，他奇特的行为、突如其来的动作、古怪的耸肩和狰狞的表情，统统只是些诡诞的附加物，如同一棵老苹果树的瘤子、疖子和弯折，它不凑巧生长在环境恶劣的山地上，岂止要承受许多暴风雨的吹袭，还要因为偶然扎根于石隙而遭到压制禁锢。简言之，宿命，眼下已不再将他团团包围的宿命，是不是它把老头子塑造成今天的面貌？即使他确实隐瞒了一些讳莫如深的往事，那又怎样？有时候，这类沉默是对旁人而不是对当事人自己益处更大。

不，让我们姑且相信，上文提到的欲望衰减始终在帮助他，而他陷于沉睡，其身前的苍茫大海唤醒了模糊的记忆，使之恍恍惚惚回想起广袤世界的众多美丽、遥远的风景。他埋葬于其他水手中间，陌生人在一块荒凉的土地上为他举行了最后一场仪式，墓旁尽是野蔷薇，枝繁叶茂，无人照管。

译后记

　　《苹果木桌子及其他简记》(*The Apple-Tree Table and Other Sketches*)最初由普林斯顿大学出版社(Princeton University Press)于1922年编辑出版。该书收录了赫尔曼·麦尔维尔生前发表在杂志上但未能结集的九个短篇小说,以及一篇文论《霍桑与他的青苔》(*Hawthorne and His Mosses*)。

　　翻译《苹果木桌子及其他简记》所包含的九个短篇小说时,译者主要依据哈珀·柯林斯出版集团(Harper Collins Publishers)的版本和古腾堡计划(Project Gutenberg)在网上共享的电子版本。考虑到《霍桑与他的青苔》是文论而非小说,故中译本并未收录。

　　本书还附有麦尔维尔的另外三个短篇小说,《两座圣殿》(*The Two Temples*)、《丹尼尔·奥姆》(*Daniel Orme*),以及《避雷针商人》(*The Lightning-Rod Man*)。《两座圣殿》和《丹尼尔·奥姆》在麦尔维尔生前均未发表,首度刊发在伦敦的康斯特布尔出版公司(Constable & Co., Ltd.)于1922年至1924年出版的《赫尔曼·麦尔维尔作品集》(*The Works of Herman Melville*)之中,这部作品集由麦尔维尔的第一位传记作者雷蒙德·韦弗(Raymond Weaver)编辑。《避雷针商人》则收录在麦尔维尔生前唯一结集出版的中短篇小说集《阳台故事集》（*The Piazza Tales*）里，该小说集最初由纽约的迪克斯和爱德华兹公司（Dix, Edwards & Co）于1856年5月出版。同样，翻译这三篇小说时，译者主要依据哈珀·柯林斯出版集团的版本以及古腾堡计划的版本。

上述小说共十二篇，以译者目前掌握的信息来看，除《单身汉的天堂与未婚女的地狱》（*The Paradise of Bachelors and The Tartarus of Maids*）和《吉米·罗斯》（*Jimmy Rose*）两篇外，其余均为第一次译成中文。《单身汉的天堂与未婚女的地狱》一文的翻译，译者参考了陈晓霜的中译本。《吉米·罗斯》已有韩敏中的翻译在先，但译者没有能读到韩先生的译文。

麦尔维尔的小说词句古雅，用典频密，并且多有一语双关、谐音等文字游戏。译者尽自己的能力做了不少注释。因水平有限，错漏恐怕难免，望读者指正为幸。

译完此书，深感麦尔维尔是一位名副其实的文学大师，无愧于"美国的莎士比亚"这一美誉。翻译他的作品，我学到许多东西，对这位《白鲸》的作者更添敬意。

在此要感谢好友朱岳和编辑陈志炜。朱岳大力促成了本书的出版。陈志炜在编辑书稿时，向译者提出五十多处修改意见，对本书质量的提高很有帮助。还要感谢我的妻子丁玎，她通阅全文，提供了宝贵建议。

译者

2018年6月28日于北京

图书在版编目（CIP）数据

苹果木桌子及其他简记 / (美) 赫尔曼·麦尔维尔著；
陆源译 . -- 成都 : 四川文艺出版社 , 2019.6

ISBN 978-7-5411-5391-4

Ⅰ . ①苹⋯ Ⅱ . ①赫⋯ ②陆⋯ Ⅲ . ①短篇小说—小
说集—美国—近代 Ⅳ . ① I712.44

中国版本图书馆 CIP 数据核字 (2019) 第 069018 号

PINGGUOMUZHUOZI JIQITAJIANJI

苹果木桌子及其他简记

﹝美﹞赫尔曼·麦尔维尔 著
陆源 译

选题策划	后浪出版公司
出版统筹	吴兴元
编辑统筹	朱 岳 梅天明
责任编辑	曹凌艳
特约编辑	陈志炜
责任校对	汪 平
装帧制造	墨白空间·韩 凝
营销推广	ONEBOOK

出版发行	四川文艺出版社（成都市槐树街 2 号）		
网　址	www.scwys.com		
电　话	028-86259287（发行部）	028-86259303（编辑部）	
传　真	028-86259306		
邮购地址	成都市槐树街 2 号四川文艺出版社邮购部 610031		
印　刷	北京天宇万达印刷有限公司		
成品尺寸	143mm×210mm	开　本	32 开
印　张	8.25	字　数	170 千字
版　次	2019 年 6 月第一版	印　次	2019 年 6 月第一次印刷
书　号	ISBN 978-7-5411-5391-4		
定　价	39.80 元		